Legenden aus der Zeit vor der Zeit

Buch 1: Honeymaw

Ich danke allen, die mich beim Erschaffen dieser Geschichte unterstützt haben. Ich danke auch den Leserinnen und Lesern, die diese Erzählung hoffentlich unterhaltsam finden werden. Die Reise nimmt hier ihren Anfang und ihre Pfade winden sich durch Zeit und Raum.

Viel Spaß beim Lesen!

für Martin
von Martin

Martin Haak, 2021

Nordlande
Runenwald
Drachenkammgebirge
Smont
Telkar
Azurküste
Tieflande
Badersweil
Saphirfeste
Die Zitadelle

Auflage: 1
Illustrationen: Martin Haak
Umschlaggestaltung: Jasmina Becker
Lektorat: Annette Kulzer und Paul Tido

Verlag: Selbstverlag (Amazon KDP)
Martin Haak, 61476 Kronberg, Deutschland

ISBN Paperback: 978-3-949908-44-6
ISBN Hardcover: 978-3-949908-41-5
ISBN e-Book: 978-3-949908-03-3
ISBN Hörbuch: 978-3-949908-45-3

Illustrationen, Landkarten und weiteres Material auf:
www.legendenzeit.com

Prolog

„Geboren aus Feuer und mit dem Lebenshauch der Jahrhunderte gesegnet, herrschten die Drachen Jahrtausende über die Welt. Ihnen waren alle Völker untertan.

In der Erinnerung der sprechenden Völker war es eine Zeit des Schreckens und der Verzweiflung, denn sie waren zu schwach, um ihr Joch abzuwerfen.

Doch das Zeitalter der Drachen endete schließlich durch den Aufstand der edlen Greife, welche die Drachen erschlugen und ihre Armeen zerstreuten.

Wir Greife waren die Erretter aller Völker und Garanten der Freiheit und der Sicherheit all jener, die sich unserem Schutz unterstellten. Denn die Diener der Drachen flohen zwar nach dem Großen Krieg, waren aber im Gegensatz zu ihren Herren nicht vernichtet.

Alle weisen Völker verstanden die einfache Wahrheit: Nur Sicherheit erzeugt Freiheit.

Der Sieg über den finsteren Feind brachte dereinst die Völker zusammen und gemeinsam erschufen wir uns eine blühende, neue Welt, in welcher Dank der weisen und gerechten Herrschaft der Greife Friede und Wohlstand für alle herrschen."

Herabos der I., Hochkönig, aus dem Hause der Donnerschwingen, 645 nach den Drachen

+

„Nachdem die Drachen vernichtet und ihre Knechte vertrieben worden waren, forderten die Greife die Unterwerfung aller Völker als Lohn für ihren Sieg. Hah! So viel zu ihrer Selbstlosigkeit.

Ja, die meisten folgten gehorsam und begaben sich freiwillig in die Fron, doch nicht alle waren derart unterwürfig. Wir Wölfe, wie auch die Bären, blieben unabhängig. Es gab zwar irgendwann Frieden, der auch immer noch stabil scheint, doch die Herzen der

Greife ändern sich auch in tausend Jahren nicht. Haltet also eure Sinne und Waffen scharf.“

Grimnir „Zweischneid“, 897 n. D.

+

„Doch auch dieses golden erscheinende Zeitalter neigte sich seinem Ende entgegen und wie so oft waren es Lügen und die Gier nach Macht, die das Glück von ungezählten Millionen in den Abgrund rissen. Welches Volk, welche Familie blieb von den Schrecken verschont, die entfacht wurden?“

Honeymaw, 924 n. D.

Kapitel 1: Des Winters Ende

„Reisen. Reisen, um die Welt zu sehen. Ja, das ist es. Man kann tausend Geschichten am Feuer hören. Aber wie schön sie auch erzählt werden, mit eigenen Augen sehen, mit eigenen Ohren hören, mit eigener Nase riechen und mit eigener Zunge schmecken – das kann keine Erzählung aufwiegen."

Honeymaw, 918 n. D.

Honeymaw hatte ihrem achtzehnten Sommer mit brennender Ungeduld entgegengesehen. Der Winter ihres siebzehnten Jahres – des letzten Jahres als Kind – schien sich eine Ewigkeit hinzuziehen. Doch nun ging er endlich zur Neige. Der Wind wehte an diesem Morgen aus dem Süden und brachte den ersten Hauch der Wärme eines neuen Jahres mit sich.

Das achtzehnte Jahr. Es war das Jahr der Weissagung. Des Erkennens der eigenen Bestimmung. Und das war schließlich das Wichtigste im Leben eines Bären. Der neue Lebensweg würde beginnen. Und der neue Lebensweg begann traditionell mit einer Reise – wie herrlich.

Honeymaw war Angehörige des Waldbärenstammes, jenem Volke also, das den weiten Norden bewohnte. Die Bären gingen, wie alle anderen sprechenden Völker, aufrecht und hatten ihre eigenen Wege und ihre Art, ihre Dinge zu regeln. Die Bären gehörten zu den Größten und Stärksten unter den sprechenden Völkern und genossen deshalb Respekt. Der Ort, in dem Honeymaw aufwuchs, war ein kleines Fischerdorf. Es lag an den Steilküsten der südlichen Grauen See und trug den Namen Klipphaven, aber die Bewohner sagten immer nur „das Dorf".

Im Gegensatz zu den anderen Waldbären verfiel Honeymaw nicht in die übliche Schläfrigkeit, die die anderen Bären während der Tief-Frost-Tage überkam. Das bedeutete, dass sie nur an wenigen Tagen am Stück durchschlafen konnte.

Das sollte ihrem Vater zufolge am Blut ihrer Mutter liegen, von der sie auch das helle Fell geerbt hatte. Mutter war eine Frostbärin. Honeymaw hatte nur noch ungenaue Erinnerungen an ihr Aussehen. Aber ja, Mutters Fell war deutlich heller als das der anderen Bären im Dorf. Es hatte die Farbe des Schnees. Aber dieses Weiß verband sie mit Wärme, nicht mit Kälte. Und sie erinnerte sich an den Klang von Mutters Stimme, wenn sie lachte oder ihr ein Lied sang. Oder wenn sie eine Melodie summte.

Honeymaw hatte auch ein helles Fell. Es war aber nicht weiß, sondern hatte ein sanftes, lebendiges Beige, ähnlich dem Sand der Dünen, die sich an den wenigen Stränden der Steilküste gebildet hatten. Ihre Augen hatten ein grünes Leuchten, das jeden, der es erblickte, an das frische Grün eines sonnigen Maitages erinnerte. Ihre Nase hatte ein gesundes, feuchtes Schwarz und ihren hellen, langen Schopf hatte sie stets nach Art der Waldbären nach hinten gebunden. Ihre Statur war für ihr Alter etwas zu klein, aber doch von einer gesunden Kräftigkeit. Bei einer Bärin von zierlich zu sprechen, wäre tatsächlich unpassend, denn selbst ein etwas zu kurz geratenes Bärenmädchen wie sie war größer als ein ausgewachsener Mann der meisten anderen Völker.

Was ihr an körperlicher Größe fehlte, machte sie mit ihrem wachen Geist wett. Sie merkte sich jede neue Erkenntnis und spann daraus neue Gedanken. Diese wurden wiederum zu neuen Ideen. Honeymaw hatte außer ihrem Vater niemanden, mit dem sie über ihre Ideen sprechen konnte, ohne mit einem Augenrollen oder zumindest einem gutmütigen Lachen bedacht zu werden. Die Bären waren Hüter der alten Wege und fast alle Neuerungen wurden grundsätzlich erst einmal abgelehnt.

Einer der wenigen Bereiche, in denen sie Neues schnell akzeptierten, war die Holzverarbeitung. Hier gab es zwar eine Menge Traditionen, die zu beachten waren, doch gerade im Schiffsbau waren die Bären überraschend offen. Schließlich bedeuteten bessere Schiffe mehr Fisch.

Als sie noch jünger war, erschien ihr dies zuerst widersprüchlich. Nun aber glaubte sie zu erkennen, dass es eben auch zum Brauchtum des Zimmermanns- und Schiffsbauhandwerks gehörte. Neues mit einfließen zu lassen. Es wäre also *untraditionell* gewesen, dies nicht zu tun.

Im Holzhandwerk der Bären fand man seit ehedem geschnitzte Knotenmuster. Bug und Mast zierten seit jeher die altehrwürdigen Muster. Selbst die Segel wurden zuweilen mit diesen Mustern bestickt. Diese wurden auch auf die neuesten Schiffe geprägt: So waren auch die neuesten Techniken mit den ältesten Kunstformen verwoben.

Die Muster waren oftmals Sinnbilder für Erzählungen der außergewöhnlichen Taten der Helden aus alter Zeit. Oder gar Symbole für die Großen Geister, deren Wohlwollen man auf das Werk lenken wollte. So fanden sich oft die Knotenmuster des großen Geistes des Fischers auf den Rümpfen der Schiffe. Denn er wurde als Schutzpatron der Seeleute verehrt und sollte die Boote im Sturme schützen und für reichen Fischfang sorgen.

Auch auf dem wenigen Schmuck, den die Bären trugen, fanden sich diese Muster und Zeichen. Frauen trugen üblicherweise zwei kleine Schmuckspangen, sogenannte Fibeln, auf dem bunten Oberkleid. Diese dienten zum einen der Zierde, zum anderen hielten sie das Kleid am Leibe zusammen. Darunter trugen Bärinnen stets ein Unterkleid, welches nach alter Art aus weißem Leinen gewebt war. Ein herrlicher Kontrast zum bunten Oberkleid.

Die Männer wiederum kleideten sich in einfach geschnittene Tuniken aus Wollstoff, die ihnen bis zu den Knien reichten. Den schweren Lodenmantel, der an Schlecht-Wetter-Tagen getragen wurde, schlossen sie mit einer einzelnen großen Fibel auf der Schulter.

Aber Honeymaw war nicht die Art Denkerin, die neue Techniken der Holzbearbeitung ersann. Ihre Art des Sinnens wob andere Ideen. Sie war für die meisten im Dorf eine Tagträumerin.

Sie verbrachte viel Zeit mit dem Durchdenken von Geschichten, die sie gehört hatte. Sie wanderte hierfür manches Mal zu den Klippen der Steilküste und blickte hinauf in den Himmel oder hinaus zur See und lauschte dem Wind und der Brandung.

Geschichten. Das war es, was sie begeisterte. Erzählungen von Dingen, die waren, sind oder auch sein könnten. Sie hatte die Erfahrung gemacht, dass eine Geschichte sich mit jeder Erzählung veränderte, je nachdem, *wer* sie erzählte.

Sie war sich daher sicher, dass es nicht die *eine* Wahrheit gab, sondern eine Anzahl von Wahrheiten. Denn die eine Wahrheit hob die andere nicht auf.

In ihrem zehnten Sommer hatte sie hierzu eine Erkenntnis. Sie saß allein im nahen Apfelhain und aß einen Apfel.

„Die vier Wahrheiten des Apfels“ nannte sie ihre Geschichte.

So stritten sich in ihrem Gleichnis zwei Bären über einen Apfel.

Der eine meinte: „Der Apfel ist rot und schmeckt sauer.“

Der andere, der ihm gegenübersaß, sprach: „Nein, der Apfel ist gelb und schmeckt süß."

Beide aber sprachen sie jeweils nur ihre eigene Wahrheit aus:

Der Apfel war auf der einen Seite hauptsächlich rot und auf der anderen eher von gelber Farbe. Jeder sah aber nur seine Seite.

Und das mit dem Geschmack – das ist nun mal Geschmacksache. Ein süß-saurer Apfel kann je nachdem als eher süß oder eher sauer wahrgenommen werden.

Daher war keine der Aussagen falsch: Es gab unterschiedliche Wahrheiten. Die *ganze* Wahrheit konnte sich nur dem offenbaren, der den Apfel aus jedem möglichen Blickwinkel in ein und demselben Moment betrachtete. Der jeden Geschmack, Geruch, jedes Gefühl und jeglichen Gedanken des anderen erfasst. Das war aber vielleicht nicht einmal den Großen Geistern möglich.

Wenn sie so etwas erzählte, sah ihr Vater Jorl sie immer mit einem seltsamen Blick an, den sie nicht richtig einordnen konnte. War es Stolz? War es Sorge?

Der Südwind hatte also eingesetzt. Nicht mehr lange, bis endlich Tauwetter einsetzte und die ersten Frühjahrsblumen durch den letzten Schnee des vergangenen Jahres brachen.

Honeymaw rieb sich den Schlaf aus den Augen. Nicht, dass sie in der Höhle, die der Familie als Schlafplatz diente, viel hätte sehen können. Da es Winter war, war der Höhleneingang mit einem schweren Wollfilz verschlossen. Der Zweck dieses Vorhangs war es, die Wärme drinnen und die Kälte draußen zu halten. Aber er hielt auch fast alles Licht draußen.

Vater schlief noch, also schlich sie zum Eingang der Höhle und schob sich am grünen Wollfilz vorbei, der nahezu geräuschlos zur Seite und wieder zurückglitt.

Sie stand nun im Langhaus, das direkt mit der Höhle verbunden war. Die Höhle war traditionell der Schlafplatz und die Vorratskammer. Das angebaute Langhaus aber war Küche und Wohnzimmer der Waldbären.

Honeymaw zog sich ihr weißes Unterkleid an und streifte rasch ihr blaues Oberkleid darüber. Dieses war an den Seiten geschlitzt, um weite Schritte zu ermöglichen. Dann legte sie ihre mit dem Zeichen des großen Geistes der Höhlenmutter verzierten Fibeln aus poliertem Messing an.

Vater hatte ihr die Fibeln zu ihrem zehnten Mittsommerfest geschenkt. Die Nadeln, die in der Rückseite der Hohlfibel verborgen waren, hielten den blauen Wollstoff sicher in Position. Das glänzende Messing sah auf dem leuchtenden, satten Blau der feinen Wolle prächtig aus.

Nun war es Zeit, um etwas frische Luft hereinzulassen. Honeymaw öffnete die einfache Holztür, die scharnierlos im Türrahmen saß. Diese einfachen Verschläge wurden mit einem Ast von innen gesichert. Im Sommer blieben die Langhäuser grundsätzlich offen. Diebstahl war im Dorf unbekannt. Die Türen dienten nur dem Zweck, im Winter den Schnee draußen zu halten.

Der Winter hatte das Land mit einer dicken Schicht Schnee überzogen, die auch den Eingang zu ihrem Haus versperrte. Obwohl Honeymaw fast jeden Tag durchlüftete und den Eingang freiräumte, lag der Schnee stets von neuem halshoch vor dem Haus. Zumindest bis zu *ihrem* Hals.

Aber heute war ein Duft in der Luft, der die Unannehmlichkeit wett machte: Südwind.

Ein kaum wahrnehmbarer Geruch von Grün lag darin. Schon bald würde Tauwetter einsetzen. Die Bären würden erwachen. Die Händler würden eintreffen. Auch der Tag ihrer Weissagung würde kommen und Honeymaws Bestimmung offenbaren.

Mit diesem frohen Gedanken beseelt, schaufelte sie den Schnee mit ihren Händen beiseite, damit sie vor die Tür treten konnte.

Honeymaw kehrte danach in das Langhaus zurück und prüfte, ob noch Glut vom Vortag in der Asche des Kamins zu finden war. Sie stocherte mit dem Schüreisen und fand tatsächlich noch ein einzelnes Stück verkohltes Holz, in dem sich noch ein letzter Funke Glut befand. Sie nahm rasch ein kleines Häuflein Späne zur Hand, die sie am Vorabend von einem Stück trockenen Holzes heruntergeschnitzt hatte, und legte einige davon behutsam auf das letzte glimmende Stück Kohle. Dann blies sie vorsichtig – sie wollte ja zum einem nicht das Leben aus der Glut pusten, zum anderem auch nicht die Asche aufwirbeln – bis die Hitze auf einen der Späne übergriff. Nun hielt sie einen weiteren Span an die kleine Flamme, die aus dem ersten schlug, und entzündete so ihr Feuer.

Sie legte nun kleine Holzstücke und ein paar dürre Äste nach, sodass in kürzester Zeit ein kleines Feuer in dem aus groben Steinen gemauerten Kamin prasselte.

In den großen Kupferkessel stopfte sie frischen Schnee. Der würde bald in der aufkommenden Wärme der Hütte schmelzen und so zu frischem Trinkwasser werden.

Sie brachte den Kessel zurück in die Stube und stellte ihn in die Nähe des Kamins. Vorsichtig – sie wollte Vater noch nicht wecken.

Vater war ein Waldbär, und diese schliefen eben deutlich länger als Honeymaw.

Die Waldbären besiedelten die Gebiete nördlich des Greifenreiches. Von den Vorgebirgen der Drachenkammberge, die die natürliche Grenze zum Reich im Süden bildeten, lebten sie in den gewaltigen

Kiefernwäldern, die sich bis zur Grauen See im Westen und zum Eismeer im hohen Norden erstreckten.

Klipphaven lag an einer der Steilküsten der Grauen See. Die Graue See reichte vom Eismeer im Norden, bis zur Azursee im Süden. Dort waren die Wasser warm und erstrahlten in einem einzigartigen Blau, das den Erzählungen der Seeleute nach sogar noch den leuchtenden Himmel verblassen ließ.

Honeymaw hoffte den ganzen Winter hindurch, dass ihre Tante Grimhilda auch in diesem Jahr den Weg zu ihrem Haus in Klipphaven finden würde. Da im Winter Teile der Grauen See gefroren waren, musste man jeden Weg in den Nordlanden zu Fuß beschreiten – und im Norden lag der frische Schnee zuweilen weit über sechs Fuß hoch. Dann weite Strecken zu wandern, war selbst für eine Frostbärin wie sie beschwerlich.

Bislang war sie nicht gekommen und der Winter neigte sich schon dem Ende zu. Sie kam nicht jeden Winter. Doch wenn sie kam, blieb sie für einige Wochen. Sie hatte immer neue Abenteuer zu erzählen. Die ansonsten tristen Wintertage waren dann erfüllt von Leben und wundersamen Geschichten. Grimhilda erweckte die Geister der alten Helden und die Schatten der finstersten Schurken zu neuem Leben. Honeymaws Geist wurde durchflutet von den Farben des Flusses der vergangenen Zeitalter. Das Langhaus wurde zu klein für diese unfassbar großen Geschichten.

Grimhilda ging mit Honeymaw dann auch im tiefen Schnee, was sonst niemand mit ihr machte. Die Tante pflügte mit ihrem starken Körper eine Schneise, in der sie leicht folgen konnte. Gemeinsam erkundeten sie so die umliegenden Gebiete. Im Winter war das Land kaum wieder zu erkennen. Die Häuser des Dorfes waren ganz von der gefrorenen Masse bedeckt. Man konnte dann kaum noch erkennen, wo sie sich unter der Schneedecke befanden. Selbst die hohen Kiefern waren derart vom

Schnee bedeckt, dass das ganze Land nur aus weißen Wogen zu bestehen schien.

Grimhilda zeigte Honeymaw auch neue Spiele, wie das Werfen von Holzspeeren auf Schneeschlangen. Diese Schlangen zu bauen, war schon ein großer Spaß. Grimhilda warf oft unvermittelt kleine Schneebälle auf ihre Nichte, was schnell zu einer ausgewachsenen Schneeballschlacht ausartete.

Für die Augen der Schlangen verwendeten sie kleine Stücke Kohle, die dann böse aus dem Schnee starrten. Die Schneeschlangen schienen sich in der weißen Landschaft zu tarnen und auf unachtsame Wanderer zu lauern. So verschlagen die Schlangen auch waren, Honeymaw war keine leichte Beute. Sie erkannte den Feind und traf ihn mit ihrem Speer. Zumindest meistens. Grimhilda stieß dann einen wilden Ruf aus, und sie feierten zusammen ihren glorreichen Sieg.

Das anschließende Festmahl war meist ein in gewürztem Honig eingelegter Apfel, der auf einen dünnen Zweig aufgespießt wurde. Vater hatte die Äpfel nach Mutters Rezept für den Winter eingelegt. So briet sich jede Bärin einen Apfel am Stock über dem offenen Feuer, bis sich eine harte süße Schicht gebildet hatte. Hier musste man sehr bedacht und geduldig sein, damit der Apfel nicht verkohlte. Nicht direkt über das Feuer. Nicht zu lange an einer Stelle. Ständig und gleichmäßig drehen und wenden. Es erforderte Geduld, den Apfel perfekt zu braten. Doch der Aufwand lohnte sich.

Die anderen Bären hatten keine Verwendung für Speere. Somit war Honeymaw eine der wenigen Waldbären, die das Werfen von Speeren übte. Es waren im Grunde nur angespitzte Stöcke, aber Grimhilda zeigte ihr, wie man diese Spitzen im Feuer härtete, um sie widerstandsfähiger zu machen. Mit diesen gehärteten Spitzen konnten die Speere auch tief in festen Schnee oder gar weiches Holz eindringen. Speere waren nicht traditionell und die Waldbären verließen sich lieber auf ihre Ebenholzstäbe als Waffen. Im Gegensatz zu einem Wurfspeer behielt man die aus nahezu unzerbrechlichem Ebenholz gefertigten Kampfstäbe in den Händen. So blieb man auch bei langen Auseinandersetzungen stets bewaffnet. Es gab aber nur wenige Feinde, gegen die ein Bär eine Waffe nötig hatte. Honeymaw fielen hier nur die Greife ein.

Aber gegen diesen Gegner waren blanke Stäbe aus Ebenholz unzureichend und mussten mit Eisen verstärkt werden.

Vater störte sich nicht daran, dass Grimhilda Honeymaw neue Dinge zeigte. Außerdem konnte er in den Zeiten, in denen ihre Tante sie besuchte, länger in den Tag hinein schlafen.

In den Wintern, in denen Grimhilda nicht kam, brauchte Honeymaw zusätzliche Beschäftigung. Schneeschlangen oder andere Skulpturen alleine zu bauen, wurde schnell langweilig. Sie war auch ihrem Spielzeug schon lange entwachsen, hatte sich aber seit ein paar Jahren zu eigen gemacht, aus einfachen Dingen Neues zu erschaffen. Zierden, die das Auge erfreuten.

So hatte sie im vergangenen Herbst unter anderem allerlei Federn gesammelt. Hauptsächlich die von Möwen, die in der Nähe der Küsten lebten. Aber auch einige deutlich längere von anderen Vögeln, die den Winter im fernen Süden verbringen sollen. Diese Federn hatte Honeymaw in Winter geschickt zusammengesteckt, gebunden und verflochten bis sie zwei „Flügel" gebaut hatte. Diese könnten als Kopfschmuck dienen.

Flügel – am Kopf. Sinnbild für einen freien Geist. Vielleicht könnte man diesen, ihren freien Geist, für alle sichtbar an ein Stirnband heften.

Ihr kam diese Idee, als sie einer von Vaters Geschichten lauschte. In den vergangenen Tagen, als der Große Krieg schließlich auch im Norden tobte, hatten die verwegensten und ruhmreichsten Krieger der Bärenstämme es sich zur Gewohnheit gemacht, Trophäen zu sammeln und diese zur Schau zu stellen.

So hefteten sie die prachtvollsten Federn der von ihnen erschlagenen Greife an ihre Helme, um ihre Siege zu bezeugen. Sie waren eben die Söhne des Berserkers, des dunkelsten großen Geistes der Bären.

Das hatte etwas Barbarisches, aber zugleich doch Romantisches an sich.

Honeymaw, die selbst vermutlich nie einen Kriegerhelm besitzen würde, stellte sich vor, wie es wohl wäre, einen zu tragen. Und diesen zu verzieren. Der Gedanke, das Bündel Federn so anzuordnen, dass es aussah, als hätte ihr Helm Flügel, gefiel ihr. Greife hierfür zu erschlagen, das gefiel ihr deutlich weniger.

Die Greife. Hier schossen ihr sofort dutzende Geschichten durch den Kopf. Sie wurden von den meisten Völkern als Erlöser gefeiert und waren doch zugleich der alte Feind der Bären.

Tante Grimhilda hatte, wie die meisten Bären und die Frostbären im Besonderen, keine Liebe für die Greife. Sie sah sie als ständige Gefahr. Frieden hin oder her. Als Befreier sah sie sie erst recht nicht. Schließlich hatten sich die Greife dereinst nicht den Geschundenen zuliebe in den Krieg begeben, sondern um selbst die Macht zu ergreifen. Sie verachtete aber auch die Schafe, die blind folgten, und die Hunde, die bedingungslos dienten – was waren denn das für Krieger, die keinen eigenen Willen hatten. Irgendwie hatte sie über alle anderen Völker wenig Gutes zu sagen.

Honeymaw akzeptierte Grimhildas harsche Meinung, teilte sie aber nicht. Sie war sich sicher, dass die Schafe nicht so dumm waren, wie man es ihnen nachsagte. Dass die Hunde allesamt rückgratlose Kriecher waren, konnte sie sich auch nicht vorstellen – sie hatten mit den Wölfen im Osten gekämpft und gewonnen.

Die Wölfe waren stark und mutig. Sie bauten keine Dörfer oder gar Städte, sondern zogen frei durch die Steppen des Ostens und die Tundren des Nordens. Sie nahmen sich, was sie brauchten. Aus diesem Grunde gab es immer wieder Scharmützel in den Grenzgebieten zum Reich. Seitdem die Greife Garnisonen im Norden und im Osten errichtet hatten, kamen Übergriffe auf die Zivilbevölkerung jedoch sehr selten vor.

Selbst die Bären waren auf der Hut, wenn ein großes Rudel Wölfe durch deren Landen zog. Es war dann eine der seltenen Gelegenheiten, zu denen sich die Bären zum Kampf rüsteten, um sich gemeinsam einer Bedrohung zu stellen. In der Regel liefen Aufeinandertreffen zwischen Bären und Wölfen aber auf Verhandlungen hinaus, denn die Wölfe waren nicht nur mutig, sondern auch klug. Sie würden keinen sinnlosen Kampf mit einer Rotte Bärenkrieger austragen, wenn sich dies vermeiden ließe. Auch die Bären wollten keinen Kampf und wenn man sich einig werden konnte, wurde immer die gewaltlose Lösung angestrebt.

Es gab in den Grenzgebieten sogar Handel mit den Wölfen, der meist zivilisiert und für beide Seiten gerecht war. Wo das Leben hart ist, ist es weniger rau, wenn man zusammenarbeitet.

Honeymaws Gedanken wurden unterbrochen, als sie hörte, wie Vater sich regte. In der Stille des Winters war alles viel besser zu vernehmen.

Honeymaws Vater Jorl schob nun den Filzvorhang der Höhle beiseite und hakte ihn an der dafür vorgesehenen Halterung an der Wand ein, sodass der Durchgang offenblieb.

Jorl war selbst für einen Waldbären groß und sehr stämmig. Sein brauner Pelz wies ihn als Angehörigen der

Waldbären aus. Er hatte ein breites Gesicht mit sanften, dunkelbraunen Augen und seine tiefe Stimme war von einem warmherzigen, bronzenen Klang. Vaters Blick war stets ruhig und seine Haltung gelassen.

Er sah die Welt mit etwas anderen Augen als die meisten Bären. So schob er Honeymaws ausbleibendes Wachstum, das sie manchmal beschäftigte, auf ihre innere Unruhe. Sie verbrauche ihre Energie lieber mit Entdecken, Träumen und Grübeln als mit Wachsen, sagte er dann mit einem Augenzwinkern.

Wenn sie ein schnell fließender, sprudelnder Bergquell war, so war Vater ein ruhig strömender, breiter Fluss.

Er murmelte ein „guten Morgen, mein Liebes“ und streckte sich dann ausgiebig. Seine Arme reichten fast bis zur Decke. Honeymaw stellte sich vor, was wohl passieren würde, wenn er sich nicht in der Mitte des Langhauses unter dem Giebel befände, sondern an einer flacheren Stelle. Vermutlich würde er das Dach durchstoßen und in einem Schneegestöber versinken.

„Guten Morgen, Vater“, antwortete sie mit dem Anflug eines Grinsens.

+

Jorl gefiel dieses Grinsen gar nicht, auch wenn es noch so unmerklich war. Er schaute sich um, ob er nicht irgendetwas übersehen hätte, das ihn gleich nass oder schmutzig machen könnte.

Einen zusätzlichen Topf mit Eiswasser, das zum Schmelzen an einem der Haken des großen Stützbalkens aufgehängt worden war, oder einen Kübel mit Asche vom Feuer des Vortags zu seinen Füßen?

Als er nichts Verdächtiges entdecken konnte, holte er sich seinen Schemel und setzte sich an den Kamin. Er warf einen kurzen Blick auf das Feuer, war zufrieden und legte sich ein Scheit für später zurecht.

Jorl hatte aufgrund seiner Erfahrungen der vergangenen Jahre in weiser Voraussicht den sonst ungenutzten Raum des Langhauses mit Holz für den gesamten Winter vollgestapelt.

Die inzwischen erwärmte Luft des Langhauses hatte das Eis im Kessel in kaltes Wasser verwandelt. Jorl ergriff eine flache Schale und schöpfte sich einen erfrischenden Schluck.

„Zeit für Frühstück“, beschloss Jorl. „Worauf hast du denn Lust, Honeymaw? Etwas Süßes oder doch lieber salzig?“

Die beiden schmorten sich morgens stets einen für die Wintertage aufgesparten Leckerbissen. Das war einer der Lichtblicke im Winter, wenn die Tage kurz und die Nächte lang waren.

Er dachte jetzt an das brutzelnde Geräusch der im Pfännchen röstenden Honig-Datteln aus dem weit entfernten Süden. Da konnte man fast die Sonne des Südens auf der Zunge schmecken.

Oder ein Stück Lachs, auf dem etwas von dem aufgesparten Käse langsam schmelzend zerfloss. Eine Offenbarung.

Bei dem besagten Gericht zerlief der Käse erst auf dem bratenden Lachs, bildete schließlich eine leicht gebräunte Schicht, die dann Blasen warf und beim Abkühlen in der Pfanne knusprig wurde. Zur Erheiterung ihres Vaters nannte sie dies „Käseknusper“.

Sie war der Meinung, dass alles einen Namen haben sollte. Denn wenn sich etwas veränderte, war es ja nicht mehr das, was es einmal gewesen war; und somit etwas Neues.

So ein leckeres Frühstück weckte in seiner Tochter neben dem Appetit auch das Verlangen nach *geistiger*

Nahrung. Denn ihr wahrer Gegner im Winter waren nicht der Hunger oder die Kälte, sondern die *Langeweile*.

So berichtete Vater ihr im Winter von seinen Reisen, wob die Sagen von den Großen Geistern um ein weiteres Mal und beschrieb die Länder jenseits der Berge und der Seen. Er erzählte von den Legenden über die vergangenen Kriege und den Taten der Helden der alten Zeiten. Und auch Geschichten von ihrer Mutter. Wie sie sich kennengelernt, was sie erlebten hatten, bevor Honeymaw geboren wurde. Oder auch Geschichten aus der frühen Kindheit von Honeymaw, an die sie sich selbst gar nicht oder kaum erinnerte. Zum Beispiel, wie sie zu ihrem Namen kam.

+

Bärenkinder erhielten ihren Namen nicht bei Geburt, sondern erst in ihren ersten Lebensjahren. Der Name wurde aufgrund von Ereignissen oder Zeichen gewählt. In ihrem Fall war es keine mystische Offenbarung, sondern ein für ihre Eltern lustiges Ereignis.

Honeymaws Eltern, Jorl und Ulvna, waren keine Fischer, wie die meisten Bären in Klipphaven, sondern Honigsammler. Bären liebten das süße Bienengold, aber auch die Länder des südlichen Reiches begehrten den kräftigen Honig der Nordlande. Denn der Waldhonig, der in den nördlichen Kiefernwäldern gewonnen wurde, war um ein Vielfaches aromatischer als jener, der von den Blumenwiesen des Südens stammte. Auch wurden ihm heilende Kräfte nachgesagt. Ihr Vater verstand es zudem, aus den Überschüssen, die nicht selbst verbraucht oder verkauft wurden, Honigwein zu gewinnen. Er war also ein Metbrauer, und zwar einer der besten, wenn man den Ausführungen der anderen Bären Glauben schenken durfte. Was Honeymaw tat.

Eigentlich war sich jeder insgeheim darin einig, dass der „überschüssige“ Honig gewisslich Abnehmer finden würde – würde Jorl ihn denn zum Verkauf anbieten. Honeymaw wusste, dass Honig nicht verderben kann. Sie durchschaute bald Vaters Vorwand, diese „Überschüsse“ in Met verarbeiten zu „müssen“.

Doch niemand störte sich daran. Denn der Met war mindestens so beliebt wie der Waldhonig selbst. Einige würden sagen, er war sogar beliebter.

Den Honig lagerten sie in ihrer Vorratskammer. Den Anteil für den Met bewahrte Jorl in einem kleinen Schuppen nahe dem Apfelhain auf, der unweit ihres Hauses stand. In diesem Schuppen braute er auch den Honigwein, denn er wollte den Alkohol nicht im Hause haben, solange Honeymaw noch klein war. Der goldene Wein hatte im Gegensatz zum nördlichen Branntwein nicht den scharfen Geruch von Rauch, Torf und Feuer. Nein, sein Duft enthielt die Noten der verschiedenen Waldhonigarten. Dieser Duft konnte zwar die Sinne benebeln, erinnerte jedoch zu sehr an eine Süßigkeit. Etwas, das ein Kind haben wollte.

Den Schuppen verschloss Jorl stets sorgsam. Diebstahl gab es in dem Dorfe nicht. Tatsächlich waren Verbrechen unter den Bären so selten, dass es in ihrer Gesellschaft nicht einmal eine Gerichtsbarkeit gab. Er wollte einfach nicht, dass seine kleine Tochter in einem unbeobachteten Moment an einen der Metkrüge gelangen konnte.

Die Honigtöpfe lagerten dagegen im unverschlossenen Vorratsraum, im hinteren Teil ihrer Höhle.

Nun hatten Jorl und Ulvna natürlich stets einen Blick auf Honeymaw. Doch es kam der Tag, an dem die Kleine es schaffte, sich unbemerkt in den Bereich der Vorräte zu stehlen.

Mutter war zugange, das Abendessen vorzubereiten, und achtete nur drauf, dass Honeymaw nicht zur Vordertür hinaus entwich, um die Welt zu erkunden. So krabbelte die Kleine auf allen Vieren ungesehen in die andere Richtung an ihr vorbei.

Vater und Mutter hatten ihr streng untersagt, sich allein vom Haus zu entfernen, um im tiefen Fluss zu schwimmen, oder nachts allein in den Wald zu gehen. Als ob sie da je allein hin wollte.

Der Duft des Honigs, der aus der hinteren Höhle strömte, war aber viel verlockender als der kalte, tiefe Fluss oder der dunkle, unheimliche Wald in der Nacht.

So kam es, dass Honeymaw unbemerkt zu den Honigtöpfen gelangte. Als sie einen der Töpfe öffnen wollte, kippte dieser zur Seite und sie wurde mit dem Inhalt übergossen. Vor Überraschung schrie sie kurz auf, fing aber sofort an, den Honig aufzuschlecken.

So fanden sie ihre Eltern. Sie hatten mit Besorgnis festgestellt, dass sie nicht, wie so oft, in ihrer Spielecke neben dem Höhleneingang war. Der Schrei führte sie aber direkt zu ihrer Tochter.

Zuerst erleichtert, dann erheitert, nannte Mutter sie dann Honeymaw – Honigmäulchen – und bei diesem Namen wurde sie fortan gerufen.

+

Honeymaw hatte auch schon des Öfteren über ihren Namen nachgedacht. Es war kein großer Name, den Helden der alten Zeiten trugen. Es war auch keiner der Namen, in denen die Verheißung auf weltverändernde Taten mitschwang. Aber es war *ihr* Name, den niemand sonst hatte, den sie kannte. Und Mutter hatte ihn ihr gegeben.

Mit jedem Jahr veränderten sich Vaters Geschichten ein wenig, erhielten mehr Details. Zum einen wollte er die Geschichten, die er schon oft erzählt hatte, interessanter machen, zum anderen konnte er sie dadurch weiter ausschmücken.

So war bei der letzten Erzählung, wie Honeymaw zu ihrem Namen kam, ihr Bauch kugelrund, weil sie den *ganz* großen Topf allein ausgenascht hatte. Heruntergeschlürft, wie man einen kleinen Becher mit Wasser in einem Zuge leerte. So viel Honig hätten sie und Vater in einer Woche nicht verzehren können. Sie protestierte zwar, musste aber auch lachen, wenn sie sich das vorstellte.

Aber nicht alle Geschichten wurden lustiger. Insbesondere die Erzählungen vom Krieg und von den Großtaten der alten Helden veränderten sich, wurden düsterer und endeten manchmal traurig oder gar entsetzlich. Honeymaw liebte aber auch die gruseligen Teile der Erzählungen. Sie mochte sie nicht so sehr, sobald sie danach allein im Dunkeln lag, aber dann war es zu spät. Nichtsdestotrotz drängte sie Vater, nichts auszulassen.

Sie war schließlich kein Kind mehr. Nun, *fast* nicht mehr. Zeit, Vater daran zu erinnern.

„Vater, der Südwind hat eingesetzt“, begann sie, ohne ihrem Vater auf die zuvor gestellte Frage zum Frühstück zu antworten.

Jorl schaute zu ihr auf und sein Blick wanderte zur offenen Tür. Jetzt, da seine Tochter es aussprach, nahm auch er es wahr.

„Bald setzt also das Tauwetter ein“, fuhr Honeymaw fort, „und ich sollte meine Vorbereitungen treffen.“

+

Jorl wusste sofort, wovon seine Tochter sprach. Weissagung. Bestimmung. Reise.

Dieses Thema gefiel ihm gar nicht. Aber ihm länger aus dem Weg zu gehen, war auch nicht möglich. Vergangenes Jahr umging er es, als wäre es eine Grube voller Eisendornstrauch-Gestrüpp.

Dieses Jahr würde es so weit sein.

„Ja, das solltest du“, sagte er im ruhigen Ton. „Wenn du magst, können wir zusammen in den Ebenholzhain gehen und dir einen Baum für deinen Stab aussuchen. Du magst vielleicht noch ein Stückchen wachsen, aber es ist Brauch, den Stab im achtzehnten Lebensjahr und vor der Reise zu fertigen.“

Die Bären hatten nämlich den Ritus, dass sie in dem Jahr, in dem sie der Kindheit entwuchsen, die alten Runensteine aufsuchten. Hier erbaten sie bei ihrem Schamanen eine Weissagung. Die Schamanen waren dafür bekannt, dass sie den Willen der Geister zu deuten vermochten. Das Ritual half den jungen Bären, ihre Bestimmung zu finden. So würde sich ihnen offenbaren, welchem der fünf Geister sie am stärksten zugewandt und wozu sie berufen waren:

War der junge Bär wie die Höhlenmutter – Lebensgeber und Behüter des Heims – welche die Jungen beschützt,

oder kam er doch mehr nach dem Fischer, der weit reist, aber auch immer zur Höhle zurückkehrt und stets etwas Wertvolles mitbringt;

war er wie der Berserker, der für wilde Kraft steht, allerdings immer im Sinne des Ungestümen, für Kriegertum und in manchen Fällen gar Gewalt stehen kann;

oder doch wie die Fröhliche Schwester, die die Jugend und Ausgelassenheit verkörpert, die sich nicht bindet und immer Neues entdecken möchte;

möglicherweise aber doch wie der Schreiner, welcher das Dach über dem Heim errichtet, der für Sesshaftigkeit steht, neue Dinge mit seinen Händen schafft und somit auch die Handwerkskunst versinnbildlicht.

Zu Jorls Unbehagen zeigte seine Tochter viel von der Art des Geistes der fröhlichen Schwester. Sie war neugierig. Wollte Neues erfahren. Ähnlich dem Fischer zog auch sie aus, kehrte jedoch nicht immer zurück.

Honeymaw war in einer Vollmondnacht zur Welt gekommen und somit im Zeichen der Höhlenmutter geboren. Daher dachte Jorl, seine Tochter würde nach ihrer Wesensart kommen. Die Höhlenmutter war der mächtigste der großen Bärengeister und der Mond ihr allsehendes Auge, das über alle Bären wachte. Somit war das Gestirn, welches die Bären am meisten verehrten, der Mond. Da die Höhlenmutter als göttlicher Geist ewig war, verging die Zeit für sie langsamer als für die Lebenden. Das Auf- und Zunehmen des Mondes deuteten die Schamanen der Bären daher als das Blinzeln ihres Auges.

Honeymaw setzte sich auf. Die Freude darüber, dass Jorl diesmal auf das Thema eingegangen war, stand ihr ins Gesicht geschrieben.

„Ich kann es kaum erwarten, endlich meinen eigenen Stab zu haben. Ich brenne darauf, endlich richtig zu üben“, sagte sie.

Honeymaw hat bisher nur mit Jorls Stab trainieren können, der viel zu groß für sie war. Sie konnte kaum die Hände darum schließen und die Länge erlaubte es ihr nicht, vernünftige Angriffe auf Holzblöcke, die als Ziel dienten, durchzuführen.

„Ich musste die ganze Zeit mit einem Kiefernstab die Übungen durchführen. Und das Kieferholz ist viel zu leicht und auch zu zerbrechlich.“ Sie sprach die Worte nicht in dem Schmollton, den sie an den Tag legen konnte, wenn ihr etwas nicht gefiel. Sie sprach mit ernster Stimme.

Jorl runzelte bei diesen Worten ein wenig die Stirn. Seine Tochter zeigte in der Vergangenheit eher mäßige Begeisterung für das Kämpfen mit dem Stab. Sie warf lieber Stöcke nach Schneehaufen oder Holzblöcken. Aber Wehrhaftigkeit hat noch niemandem geschadet und er hatte stets darauf bestanden, dass sie den Weg des Kampfstabes erlernte. Dass sie nun Interesse zeigte, erfreute ihn.

„Ja, ein Kiefernholzstab ist kein Vergleich zu einem richtigen Kampfstab, der auf seinen Besitzer zugeschnitten ist", antwortete Jorl .mit einem bedächtigen Nicken.

„Wir werden am besten noch vor Einsetzen der Schneeschmelze unseren Übungsplatz freiräumen und dir dann deinen Stab aussuchen. Das Schnitzen und die anschließende Bearbeitung bis zur Vollendung des Stabs wird bestimmt auch einen Mond in Anspruch nehmen. Je früher, desto besser."

Die Öle, die bei der Bearbeitung eines Ebenholzstabes verwendet wurden, hatte Jorl schon im Jahr zuvor besorgt. Er hatte insgeheim gehofft, dass Honeymaw noch ein wenig wächst, aber es schien, als solle sie klein bleiben. Bei der Höhlenmutter, sie war nicht einmal sechs Fuß groß!

Honeymaw sah ihren Vater erfreut an. „Bekomme ich auch einen Ring?"

Ein unwohles Gefühl machte sich in Jorl breit. Diesen Wunsch hatte Honeymaw noch nie gcäußert. Einen Eisenring zog ein Krieger nämlich nur auf seinen Kampfstab, um zu töten.

„Na, ich hoffe, du wirst nie einen Eisenring brauchen. Ich denke, der blanke Eisenholzstab wird mehr als ausreichend sein. Was immer man mit einem Ring schlägt, bleibt tot liegen – du gehst auf Reisen und ziehst nicht in den Krieg."

Zu Jorls Überraschung kicherte Honeymaw bei diesen Worten.

„Ich finde das Thema nicht komisch, ich wüsste nicht, was es da zu lachen gäbe“, sagte Jorl nun in einem mahnenden Ton, während er seinen Blick wieder auf das Feuer richtete.

„Also Vater, du bist es doch immer, der stets von den Gefahren einer Reise spricht. Von Wegelagerern, Strauchdieben, Halsabschneidern, die aller Wege lauern. Demnach ist niemand auf der Straße sicher, selbst in den Wirtshäusern droht ständig Gefahr.“ Sie ahmte nun seine Stimme nach und erhob in gespielter Ernsthaftigkeit den Zeigefinger. „Ganz besonders jungen Mädchen.“

„Nun, dem ist auch so.“ Jorl sah sie nun wieder an. „Zumindest im Allgemeinen. Du magst dieses Jahr achtzehn werden, aber das bedeutet nicht, dass du mit dem Tag der Weissagung alles weißt, was es in der Welt zu wissen gibt.“

„Du willst nur nicht, dass ich allein reise. Weil mich sonst der Flügelunhold holt, oder eine Moorhexe oder ein Schuppenkobold. Diese Gruselgeschichten werden mich aber nicht abhalten …“

„… Hm-mh …“ Jorl nahm nun einen tiefen Schluck Wasser. *Jetzt besser nichts Falsches sagen.*

„… und ich werde mir mein Reiseziel selbst aussuchen. Wenn ich will, werde ich die gesamte bekannte Welt durchqueren. Über das Drachenkammgebirge zur Reichshauptstadt bis zu den Dolchzahn-Sümpfen; und vielleicht sogar zu den Dracheninseln“, beendete Honeymaw ihren Satz mit einem entschlossenen Gesichtsausdruck.

Das hatte gesessen. Jorl verschluckte sich nun an seinem letzten Zug und musste ein Husten unterdrücken.

Ja, der Gedanke an ihre Reise gefiel ihm nicht. Nicht im Geringsten. Die Idee, dass sie nicht nur das Reich, sondern gleich die Hauptstadt besuchen wollte, mit all ihren Gefahren und Lastern, war schon erschreckend genug.

Die Überlegungen, durch die tiefen Sümpfe des Südens zu ziehen, in denen immer noch der alte Feind lauerte, oder der Gedanke einer Überfahrt zu den Dracheninseln klangen mehr nach einem Fiebertraum als nach einem Reiseziel.

„Was redest du für einen Unsinn. Vergiss gleich mal wieder diese Gedanken, du wirst *nicht* über die Grenzen des Drachenkamms reisen. Zumindest *noch* nicht", warf er zugleich ein, als er den Ausdruck in Honeymaws Gesicht sah, den er nur zu gut kannte. Sie wurde wirklich selten wütend, aber ihre Reise war *das* Reizthema zwischen den beiden.

„Du wirst bitte nicht ernsthaft mit dem Gedanken spielen, diesen Sündenpfuhl von Dreistädten zu besuchen. Diese Stadt wird dich auffressen, sobald du sie betrittst."

„Jetzt fängst du schon wieder mit deinen Gruselgeschichten von der ach so bösen Großstadt an." Honeymaw hatte nun ihre Stimme erhoben. „Ich werde meine eigenen …"

Jorl sprach unbeirrt und jetzt mit sehr ernster Stimme weiter. „Der Unsinn mit den Sümpfen und den Dracheninseln steht außer Frage. Du kannst jede Geschichte, Sage und Legende glauben, die du jemals darüber gehört hast. Auch wenn die Greife die Drachen tatsächlich erschlagen haben, deren Untertanen sind eben nicht untergegangen und stellen weiterhin für jeden, der ihr Land betritt, eine tödliche Gefahr dar."

Jorl hatte sich bei diesen Worten aufgesetzt und schaute dabei Honeymaw ins Gesicht.

Sie erwiderte trotzig seinen Blick. Ihre Augen blitzten regelrecht im Flackern des Kamins. Grüne Feuerzungen schienen Jorl aus ihrem Gesicht entgegenzuspringen. Er kannte diesen Blick. Er musste jetzt sofort verhindern, dass Honeymaw die Gedanken, die ihr gerade durch den Kopf donnerten, zu Worten formte. Jorl war sich sicher, wenn sie erst einmal ausgesprochen waren, würden sie den Tag verdüstern. Im Winter musste das Heim aber ein Ort der Ruhe und Geborgenheit bleiben.

„Lass dich jetzt nicht mir zum Trotze zu einem solchen Unterfangen hinreißen."

Jorls Stimme senkte sich wieder bei diesen Worten. Denn er wusste, bei Honeymaw war bei bestimmten Themen mit Strenge nichts zu erreichen. Er hatte dies früh bei ihr erkannt.

Sie konnte manchmal so entschlossen sein.

+

Vater hatte es wieder getan. Er hatte mit wenigen Worten ein vernünftiges Gespräch über die Reise im Keim erstickt. Aber dieses Mal würde sie nicht klein beigeben.

Sie darf nicht ins Reich? Sie würde bis in den Smaragdwald jenseits der Sümpfe reisen. Und zu den Dracheninseln. Das würde ihm die Augen öffnen, wie harmlos ein Besuch in Dreistädten im Vergleich *dazu* wäre. In der Hauptstadt lebten Schafe und Hasen und keine Monster.

Sie sah sofort, dass Vater von dem – nicht ganz ernst gemeinten – Ansinnen erschrocken war. Hatte er sich sogar verschluckt und unterdrückte nun einen Husten? *Hah!*

Nun würde er ihr wohl die Reise ganz verbieten wollen, aber das ging nicht. In ein paar Monden war sie eine Frau und konnte tun und lassen, was sie wollte.

Sie wollte ihm gerade diesen Gedanken entgegenhalten, als er plötzlich ungewöhnlich kleinlaut wurde. Innerhalb von Augenblicken schien er den Gedanken an eine Reise in den Süden nicht für ausgeschlossen zu halten. *Besser das Reich als die Sümpfe.* Ihr Vorstoß hatte also Erfolg.

Honeymaw unterdrückte ein Grinsen. Jetzt nur nicht lockerlassen.

+

„Eine Reise ins Reich also“, fuhr Jorl nun schnell fort, bevor Honeymaw ihrer Empörung Luft machen konnte. Jorl blickte bei diesem Satz ins Kaminfeuer, um ihrem Blick nicht weiter zu begegnen.

„Ja, genau“, entfuhr es seiner Tochter, die ihn immer noch mit ihrem Blick fixiert hatte.

Kein Blitz, kein Donner … Sehr gut. Puh.

„Ich hatte gedacht, dass du vielleicht zu Tante Grimhilda reisen würdest, um den hohen Norden mit dem brennenden Eis und die Mitternachtssonne zu sehen. Und auch die bunten Feuer, die den Himmel in der Nacht in allen Farben erstrahlen lassen.“

Er lenkte ihre Gedanken nun auf einen anderen Wunsch, den sie ebenfalls schon lange hegte.

+

Verdammt. Vater lenkte ihre Gedanken jetzt auf das Nordland.

Die Heimat der Frostbären, die gefrorene See, war sagenumwoben. Licht und Dunkelheit, Feuer und Eis.

So soll sich dort des Nachts der Himmel entzünden und in kalten, bunten Flammen brennen. Vater und Mutter hatten ihr davon erzählt. Auch das Eis sollte dort brennen, was sich Honeymaw nicht wirklich vorstellen konnte, Eis bestand doch aus Wasser – und Wasser löschte Feuer.

Eine Mitternachtssonne erschien da schon klarer vor ihrem inneren Auge. Sie war sich nicht sicher, was der Unterschied zur Mittagssonne sein sollte. Das würde sie aber schon noch selbst sehen. Eines Tages. Vielleicht sogar bald.

Vater hatte es geschafft, dass sie es nun tatsächlich in Erwägung zog, doch nicht ins Reich der Greife zu reisen. Zumindest nicht dieses Jahr.

Eine Reise zu Tante Grimhilda?

Tante Grimhilda, die man – zu Recht – „Eisenpranke" nannte, war für Honeymaw eine Heldin. Honeymaw hatte sie nun klar vor Augen. Ihr Gesicht. Ihre Stimme. Ihre großen Hände, die so viel Kraft besaßen. Ihre gewaltige Form. Sie überragte selbst Vater um fast einen Kopf und war mindestens genauso schwer wie er. Dabei war sie schlank in der Taille und hatte auch deutlich weniger Speck am Körper.

Das Fell war von einem strahlenden Weiß, wie man es sonst nur von frisch gefallenem Schnee kannte. Die schwarzen Lippen und die ebenfalls schwarzen Lider, welche ihre hellleuchtenden Augen umspielten, standen in einem drastischen Kontrast dazu. Die Augen waren blau, aber nicht wie die von Mutter. Grimhildas Augen waren fahler. Ein Blau so hell, dass es im Dämmerlicht beinahe weiß erschien. Wie die Spiegelungen in einem Gletscher, der an einem wolkenfreien Wintertag die Farbe des Himmels einfing. Eisaugen, dachte Honeymaw dann. Schön, aber gefährlich.

Grimhildas letzter Besuch war nun zwei Jahr her. Sie kam mit ihrem Langboot, das sie allein zu steuern vermochte. Honeymaw hatte damals bemerkt, dass die jungen Männer im Fischerdorf auf ihre Tante ein Auge geworfen hatten. Denn als Tante Grimhilda also am Pier anlegte, eilten sie herbei und überboten sich gegenseitig mit Versuchen, besonders gewitzt und fähig zu erscheinen. Doch ihre überzogenen Werbungsversuche verärgerten die schroffe Grimhilda nur. Sie rief die Burschen in ihrer unwirschen Art und mit ihrem kalten Blick zur Ordnung und ließ sie niedergeschlagen am Pier zurück.

Leider verpasste Honeymaw, was genau gesagt wurde. Irgendetwas in ihr *brannte* darauf, das zu erfahren. Grimhilda zwinkerte der kleinen Nichte, die ihr trotz ihrer fünfzehn Jahre gerade bis zur Hüfte reichte, verschwörerisch zu und raunte ihr in einem ebenso verschworenen Ton leise ins Ohr: „Solche frechen Burschen wie die beiden kann man ruhig ein wenig wie Fische auf dem Trockenen zappeln lassen."

Obwohl Honeymaw sich nicht ganz sicher war, worauf Tante Grimhilda genau hinauswollte, gefiel ihr, dass sie wie eine Erwachsene in eine Art Geheimnis eingeweiht wurde. Sie versuchte sofort, den desinteressierten Gesichtsausdruck ihrer Tante nachzuahmen.

Honeymaw war im Dorf das einzige Mädchen in ihrem Alter. Die Bewohner behandelten sie wegen ihrer Körpergröße wie ein kleines Kind. Doch von Grimhilda fühlte sie sich ernst genommen.

Aus den Augenwinkeln beobachtete sie nun verstohlen, was die beiden jungen Bären am Pier jetzt trieben. *Bloß nicht den Kopf drehen.*

Die Burschen lehnten gelassen an den hölzernen Pfählen und schauten ihnen nach. Sie sprachen leise miteinander, ohne aber den Blick von Grimhilda abzuwenden. Nur einzelne Worte. Sie schienen sich nicht für Honeymaw zu interessieren. Ihre Blicke klebten regelrecht an Tante Grimhilda. Um genau zu sein, auf ihren Hüften. Unerhört.

Honeymaw bemerkte, dass Grimhilda jetzt in einem für sie ungewöhnlichen Rhythmus ging.

Glich ihr Schritt in der Regel dem eines entschlossenen Kriegers, so schwang sie nun ein wenig mit der Hüfte und ließ ihren linken Arm in einer fast anmutigen kleinen Bewegung im Einklang mit der Hüfte kreisen.

Mit dem rechten Arm trug sie ihr Bündel über die Schulter, das vermutlich fast so schwer war wie Honeymaw.

Grimhilda hatte die Jungs, nachdem sie an ihnen kokett vorbei stolziert war, mit keinem weiteren Blick gewürdigt. Honeymaw ahnte mehr, als dass sie es wusste, dass die beiden nun wie gebannt auf das Hinterteil ihrer Tante glotzten.

Honeymaw wurde plötzlich heiß und kalt zugleich. Ob *ihr* auch jemand so auf den Hintern schaute, wenn sie durch das Dorf lief? *Oh Mutter – wie peinlich das wäre.*

So setzten die beiden Bärinnen ihren Weg durch das Dorf fort. Die eine selbstsicher und nun wieder im festen Schritt eines jungen Kriegers, die andere erfüllt mit neuen Gedanken, die sie noch einige Zeit beschäftigen würden.

Sie schritten weiter die Hügel hinauf zu Honeymaws und Jorls Haus, das eine halbe Wegstunde entfernt oberhalb von Klipphaven lag.

Grimhilda war wie die meisten Frostbären Einzelgängerin und kam nur selten in den Süden. „Süden“ war für sie alles jenseits des ewigen Eises der gefrorenen Küsten. Sie füllte dann bei den Waldbären die Vorräte auf, die im Norden nicht aufzutreiben waren. Die Frostbären hatten kein Silber oder Gold, sie betrieben nur Tauschhandel. Da im ewigen Eis so gut wie nichts verdarb, konnten sie ihre Jagdbeute lange aufbewahren, und Grimhilda war eine gute Jägerin.

Wie alle fleischessenden Völker hielten sich auch die Frostbären an den Schwur, der nach dem Ende des Krieges gesprochen wurde, niemanden zu verzehren, der sprechen kann. Dies galt natürlich auch für Angehörige eines sprechenden Volkes, die aus irgendeinem Grund stumm waren.

So bestand die Hauptnahrungsquelle der Frostbären aus Fisch. Denn auf den eisigen Feldern des hohen Nordens wuchs nichts Grünes. Sie waren erfahrene Fischer, die auch auf dem lebendigen Eis Wege fanden, Fische aus den Tiefen der See zu fangen.

Die Mutigsten unter den Nordbären wagten zudem die Jagd auf Seeschlangen – gewaltige Bestien, die im Gegensatz zu den Drachendienern des vergangenen Zeitalters nicht sprachen und keinen Hinweis auf einen verständigen Geist an den Tag legten.

Wenn Honeymaw die grauenhaften Geschichten richtig einordnete, schien es sich bei den Seeschlangen aber um eine Art Fisch zu handeln und nicht wirklich um Verwandtschaft der Reptilien des Südens.

Sollte also ein Jäger den Zweikampf mit einer Seeschlange für sich entscheiden, so verwertete er deren Körper von der Haut bis zu den Knochen. Selbst die sonderbaren Zähne, welche eine gewellte Form hatten, wurden als Spitzen für Jagdspeere genutzt. Der Kampf mit einer Seeschlange wurde im oder gar unter Wasser geführt. Frostbären waren ausgezeichnete Schwimmer und konnten zudem sehr lange tauchen. Aber unter Wasser war ein Ebenholzstab nutzlos. Deshalb führten die Jäger Speere, deren Stoß unter Wasser genauso tödlich war wie an Land. Ein Jäger trug meist einc Anzahl Speere mit sich, da sie diese im Kampf über Wasser zuweilen auch warfen. Aber unter Wasser war ein Wurf nicht möglich. Der Jäger nahm also seinen besten Speer und tauchte unter das Eis, wo die Seeschlangen auf der Lauer lagen.

Honeymaw packte stets das Grauen, wenn sie sich nur vorstellte, unter Wasser mit einer dreißig Fuß langen Schlange kämpfen zu müssen.

Tante Grimhilda erzählte ihr einmal von solchen Kämpfen. Diese Bestien der Tiefe umschlangen ihre Gegner mit ihren langen Körpern. Sie pressten ihnen mit unerbittlicher Kraft die Luft aus den Lungen – besonders unter Wasser ein beklemmender Gedanke.

Das breite Maul der Seeschlangen war besetzt mit einer Doppelreihe messerscharfer Zähne, die den Arm eines starken Kriegers mit einem Biss abtrennen konnten. Tante Grimhilda erzählte, dass jede Verletzung, die ein solcher Biss zufügte, sich in eine schwärende Wunde entzündete. Die Seeschlangen besaßen keine Giftzähne, wie die Drachendiener im Süden sie haben sollen. Der Biss der Seeschlange löste aber ein Fieber aus, das der Entzündung entsprang. Dieses Fieber brannte sich dann durch den ganzen Körper, bis der Unglückliche schließlich daran starb.

Diese Tatsache verstörte Honeymaw besonders. Denn selbst wenn man die Schlange besiegen, oder ihr zumindest entkommen sollte und lebend aus dem Wasser käme, so würde man doch unweigerlich an den Folgen des Bisses sterben müssen.

Honeymaw selbst hatte auch schon einmal eine traurige Erfahrung mit einem Fieber machen müssen. Es war nämlich so, dass ihre Mutter einst an einem Fieber erkrankte. Zwar nicht durch den Biss einer Seeschlange, sondern wegen einer Seuche, die als „Trockener Tod“ bekannt war und vor einigen Jahren durch die Länder grassierte.

Die meisten wurden vom bösen Geist der Krankheit verschont. Zumeist erkrankten die Alten, oder jene, die schon durch andere Leiden sehr geschwächt waren. Aber leider wurden auch einige Gesunde von dem Siechtum befallen.

Zuerst wurde die Nase trocken, dann der Rachen und schließlich schwanden die Kräfte. Der Erkrankte hatte keinen Appetit und wollte schließlich auch nicht mehr trinken. Dann setzte nach einer Woche das Fieber ein, heiß und heftig. Diejenigen, die so erkrankten, starben kurz darauf. Die kräuterkundigen und weisen Frauen des Landes wussten hier keinen Rat. Die bekannten Mittel gegen die Krankheiten des Atems wirkten nicht gegen dieses neue Fieber. Nur einer von Hundert erkrankte schwer daran. Dann blieben nur wenige Tage, bevor der Betroffene vom Fieber regelrecht ausgetrocknet wurde. Mutter war leider die eine von Hundert.

Es wurde auch bis heute kein Heilmittel gefunden, auch wenn Scharlatane im Reich sich eine goldene Nase verdient haben sollen – das erzählte zumindest Vater, der Honeymaw stets davor warnte, Bürgern des Reiches zu vertrauen, sollte sie einst auf sie treffen. „Gesundes Misstrauen" nannte er das dann. Sie hatte aber nie erlebt, dass er jemals jemanden mit „gesundem Misstrauen" begegnete. Die meisten seiner Warnungen erschienen ihr inzwischen übertrieben.

Er hegte insbesondere gegen die Händler des Südens eine Abneigung, oder ein „gesundes Misstrauen". Sie waren seiner Meinung nach nicht ehrlich und man sollte stets nur Ware gegen Ware tauschen. Versprechungen wurden seiner Erfahrung nach nur selten gehalten. Einzige Ausnahme: Mogen, der Dachs. Auf ihn hielt Vater große Stücke und nannte ihn sogar einen Freund.

Als Mutter erkrankte und es sich abzeichnete, dass sie am Trockenen Tod litt, versuchte er alles, um sie zu retten.

In der Nacht, als klar wurde, dass sie von der Seuche heimgesucht war, reiste Vater in den Süden. Er ließ sie und Honeymaw in der Obhut der weisen Gertala. Sie war die Schamanin des Dorfes und wusste meist Rat, denn sie verstand sich auf die Kunst des Heilens. Auch wenn sie der Mutter nicht helfen konnte, so konnte sie doch wenigstens mit ihren Kräutern und Wickeln das Leid von Mutter lindern und der verzweifelten Honeymaw, die damals nicht verstand, was geschah, etwas Trost spenden.

Honeymaw war damals noch ein Kind gewesen und hatte selbst nur vage Erinnerungen an diese Zeit. Einzelne verschwommene Bilder und ein Gefühl der Traurigkeit. Sie wollte sich auch gar nicht daran erinnern.

Laut Berichten dauerte es in der Regel nur eine Woche von der trockenen Nase bis zum Fieber. Es gab einen Ort, an dem eine wirksame Arznei vorhanden sein könnte: Telkar, die große Hafenstadt an der oberen Azursee. Nur dort, wenn überhaupt, würde Vater rechtzeitig ein Heilmittel finden können.

Vater hatte den kleinen Goldvorrat, den sie zusammen angespart hatten, mitgenommen. Es waren vier glänzende Münzen, die allerdings einen großen Wert hatten. Diese kleine Menge Gold war ausreichend, um Vorräte für zwei Jahre zu *kaufen*. Honeymaw erinnerte sich nun an das erste Mal, als sie dieses Wort bewusst hörte.

Kaufen, erklärte Mutter auf ihren fragenden Blick, sei eine besondere Art des Tauschens, bei der *Münzen* aus Silber oder Gold eingesetzt wurden. Gold war viel seltener als Silber und hatte daher einen sehr viel höheren Wert als Tauschmittel. Diese Münzen konnten auch nicht verderben, daher war es möglich, sie zu sammeln und für Tauschgeschäfte in weiter Zukunft zu horten. „Sparen“ nannte sie dies. Auch der Tauschpartner hatte den Vorteil, dass er etwas von beständigem Wert erhielt, das er später wiederum gegen ganz andere Waren eintauschen könnte, die der erste Tauschpartner gar nicht besaß. Das verwirrte Honeymaw zuerst. Doch wurde ihr die Sache schnell klar, als Mutter ein einfaches Beispiel aufzeigte:

„Stell dir vor, der Dachs, der jedes Jahr mit einer Ladung Honigdatteln kommt, träfe morgen hier ein und du wolltest gern ein paar Datteln haben.“

Das konnte sich Honeymaw sogar sehr lebhaft vorstellen.

„Du hast aber nur reife Äpfel zum Tausch, die der Dachs jedoch nicht mitnehmen kann. Denn zum einen könnten sie verderben, bis er sie gegen etwas anderes eintauschen kann, und zum anderen nehmen die Äpfel auch viel mehr Lagerplatz auf dem Schiff ein als die Honigdatteln."

Honeymaw verstand das Problem.

„Wenn du ihm jetzt aber eine Silbermünze gibst, kann er diese heute, morgen oder in zehn Jahren gegen etwas eintauschen, das dem Wert der Datteln entspricht, die du heute von ihm für deine Münze bekommst. Und obendrein hätte er wieder Platz für neue Waren."

Honeymaw stand daraufhin einen Moment schweigend da und dachte nach. Dann blickte sie auf und fragte schließlich:

„Mutter?"

„Ja, mein Liebes?"

„Bekomme ich eine Silbermünze?"

Honeymaw lächelte nun, fast unmerklich. Das Lächeln war so dünn wie ein leichter Nebeldunst, der sich beim ersten zarten Lufthauch auflösen würde.

Sie erinnerte sich noch an Mutters Lachen, als sie ihre Frage stellte. Auch wenn ihr Gesicht vor ihrem inneren Auge inzwischen verblasst war, konnte sie ihre Stimme hören.

Honeymaw konnte ihrem Vater nicht sagen, dass sie sich nicht mehr an Mutters Gesicht erinnern konnte. Sie freute sich daher umso mehr, wenn er von ihr erzählte.

Wenn seine Geschichten ihre Erinnerungen an vergangene Momente erweckten, schien es ihr, als ob das verschwommene Bild doch etwas klarer wurde. Sie sah dann Mutters Fell, die Art, wie sie die Haare trug, oder ihre blauen Augen, die immer ein lebhaftes Leuchten hatten.

Honeymaw war erst acht Sommer alt, als der Trockene Tod, der jeden anderen in Klipphaven und darüber hinaus verschonte, ihr ihre Mutter nahm.

Da der Großteil der Bevölkerung nicht daran erkrankte, konnte er sich so leicht und unbemerkt verbreiten. Die meisten hielten ihn nicht für eine wirkliche Seuche, da er im Vergleich zur schwarzen Pest als harmlos angesehen wurde.

Die schwarze Pest, die vor über zwei Jahrhunderten die Länder regelrecht entvölkerte und schlimmer gewütet haben soll als der Große Krieg.

Die schwarze Pest. Der Schwarze Tod.

Honeymaw hatte hierzu ausschließlich Horrorgeschichten gehört. Wenig hatte sich nach dem Großen Krieg vor neunhundert Jahren derart tief in die Erinnerung der Völker gebrannt wie diese Seuche. Die ersten Berichte stammten aus dem Jahr 689 n. D., also von vor über zweihundertzwanzig Jahren.

Die schwarze Pest hatte zwar die Länder der Bären nie erreicht, doch auch bei ihnen waren die Geschichten fest verwurzelt. Zu schrecklich hatte diese Krankheit allen Ortes gewütet.

Allein das Gerücht hatte dafür gesorgt, dass ein jeder sich in seinem Hause verkroch. Jeglicher Handel wurde unterbrochen und kein Reisender willkommen geheißen. Einige legten kleine Lager mit Dauerwaren außerhalb ihrer Ortschaft an. Diese Vorräte waren für all jene gedacht, die auf der Flucht vor der Pest vorbeizogen. Die Verzweifelten sollten nicht an ihre Türen klopfen, um Nahrung zu erbetteln, denn jeder könnte die Krankheit in sich tragen. So sollen damals noch nicht einmal Gold und Silber angenommen worden sein, da man befürchtete, sich sogar an den Münzen anzustecken.

Wenn beim Trockenen Tod nun einer von hundert Erkrankten starb, starben an dieser Seuche einst acht von zehn Befallenen –, und fast jeder, der in Kontakt mit ihnen kam, schien zu erkranken.

Das Volk, das sich am widerstandsfähigsten gegen die Krankheit erwies, waren die Ratten, und viele gaben ihnen die Schuld an der Verbreitung.

Mutter erklärte Honeymaw, dass die Ratten, welche noch nie zu den angesehenen oder ruhmreichen Völkern zählten, hierdurch einen noch schwereren Stand hatten. Sie waren nun nicht mehr nur „nicht ehrbar“, sie wurden geradezu „ehrlos“. Viele Berufe wurden ihnen nun verschlossen und sie waren nirgendwo gerne gesehen. Sie wurden sogar verjagt. Bis heute hatten sie einen schlechten Leumund und sie arbeiteten in Berufen von niedrigem Stand. Aber auch viele der Diebesgilden in den großen Städten des Reiches sollen von den Ratten betrieben worden sein. Es hieß, in jede Art von unlauterem Geschäft waren Ratten auf die eine oder andere Weise verwickelt. Das hieß nicht, dass jede Ratte ein Verbrecher war, oder jeder Verbrecher eine Ratte, aber in den Augen der meisten anderen Völker war dies so.

Wenn es um die Erzählungen über den Schwarzen Tod ging, vertiefte sich Honeymaws Vater nicht in Einzelheiten. Hier gab es nur Schlimmes zu berichten. Kein Held, der zur Rettung kam, kein Weiser, der ein Mittel der Heilung für die Erkrankten fand.

Aber Honeymaw hatte einmal eine Unterhaltung zwischen Fischern am Pier belauscht, die sich über diese Zeiten unterhielten. Sie saß unbemerkt unter dem Steg und suchte sich hübsche Muscheln, deren Innenseiten wie der Regenbogen glänzten. Sie wollte die Männer nicht belauschen, konnte aber auch nicht weghören. Was Honeymaw dann zu hören bekam, erfüllte sie mit Grauen.

In der Zeit der schwarzen Pest sollen die Toten sich vor den Häusern aller Völker gestapelt haben. Niemand beerdigte sie oder äscherte sie ein, wie es die Greife mit ihren Verstorbenen zu tun pflegen. Die Leichen verrotteten schlicht auf den Straßen und Feldern. Die Körper blähten sich auf. Die Säfte flossen aus den faulenden Kadavern und über allen Orten lag ein Brodem des Verfalls. Unmengen von Fliegen und anderer Insekten erfüllten die Luft mit einem schaurigen Brummen. Jeder Ort, an den die Seuche kam, hisste schwarze Flaggen zur Warnung an Flüchtlinge, die vielleicht noch nicht befallen waren.

Honeymaw, die noch nie eine verrottete Leiche gesehen hatte, dachte an faulende Äpfel, die in der Sonne lagen. Wie sie braun wurden. Schwammig. Wie dann Saft aus ihnen heraustrat und Würmer sich an ihnen gütlich taten. Dann stellte sie sich vage vor, dass es Körper statt Früchte wären. Ihre Haare stellten sich am ganzen Körper auf und ihr wurde übel.

Wer nicht erkrankt war, stellte die Arbeit ein und verschloss seine Tür. Somit blieben nicht nur die Handelsposten unbesetzt, auch die Felder wurden nicht bestellt und kein Korn mehr gemahlen. Die Hungersnot, die mit dem Ausbleiben der Ernten folgte, verschlimmerte die Krise um ein Vielfaches. Es starben nun nicht nur die von der Seuche Geschwächten, sondern auch die Gesunden wurden immer schwächer und erkrankten schließlich ebenfalls. Wenn nicht an der Pest, dann an einer anderen Krankheit.

So flohen auch etliche aus Angst vor der Seuche und ließen die Toten und Sterbenden in ihrem Elend zurück. Honeymaw wurde selbst ganz elend zumute, als sie so etwas hörte.

Als wäre dies alles nicht schon schlimm genug gewesen, gingen damals auch grausame Gerüchte um. In der Hungersnot sollen einige der fleischverzehrenden

Völker sich an dem Fleisch der Verstorbenen gelabt haben. Oder schlimmer noch, es sollen sogar Überlebende, um ihres Fleisches Willen, ermordet worden sein.

Die Männer am Pier erzählten sich nun mit gesenkten Stimmen Schauergeschichten, die sich in Honeymaws Erinnerungen mit allen schrecklichen Details einbrannten. Geschichten von Mord und Kannibalismus. Taten von entsetzlichen Grausamkeiten und von bösen Geistern, die den Lebenden noch aus dem Grabe heraus nachstellten.

Wenn ihr diese Geschichten zu schaffen machten, fragte sie ihren Vater, ob an diesen etwas Wahres dran sei. Er meinte dann, dass dies alles nur dumme Schauermärchen seien. Es sei wie mit den Flügelunholden: Gruselgeschichten, die man sich nachts am Feuer erzählte und die mit jeder Erzählung etwas unheimlicher wurden.

Dies erleichterte Honeymaw. Aber nachts, wenn nur noch das flackernde Licht einer kleinen Kerze die Dunkelheit fernhielt, erschienen diese Geschichten doch sehr gut möglich. Sogar sehr wahrscheinlich.

Besonders die Erzählungen von der Rattenbande, die Reisende in ihr Gasthaus lockten und dort dann im Schlaf im Dutzend über sie herfielen und sie bei lebendigem Leibe langsam auffraßen. Bissen für Bissen, mit den Füßen angefangen. Wie am Morgen nur noch die blanken, abgenagten Knochen übrig waren. Sie hatten schon den Wirt und seine Familie ermordet und verspeist, und jedem, der an dem Gasthaus vorbeizog, erging es dann genauso.

Oder die, für sie, schlimmste Geschichte: die Sage vom bösen Bäckermeister.

Der Bäcker, der verlorene und verwaiste Kinder mit Versprechungen von Gebäck in seine Backstube lockte. Die Pest hatte ihm das halbe Gesicht weggefressen und auch Teile seines Verstandes aufgelöst, was er jedoch zu verbergen wusste. Es schien, dass nur der durchtriebene und boshafteste Teil seines Geistes verblieben war. Denn sobald die Kinder in der Backstube waren, entblößte der Bäcker sein wie geschmolzen aussehendes Gesicht. Das Auge auf der zerronnenen Gesichtshälfte hing aus der Höhle und es rollte mit jeder seiner Bewegungen über die mit geplatzten Eiterblasen übersäte Wange. Er gab dann ein irres Kichern von sich und ergötzte sich an der Angst der Kleinen. Als die Kinder dann vor Schrecken wie gelähmt vor ihm standen, packte der böse Bäcker sie. Er schob die um Hilfe schreienden Kinder in den schwelenden Ofen, als wären sie Laibe Brot.

Wie sie nach ihren Eltern heulten. Wie sie in der aufsteigenden Hitze mit ihren kleinen Händen gegen die Ofentür klopften und der verrückte Bäcker dann schrill kreischend lachte.

Kinderknusper!

Oh Mutter.

Honeymaw dachte in der Dunkelheit oft an solche Geschichten und fragte sich, warum die Höhlenmutter nicht von den Himmeln herabstieg, um die Bösen zu strafen und die Unschuldigen zu schützen. In den alten Geschichten halfen die Großen Geister den Lebenden zwar meist mit Rat oder Omen. Aber manchmal nahmen sie, wenn die Not am größten war, auch Gestalt an und beschützten die Hilflosen.

Selbst der Berserker kam in den Geschichten manchmal den Verzweifelten zu Hilfe. Anstatt sich zu manifestieren, ergriff der Berserker von Geist und Körper des in die Ecke Gedrängten Besitz. Die zuvor Mutlosen legten in diesen Momenten jede Angst vor Schmerz und Tod ab und errangen dann doch den Sieg über den Missetäter.

Vater meinte dann, dass fehlender Mut die wahre Schwäche sei, nicht ein kleiner Körper. Der unbändige Geist des Berserkers offenbarte, dass auch der Geringste alles Nötige hat, um ein Hindernis oder einen Feind zu überwinden.

Zur Zeit der schwarzen Pest verloren viele den Mut. Zwar war es schon so lange her, dass keiner der heute Lebenden dies bezeugen konnte, aber die zivilisierte Welt stand damals kurz vor dem Zusammenbruch. Viele, die ihre Geliebten verloren hatten, waren von Gram gebrochen. Und einige dieser Gebrochenen sollen den Freitod gewählt haben.

Freitod – was für ein seltsames und unheilvolles Wort.

Honeymaw konnte es als Kind nicht richtig zuordnen. Heute wusste sie, dass es bedeutete, dass man sich selbst das Leben nahm. Sie hatte als Kind keine Ahnung, was man dafür tun müsste. Davon abgesehen hatte sie keinerlei Interesse am Tod, ob nun „frei“ oder „kostspielig“. Irgendwie schien der Preis stets das Leben zu sein. Einen Unterschied konnte sie nicht erkennen.

Obwohl sie dieses Thema gar nicht mochte, grübelte sie darüber, wie über die meisten Dinge, welche sie vernahm oder entdeckte.

Grübeln wurde oftmals mit Verständnis, Ideen für Neues oder der Erkenntnis über Bestehendes belohnt. Manchmal aber auch mit weniger angenehmen Einsichten.

Es war in ihrem zehnten Jahr, als sie sich eines Nachts mit diesem schwermütigen Gedanken befasste. In dem Moment des Übergangs vom Wachen in den Schlaf hatte sie dann einen finsteren Wachtraum:

Sie stand nackt an einem gefrorenen Ufer eines sich in die Unendlichkeit erstreckenden schwarzen Meeres. Über diesem finsteren Meer wölbte sich ein aschfahler Himmel, an dem keine Sonne, kein Mond und auch kein Stern strahlte. Die finsteren Wolken, welche über ihr standen, drehten sich langsam im Kreise, als ob ein unsichtbarer Luftstrom sie hinauf ins finstere Firmament der Nacht sog.

Bleiche Eisschollen trieben in der kalten See, bei deren Anblick sie an alte, ausgehöhlte Knochen denken musste. Wie Schädel, die mit dem Gesicht nach unten durch die dunklen Wasser schwammen. Jenseits des treibenden Eises war nur Schwärze. Die ganze Szenerie war bar jeden Lebens, auch gaben weder das Meer noch der Himmel ein Geräusch von sich. Kein Rauschen der Wellen oder des Windes war zu hören.

Honeymaw war in dieser schaurigen Vision wie gelähmt. Etwas schien ihren Atem in ihrer Brust festzuhalten und jede Kraft und fast alle Wärme waren aus ihr gewichen.

Dann merkte sie, wie sie sich langsam, ganz langsam, nach vorne, in Richtung der schwarzen Flut neigte – und dann begann zu fallen. Panik stieg in ihr auf. In diesem Augenblick wusste sie, wenn sie das Wasser berührte, würde sie unweigerlich und unaufhaltsam nach unten gezogen werden; ins Dunkel, wo kein Atmen möglich war und die letzte Wärme und schließlich jeder Gedanke aus ihr weichen würde.

Hinter der Schwärze war die Endgültigkeit allen Seins, wo das *Ich* aufhörte, zu existieren.

Als sie nach vorne fiel, unbeweglich und stumm, sah sie im Wasser etwas jenseits der Schwärze, etwas noch Dunkleres als die Dunkelheit, eine Finsternis, die das Schwarz verschlang und sich in sich selbst zu winden schien.

Dann durchbrach sie das Wasser und sank wie ein Stück Eisen in den schwarzen Schlund des Nichts. Sie sank nicht nur, es war, als würde sie nach unten gezogen, immer weiter hinunter, direkt in die sich windende Finsternis.

Honeymaw wachte in kaltem Schweiß gebadet auf, mit dem Gesicht in ihrem Kissen, welches Mutter ihr einst gestickt hatte. Die eingestickten gelb-blauen Schmetterlinge, die Honeymaw so liebte, waren im Dunkeln der Höhle aber nicht zu sehen.

Sie hatte sich im Schlaf wohl so gedreht, dass sie sich selbst mit dem Kissen kurz den Atem nahm. Ihre Decke hatte sich um sie gewickelt, sodass sie sich nicht bewegen konnte. Sie war aber noch so verstört von ihrem Traum, dass sie glaubte, unter Wasser zu sein. Schließlich, nach einem quälend langen Moment, konnte sie einen Atemzug nehmen. Aus Angst und Entsetzen schrie sie auf.

Vater schreckte aus dem Schlaf und eilte zu Honeymaw, um sie zu beruhigen.

„Nur ein Traum, nur ein böser Traum", wiederholte er immer wieder, während er sie hielt und selbst noch halb im Schlafe war.

Die Erinnerung an diesen Alptraum ließ sie nie ganz los und blieb lange Zeit erschreckend klar in ihrem Gedächtnis.

Kapitel 2: Nordblume

„Meine Lieblingsfarbe? Blau. Ja, Blau. Jetzt und für immer."

Jorl, 912 n. D.

Das Frühstück fiel also aus. Jorl war nach dem Wortwechsel mit Honeymaw ohnehin der Appetit vergangen – was selten vorkam.

Sie war nach seinem als Ablenkungsversuch gedachten Vorschlag, Tante Grimhilda zu besuchen, wie so oft in ihren Tagträumereien versunken.

Vielleicht war es im Moment das Beste. Sie war wie er, ein Grübler. Jorl vermutete, dass ihre Gedanken, trotz ihrer jungen Jahre, oftmals weiterwanderten als die seinen. Ein Segen? Ein Fluch?

Es ärgerte ihn jedoch, dass Honeymaw auf seinen Rat, was das Reich betraf, nicht hören wollte. Schlimmer noch. Sie schien bestrebt zu sein, genau das Gegenteil von dem zu tun, was er ihr riet. Das war früher anders. Erst vor fünf, sechs Jahren hätte sie seinen Ratschlag gar nicht in Frage gestellt oder gar ihm offen widersprochen.

Bei diesem Gedankengang wurde ihm wieder einmal erschreckend klar, dass sie bald erwachsen sein würde. Er sah sie immer noch honigverschmiert neben dem Honigtopf sitzen. Zwei Jahre alt und kaum größer als der besagte Topf, dessen Inhalt sie über sich gegossen hatte.

Sie war aber nicht mehr zwei, acht oder zehn, sie war nun siebzehn und würde dieses Jahr ihren achtzehnten Sommer erleben.

Ihre Weissagung erhalten.

Ihre Bestimmung erkennen.

Ihre Reise antreten.

Dass sie so ausgesprochen klein gewachsen und obendrein ein Mädchen war, machte es auch nicht leichter, sie nächstes Jahr ziehen zu lassen.

Nein, verbesserte er sich, *schon dieses Jahr*.

Es war nicht nur das Unbehagen eines Vaters, der seine junge Tochter in die Fremde ziehen sieht. Er selbst hatte schon schlechte Erfahrungen mit dem Reich machen müssen. Das Reich war Teil der schlimmsten Zeit seines Lebens.

Jorls Stimmung verfinsterte sich nun. Alle dunklen Gedanken verbarg er stets vor seiner Tochter. Sie war mit einem sonnigen Herz gesegnet. Sein Verdruss sollte nicht der ihre sein.

Honeymaw saß nun im Licht des Tages, das durch die immer noch offene Tür ins Haus fiel, und summte eine Melodie vor sich hin. Vermutlich wandelte sie in ihren Gedanken schon an den weißen Stränden der Azurküste.

Jorl stand auf und murmelte etwas von „Beine vertreten". Er legte Beinwickel an, warf sich seinen schweren blauen Lodenmantel um und trat vor die Tür. Seine Tochter hatte einen kleinen Platz vor dem Haus freigeräumt. Er atmete tief durch und befestigte die große Bronzefibel, die das Knotenmuster des Fischers zierte, auf seiner rechten Schulter.

Er würde nun den Weg zum „Übungsplatz" freibahnen, der eigentlich nur eine kleine Lichtung mit sechs aufgestellten Holzstämmen war. Diese Lichtung war kaum hundert Schritt vom Haus entfernt und unmittelbar neben seinem Brauschuppen.

Jorl stapfte los. Sein schwerer Körper hatte hierbei deutlich weniger Probleme als Honeymaws kleine Gestalt. Ihm ragte der Schnee auch nicht bis zum Hals, sondern gerade einmal bis zum Gürtel. So pflügte er einen Pfad durch den pulvrigen Schnee, dessen Kälte er kaum wahrnahm. Er ging links am Haus vorbei, an der zugeschneiten Steinfigur der Höhlenmutter, die das

Heim bewachte. Auf der anderen Seite der Hütte war eine Figur des großen Geists des Fischers aufgestellt. Sie sollte dazu beitragen, dass der Tisch stets gedeckt war und dass jene, die auszogen, auch wieder nach Hause fanden.

Solche Figuren waren einfache Skulpturen aus Stein. Nur grob bearbeitet, aber man erkannte die Gesichter der Bärengeister. Seine Tochter befreite sie regelmäßig vom frischen Schnee, damit sie freie Sicht hatten. Sie war manchmal immer noch wie ein Kind.

Die Steinfiguren waren nur vier Fuß hoch, aber es war nicht die Größe der Gestalt, die zählte. Jorl dachte nun erneut an seine Tochter. Und an ihre Wünsche. Ihr Reiseziel. Seine Gedanken kehrten nun zum Reich der Greife zurück.

Seitdem seine Frau Ulvna am Trockenen Tod verstorben war, grollte er dem Reich. Mehr als die anderen Bären. Seine Wut galt dabei nicht den Völkern, die es bewohnten, noch nicht einmal den Greifen, sondern dem System hinter dem Reich. Es war korrupt und brachte nur Lüge und Betrug hervor. Es verdarb jeden, der zu viel Zeit in seinen Mühlen verbrachte, und verschlang jene, die selbst nicht zu Lügnern und Betrügern werden wollten.

Er war damals in der Hoffnung, Ulvna vor dem Tod bewahren zu können, in den Süden gereist.

In das hoch gelobte Greifenreich. Schmiede der modernen Zivilisation. Dem Leuchtturm des Wissens. Heimat der Freiheit und Schmelztiegel der Völker. Wo jedem Gerechtigkeit widerfahren soll. *Hah!*

Alles Trug und Fahl.

Er räumte ein, dass natürlich nicht alle Bewohner des Reiches schlecht waren. Da gab es bestimmt auch gute Herzen zu finden. Aber ein verdorbenes System belohnt zumeist die Schlechtesten; und die übernehmen dann die Macht. Er dachte hierbei nicht an die Greife. Er war der

Meinung, dass die Greife ihr Reich nicht mehr regierten. Es gab seines Wissens nur noch zwei von ihnen – sie hatten sich alle gegenseitig umgebracht.

Die beiden konnten keine Zigmillionen im Alleingang beherrschen. Vermutlich hatte kein Bewohner des Reiches in dieser Generation je einen Greifen mit eigenen Augen gesehen. Die Bewohner der Hauptstadt vielleicht ausgenommen.

+

Jorl konnte das Problem, das er in dem modernen Reich der Greife sah, nicht in Worte fassen. Er spürte es mehr, als er es verstand.

Er dachte bei seinen Sorgen nicht an das Militär. Die Hunde waren ehrlich und treu und zu einfach, um ein System jenseits einer militärischen Struktur zu beherrschen. Klare Regeln. Klare Hierarchie. Eine einfache Struktur für einfache Geister. Sie würden von sich aus keine Gefahr für die Bären darstellen.

Nein, es waren nicht der König oder das Militär, die das aktuelle System betrieben. Die Greife ebneten dereinst dessen Gründung, hatten aber schon lange keinen relevanten Einfluss auf die Abläufe. Auch die Bürger waren nicht Teil der Entscheidungsfindung. Sie legten mit ihrer Unterwerfung alle Belange, die über ihren persönlichen Lebensalltag hinausgingen, dereinst gänzlich in die Hände der Greife – und somit in die des Reiches.

Nach neunhundert Jahren dachten die wenigsten über Belange oder Entscheidungen jenseits ihres persönlichen Lebens nach. Nur noch die Durchtriebenen. Nur noch jene, die nach Macht strebten. Nur noch die, die verdorbenen Herzens waren.

Die Greife starben aus – Jorl sollte das eigentlich nur recht sein. Aber wer übernahm im Hintergrund schrittweise die Führung? Das Greifenreich hatte einen gewaltigen Hofstaat, der mit den Jahrhunderten immer weiterwuchs. *Hofstaat. Zentralverwaltung. Bürokratie.* All das gab es bei den Bären nicht.

Der Hofstaat wurde im Gegensatz zu den Fürstenhäusern, die ausschließlich den Greifen durch Erbfolge vorbehalten waren, nicht durch ein einzelnes Volk gestellt. Der Hofstaat setzte sich aus allen Völkern sämtlicher Provinzen zusammen. Unzählige Diener ließen den gewaltigen Verwaltungsapparat, der inzwischen alle Abläufe im Reich steuerte, unbeirrt weiterlaufen. Vom Büttel zum Provosten, vom Steuereintreiber zum Meister der Münze. Jeder Einzelne war nur ein Rädchen, das sich mitdrehte. Selbst die Bürger, die allerlei Handwerk und Berufen nachgingen und sich außerhalb des staatlichen Verwaltungsapparates glaubten, waren inzwischen Teil der Maschinerie. Aber was am Anfang vielleicht als gut durchdachte Organisation von provinzübergreifenden Abläufen gedacht war, wurde schließlich zum Selbstzweck. Der Staat verwaltete sich selbst und war so verästelt, dass praktisch niemand Übersicht behalten konnte. Dies ermöglichte es der Korruption, unerkannt von den höchsten Ämtern bis in die letzte Amtsstube zu sickern. Weder Bürger noch die Beamten der Verwaltung konnten dies nach Jahrhunderten noch erkennen, selbst wenn es vor ihren Augen geschah. Es konnte nicht sein, was nicht sein darf.

+

Jorl hatte niemanden, mit dem er über solche Dinge sprechen konnte. Die meisten Bären kümmerte es nicht, was im Süden geschah, auch hatten sie kein Verständnis für die Abläufe eines so verzweigten Staates. Nur Gertala, die Schamanin, verstand, dass sich das ursprüngliche Reich, wie man es aus den Geschichten kannte, gewandelt hatte. Auch ihr bereiteten die Entwicklungen Sorge.

Sie hatte, wie Jorl, das ungute Gefühl, dass diese Wandlung eine größere Gefahr für die Bären barg, als die Greife je dargestellt hatten. Mit den Greifen gab es eine klare Machtstruktur. Sollte diese mit dem Tod des letzten Greifen wegfallen, wie würde die Nachfolge geregelt? Er fürchtete, dass er die Antwort darauf kannte. Der skrupelloseste und verdorbenste Anwärter auf die Macht würde dann die Geschicke lenken. Und wenn dessen gieriger Blick nach Norden wanderte, wäre es entweder mit der Freiheit der Bären oder dem Frieden dahin. Womöglich würde sogar beides enden.

Jorl hatte nun den kleinen Apfelhain erreicht, den er zusammen mit Ulvna vor fast zwanzig Sommern gepflanzt hatte. Die Bäume, die nur ein wenig höher wuchsen, als Jorl aufrecht stand, waren noch vom Schnee bedeckt.

Fünf Bäume, einen für jeden der Großen Geister, um deren Segen für ihr junges Glück zu erbitten.

Ulvna, die einzige Liebe seines Lebens. Er sah sie nun vor seinem inneren Auge. Als er sie das erste Mal erblickte. Hoch im Norden. Als er als junger Bursche seine Reise machte.

Auch er wollte, wie heute Honeymaw, den brennenden Himmel sehen. Aber was er an diesem Tag sah, ließ das Farbenspiel am Firmament verblassen.

Er war auf der Suche nach einem guten Rastplatz für die Nacht. Er war nicht kälteempfindlich, aber der beißende Frost des Nordens war doch eine ernstzunehmende Sache. Vor allem, wenn man in der Nacht ruhte.

Nun, diese Nacht wollte er nicht ruhen, sondern den Himmel beobachten. Eine windgeschützte Stelle, die einen Blick auf den Horizont erlaubte.

Er sah in der Ferne eine Felsformation. In der Nähe dieser Felsen stieg Dampf auf, was bedeutete, dass es dort heiße Quellen gab. Er war also noch nicht auf der zugefrorenen See des Eismeeres, unter der sich kein Land mehr befand. Er befand sich noch auf der überfrorenen Küste.

Hier gab es unterirdische Feuer, die sich Wege durch das Eis bahnten und das Wasser aus dem Innern der Erde heraussprudelten. Manche waren so heiß, dass es gefährlich war, das Wasser zu berühren, andere wiederum angenehm warm, sodass sie zum Baden einluden.

Was für ein Glück. Warmes, frisches Wasser, in dem er sich nach den Märschen der letzten Tage entspannen konnte. Rücklings im sprudelnden Wasser treibend den Nachthimmel mit all seinen Wundern beobachten. Welche Wohltat.

Er hatte sich der dampfenden Quelle auf wenige Schritte genähert, als sich plötzlich eine der Schneewehen an deren Rande erhob. Zumindest dachte er das für einen Moment. Doch dann sah er plötzlich in ein paar Augen, die aus dieser Schneewehe leuchteten.

Eine junge Maid des Froststammes, nicht der Schnee, hatte sich erhoben.

Jorl erschrak für einen Augenblick vor Überraschung. Die junge Bärin vor ihm nicht minder.

Sie stieß einen kurzen Schrei aus und starrte ihn an. Er starrte stumm zurück. Sie waren ungefähr auf Augenhöhe, denn sie war nur ein wenig kleiner als er. Die Bärin wollte wohl ebenfalls ein Bad im warmen Wasser nehmen, denn sie stand nackt am Rande der dampfenden Quelle. Ihr weißes Fell, sowie der Wasserdampf, der über der Quelle aufstieg, hatte sie mit der Umgebung verschmelzen lassen.

War sie eine Erscheinung, wie eine Tochter des Mondes aus den Sagen der alten Zeit?

Sie zog ihn in ihren Bann, aus dem es keine Befreiung zu geben schien. Jorl konnte den Blick nicht von ihr lassen, doch nahm er von ihrer Nacktheit keine Notiz. Denn er blickte in ihre Augen. Diese unglaublichen Augen.

Ihre Augen – sie hatten eine hellblaue Farbe. Fast wie frisches Bergquellwasser, welches unter einem fahlen Frühjahrshimmel auf einer der ersten blauen Blumen des neuen Jahres gefror.

Wenn sich in diesem zarten Eis die ersten kühlen Strahlen des jungen Frühlings verfingen, war es dieses Leuchten, das ihrer Augenfarbe am nächsten kam.

So standen sie beide einen entrückten Moment da, bis der Bärin bewusst wurde, dass sie nackt vor einem Fremden stand.

Sie ergriff nun schnell ihr Kleid, das sie zuvor sauber gefaltet auf eine grüne Wolldecke gelegt hatte, und bedeckte sich rasch.

Sie starrte ihn weiter an, ihr Kleid vor sich an den Körper gepresst. Ein leichter Wind hatte eingesetzt und spielte mit dem Kleid und ihrem losen Haupthaar. Einige helle Strähnen wehten nun in der Brise, umspielt von einzelnen Eiskristallen, die der Wind aufgewirbelt hatte.

So etwas wunderschönes hatte Jorl noch nicht gesehen. Er hätte den Rest des Tages hier an der Quelle verbringen können, nur um sie zu betrachten. Nicht ein Moment wäre vergeudet gewesen.

Eine zwar schöne, aber energische Stimme holte ihn mit voller Wucht in die Wirklichkeit zurück.

„Wer bist du und was machst du auf meinem Land?“

„Äääh“, begann Jorl. *Sag etwas Kluges oder Galantes.*

„Äähm. Ja, nun. Ööhm.“

Bei allen großen und kleinen Geistern – er klang wie ein kompletter Narr.

Die Bärin starrte ihn wortlos mit ihren blauen Augen an.

Er starrte wortlos zurück.

Fröhliche Schwester, hilf mir. Ein verzweifeltes Stoßgebet.

„Jorl."

„Was?"

„Mein Name." Er redete jetzt hastig weiter. „Mein Name ist Jorl. Ich bin auf meiner Reise. Der Fischer hatte sich mir offenbart und ich wollte die brennenden Himmel des Nordens sehen. Und Du?"

„Ich wohne hier. Unsere Höhle ist gleich in der Nähe. Wenn du etwas versuchst, rufe ich meine Schwester."

Was versuchen? Welche Schwester? Bei der Höhlenmutter, das Mädchen ist ja nackt!

Jorl wandte sich nun auf der Stelle um wie eine Fahne in sich wechselndem Wind.

„Entschuldige bitte, ich wollte dich nicht erschrecken, ich hatte dich gar nicht gesehen."

„Du hast mich übersehen?"

„Ja. Also nicht, dass ich dich übersehen würde …"

„Aber du hast doch gerade gesagt …"

„Ich meinte, du warst nicht zu erkennen, weil dein Fell ja wie der Schnee aussieht …"

„Jetzt ist es also meine Schuld, dass du mir nachstellst?"

„Nein, nein. Ich stelle dir auch nicht nach, du warst auf einmal da …"

„Ich war die ganze Zeit da, *du* bist einfach hergekommen."

Oh Mutter.

Jorl atmete durch.

„Bitte entschuldige. Vergib mir meinen Fehler, es war nicht meine Absicht, dich zu beschämen", sagte Jorl nun mit langsamerer und ruhiger Stimme.

„Das ist ein Anfang", antwortete sie. Der Klang ihrer Stimme hatte sich leicht geändert. Weniger wütend.

Jorl musste bei diesen Erinnerungen lächeln. Wie unbeholfen er war. Und wie er sich bemühte, ihr zu gefallen. Er hatte zu seinem Glück noch eine letzte Portion Honigdatteln im Gepäck, die er sogleich als Wiedergutmachung anbot. Es war eine Leckerei, die die junge Frostbärin noch nie gekostet hatte. Ulvna war ihr Name. Sie wohnte tatsächlich in einer Höhle in der Nähe, zusammen mit ihrer Familie.

Er erinnerte sich auch daran, wie er Grimhilda das erste Mal sah. Sie war ihrer Schwester in Art und Aussehen gar nicht ähnlich. Unwirklich groß und fast furchteinflößend. Grimhilda war deutlich größer als Jorl und sah aus, als könnte sie seinen Rücken brechen, wenn er sie erzürnte. Er hatte nie eine größere Frau gesehen. Sie war sogar größer als jeder Mann – Frostbären eingeschlossen –, den er je gesehen hatte. Sie war ein Jahr jünger als ihre Schwester Ulvna, also erst siebzehn Sommer. Sie würde wohl noch wachsen.

Er wurde dann auch Ulvnas Eltern vorgestellt. Ihr Vater schien nicht erfreut zu sein vom plötzlichen Auftauchen eines jungen Burschen aus dem Süden. Doch die Mutter bat ihn gleich herein und bestand darauf, dass er bei ihnen nächtigen solle. Er war Wochen von Zuhause entfernt und befand sich auf seiner Reise. Es war bei allen Bärenstämmen Brauch, einem Jungbären auf seiner Reise Obdach anzubieten.

Er könne ja am Morgen weiterziehen.

Aber Jorl blieb noch einen Tag. Und dann noch einen weiteren. Er hatte keine Augen für die Flammen am Himmel, die in grünen, roten und gelben Wellen die Nacht erstrahlen ließen. Er sah nur das Strahlen in Ulvnas Augen. Er war für immer verloren im Blau der zartesten Frostblume.

Jorl hatte nun den Hain hinter sich gelassen und kam zur kleinen Lichtung mit seinem Brauschuppen und dem Übungsplatz. Alles war im Schnee versunken und er fing an, den Schnee wegzuräumen. Unter dem Pulverschnee war eine dichtere Schicht – eine kleine Kugel aus diesem Schnee formen, dann einfach rollen. Der Schnee klebte an sich selbst fest. Einfacher Ablauf, aber nach einer Weile doch körperlich anstrengend. Das tat ihm nach dem langen Ruhen gut.

Er dachte nun wieder an Ulvna, aber nicht an das erste Treffen und die Zeit danach, sondern an das Ende. An die Krankheit, die aus dem Nichts kam und ihr das Leben nahm.

Ulvna hatte morgens nur eine etwas trockene Nase. Eigentlich nichts Beunruhigendes. Doch auch die Bären in Klipphaven hatten Gerüchte von einer neuen Krankheit gehört, die erst ganz harmlos mit einer trockenen Nase anfing und für die meisten auch harmlos blieb. Aber eben nicht für alle.

Wenn sich die Symptome verstärkten, konnte die Krankheit manchmal tödlich enden. Nun hieß es, dass nur einer von Hundert so schwer erkrankte. Eine Krankheit wie die meisten also. Etwas, das man hinnehmen musste. Wenn es aber die eigene Familie traf, wollte man es nicht hinnehmen.

In jener Nacht, als offenbar wurde, dass Ulvna am Trocknen Tod erkrankt war, wusste im Dorf niemand Rat, selbst die alte Gertala nicht.

In seiner Not eilte Jorl zum Pier von Klipphaven, denn es hatten am späten Nachmittag einige Händler angelegt. Er musste in den Süden, in das Reich. Wenn es irgendwo ein Heilmittel gäbe, dann dort. Er wusste, dass es einen Ort des Lernens in der Hauptstadt gab, wo man sich nur mit dem Ergründen und dem Heilen von Krankheiten befasste. Ob nun ein gebrochenes Glied, oder eine Seuche, es wurden neue Wege erforscht, wie die Genesung von jedweden Wehleiden verbessert werden konnte.

Dies machte Jorl Hoffnung. Es war die einzige Hoffnung, die er hatte.

Es lagen vier Boote in der natürlichen Bucht von Klipphaven vor Anker. Die Händler waren mit ihrer Besatzung von Bord gegangen und hatten ihre Zelte am kleinen Marktplatz unweit des Piers errichtet.

Es wurde hier nicht nur mit den Bären von Klipphaven gehandelt, auch Kaufleute anderer Gemeinden, die landeinwärts lagen, kamen zu dem Dorf, um Waren zu kaufen oder zu verkaufen.

Es wurden auch Händel abgeschlossen, bei denen die Ware erst zu einem anderen Zeitpunkt oder andernorts geliefert würde. Insbesondere der Holzhandel war ein solches Geschäft. Die Holzfäller, die ihre Baumstämme fernab der Küste schlugen, würden diese, gemäß Absprachen, über die Flüsse in den Süden schicken. Das wurde von Flößern gemacht, die Teil der Unternehmung waren. Der Preis für das Holz wurde schon hier ausgehandelt. Oftmals wurden aufgrund der guten Erfahrungen und des damit geschaffenen Vertrauens Vorschüsse gezahlt. Selten war es Silber oder Gold, sondern andere Rohstoffe, mit denen sich die Bären entgelten ließen. Eisenerz, in Barren gegossen, war immer beliebt. Die Minen und Eisenhütten des Reiches lieferten sehr gute Ware.

Jorl hatte sich ein ums andere Mal ebenfalls mit Eisen bezahlen lassen. Er selbst kannte sich mit der Schmiedekunst nicht gut aus, aber sie hatten ja Keitil. Ein Keiler der Wildschweinstämme. Einzelgängerisch wie ein Frostbär. Er hatte schon vor Jahren seine Schmiede und Esse vier Tage entfernt im Wald errichtet. Er schuf allerlei Dinge für die umliegenden Bärendörfer. Ob nun einfache Klingen oder Töpfe für die Küche, Schreinerwerkzeuge jeder Art, oder einen auf Maß gefertigten Eisenring für die Kampfstäbe: Keitil konnte alles anfertigen. Solange es passendes Material gab – und die Bezahlung stimmte.

Jorl stand nun am Marktplatz und zog die Aufmerksamkeit der Schiffsbesatzungen auf sich. Er erklärte laut, dass seine Ulvna am Trockenen Tod erkrankt wäre und ihnen nur wenige Tage blieben. Er fragte, ob jemand Kunde von einem Heilmittel hätte. Wo man es möglicherweise erhalten könnte? Wer bereit wäre, noch in dieser Nacht zurück in den Süden zu reisen? Wer ihm helfen würde, das Leben seiner Frau zu retten?

Die Händler, die gerade erst angekommen waren, bekundeten sofort Betroffenheit, wussten aber von keinem Heilmittel. Sie waren auch zögerlich, Hilfe anzubieten. Sie waren gerade erst gelandet und es wären die ersten Verhandlungen des neuen Jahres zu führen. Wer nun ginge und die Chancen verstreichen ließe, würde für den Rest des Jahres ins Hintertreffen geraten. Vielleicht wäre ja eines der anderen Schiffe bereit zu fahren.

Die Händler und Seeleute wandten ihre Blicke beschämt ab.

In Jorl stieg Verzweiflung auf. Wollte denn niemand helfen?

Nach endlosen Momenten beklommenen Schweigens trat einer der Händler auf ihn zu. Jorl erkannte ihn, schon oft hatte er ihm Met verkauft. Mogen war sein Name. Einer der wenigen Dachse, die Jorl je getroffen hatte.

„Ich werde helfen.“ Eine raue, fast heisere Stimme. Nicht ganz so tief wie die eines Bären.

„Wir können aufbrechen, sobald die Ladung gelöscht ist.“

Jorl war wie benommen vor Erleichterung.

„Ich kann natürlich zahlen.“

Warum hatte er das nicht gleich gesagt. Die Händler kamen ja nicht aus Langeweile, um Geschichten auszutauschen. Oftmals waren sie nicht einmal die Eigner der Boote, auf denen sie reisten. Sie hatten Verpflichtungen gegenüber den Investoren der Handelsreise und der eigenen Besatzung. Viele Familien vertrauten darauf, dass die Händler umsichtig und gewissenhaft mit den Waren umgingen.

„Mein lieber Jorl, davon gehe ich wohl aus. Aber du könntest nicht alles bezahlen, was wir an Verlusten hätten, wenn wir jetzt Hals über Kopf losstürmen. Doch keine Sorge, nach dem Entladen wird das Schiff schneller sein und ich werde auch nicht alle Mann brauchen, um es zu steuern. Einige können hier ab morgen Handel treiben. Mein Vetter bekommt das schon für ein paar Tage ohne mich hin."

Mogen sah Jorl nun direkt in die Augen. Er war älter als Jorl, in seinem Fell zeigten sich schon die ersten silbernen Strähnen des Alters.

„Ich möchte nicht taktlos klingen, aber wie willst du unsere Mühen vergelten? Ich weiß, du machst den besten Met. Gerne nehme ich diesen als Bezahlung. Wenn gerade nicht genug vorrätig sein sollte, kannst du auch noch im Sommer nachliefern."

Jorl griff nun in den kleinen Beutel an seinem Gürtel. Er holte eine seiner vier Goldmünzen heraus.

„Reicht das für die Fahrt?" fragte er.

Mogens Augen weiteten sich für einen kurzen Augenblick vor Überraschung. Gold. Ein ganzer Goldtaler. Damit hatte er nicht gerechnet.

„Ja, sicher." Er öffnete seine Hand und blickte sich ein wenig besorgt um. Jorl drückte ihm die Münze in die Hand. Der Handel war geschlossen.

„Hin und wieder zurück. So schnell es geht." Dann schritt Jorl an Mogen vorbei, um beim Entladen der Beiboote zu helfen. Am liebsten hätte er die gesamte

Ladung über Bord geworfen, damit sie sofort losfahren konnten.

Als die Beiboote am Pier anlegten, waren nun auch alle anderen Seefahrer und Dorfbewohner, die von Jorls Kummer gehört hatten, herbeigeeilt. Es fuhren einige der anderen Seeleute mit ihren Beibooten zu Mogens Schiff, um bei der Löschung der Fracht zu helfen.

Niemand wollte derjenige sein, der im Angesicht der Not der jungen Familie keinen Finger gerührt hatte. So war das Schiff nach kurzer Zeit entladen und mit frischem Wasser versorgt.

Weniger als eine Stunde, nachdem Jorl um Hilfe gebeten hatte, setzten sie die Segel.

Die Wellen glitten in der Schwärze der Nacht am Bug vorbei. Der Mond war nur eine dünne Sichel, deren Licht schwach durch die Wolkendecke schimmerte. Die Sterne allerdings waren gar nicht zu sehen.

Dem Steuermann war aber dieses schwache Leuchten des Auges der Höhlenmutter genug, um sie sicher entlang der Küste zu navigieren.

Jorl, der hinaus ins Dunkel der Nacht starrte, dachte nun an seine Familie, die er so hastig hatte verlassen müssen. An seine Frau und seine kleine Tochter. Honeymaw, die nicht verstand, was vor sich ging. Die Sorge in ihrem kleinen Gesicht, wenn sie Mutter anblickte. Das Gefühl der Hilflosigkeit, das Jorl in diesem Moment überflutete. Er hatte keine Worte, die sein Kind hätten verstehen lassen können, weshalb er sie und Ulvna verlassen musste. Mutter war doch krank. Weshalb ging Vater weg?

Zum Glück war Gertala da und kümmerte sich um seine Frau und Tochter. Sie hatte Worte, die beruhigten. Worte, die Zuversicht gaben. Wie wird er ihr je danken können?

In dieser Nacht fand Jorl keinen Schlaf und blickte in den ersten Strahl der aufgehenden Sonne. Rot, wie ein glühender Ball aus Blut, erhob sie sich im Osten an jenem Morgen. Ein böses Omen?

Die Seeleute waren ein abergläubisches Volk, mit vielen Geschichten und Ritualen, die Unheil abwenden sollten. Auch wenn alle anderen Völker dem Lauf der Gestirne besondere Bedeutung beimaßen, so waren es die Seefahrer, die jede noch so kleine Eigenheit des Geschehens als eine nur für sie gedachte Warnung der Geister auslegten. Jorl durfte sich nicht davon anstecken lassen, seine Gedanken waren an diesem Morgen betrübt genug.

Der Tag zog sich endlos dahin. Einige der Männer sprachen ihm von Zeit zu Zeit Mut zu. Dass sich ein Heilmittel finden lasse. Oder dass seine Frau gewiss auch ohne Arznei genesen werde, von solchen Fällen hatten sie alle schon gehört. Doch Jorl ließ sich nicht aufmuntern, zwang sich aber zu einem Nicken oder einem kleinen Lächeln gespielter Zuversicht.

Diese Männer mochten sich bezahlen lassen, aber sie waren die einzigen, die helfen wollten, als seine Not am größten war. Noch bevor er Bezahlung angeboten hatte. Er wollte es ihnen nun nicht mit Missmut danken.

Der Tag verlief ereignislos, aber sie hatten günstigen Wind und machten gute Fahrt. Als der Abend dämmerte, sahen sie in der Ferne die Lichter der Türme von Telkar.

Telkar, die vermutlich größte Hafenstadt der Welt. Einst so unbedeutend wie Klipphaven, aber Jahrhunderte des Handels und des Friedens machten aus dem Fischerdorf eine Metropole, in der es viele Bürger zu Wohlstand schafften. Das Juwel der Azurküste.

Jorl dankte nun den Geistern, dass diese Handelsstadt so nahe an der Grenze zum Nordland lag.

Telkar war an der nördlichen Azursee entstanden, dort wo sich der Fluss Grun ins Meer ergoss. Der Grun, einer der größten Ströme des Reiches, floss von der Hauptstadt Dreistädten in den Mittlanden, westwärts durch das Reich. Er bildete die natürliche Grenze zwischen verschiedenen Provinzen und war die Haupthandelsroute für alle Schiffer, die ihre Waren zur oder von der Hauptstadt verfrachteten.

Er war bisher nur einmal in Telkar gewesen. Die Stadt war atemberaubend, in mehr als einer Art und Weise. Zum einen waren die Gebäude in seinen Augen unglaublich groß und aus massivem Stein errichtet; die gesamte Stadt war umwallt und ihre weißen Türme strahlten sogar in der Nacht. Zum anderen gab es hier auch eine Schattenwelt, wie man sie in den Dörfern der Bären nicht kannte. In Spelunken betrank man sich, bis die Sinne schwanden. Aus Uneinigkeiten wurde Streit, der mit dem Tode enden konnte. Frauen, aber auch Männer verkauften sich für Silber, um ihren Lebensunterhalt zu verdienen oder um Schulden zu begleichen.

Jorls Vater sagte immer, es sei ein Sündenpfuhl, und riet ihm, seine Reise nicht ins Reich zu machen. Jorl hatte den Rat befolgt und es nie bereut. Er hatte so seine Ulvna getroffen.

Aber er war dennoch vor fünf Jahren nach Telkar gereist, weil er es sehen wollte. Und er war froh, als ein Schiff ihn wieder zurück nach Klipphaven brachte.

So eindrucksvoll die Gebäude der Stadt waren, so verderbt waren deren Bewohner. Zumindest jene, die er getroffen hatte.

Nun, Jorl gestand sich ein, dass er nur zwei Tage in der Stadt war und sich fast ausschließlich im Hafenviertel aufgehalten hatte. Und nicht alles, was er sah, hatte ihm missfallen. Er dachte für einen kurzen Augenblick an den ersten Abend in der Taverne, wo Wandermusikanten lustige Weisen zum Besten gaben und ein junges Ponymädchen zur Musik zu tanzen wusste. Ihre starken Beine schienen unermüdlich und ihre Bewegungen waren wie fließendes Wasser. Er musste sie angestarrt haben, denn sie blickte ihm auf einmal in die Augen. Er bildete sich ein, dass sie ihn anlächelte und ihm zuzwinkerte.

Aber nein.

Auch angetrunken und von der Stimmung des Abends erheitert, war er damals nicht versucht. Er wandte seinen Blick mit einem höflichen Lächeln von der jungen Frau. Er blieb selbst in seinen Gedanken treu. Ihrem Blau. Für immer.

Jorl schüttelte die Erinnerung ab, als Mogen an ihn herantrat.

„Wir legen gleich an. Höre dich um, aber warte bis zum Morgen, um irgendeinen Handel abzuschließen. Hier gibt es viele trügerische Herzen. Nicht jeder Handel ist ehrlich."

Jorl nickte nur. Was Mogen ihm als Rat mitgab, war Jorl schon selbst klar. Aber die Zeit war knapp. Er war in einer denkbar schlechten Position, um zu feilschen. Alsbald sie am Pier angelegt hatten, der ein Dutzend Mal so groß war wie die bescheidene Anlegestelle in Klipphaven, sprang er von Bord und eilte in Richtung Stadt. Der Abend war angebrochen und frisch entzündete Feuerschalen erleuchteten den Hafen.

Aber er hatte noch nicht einmal den steinernen Kai überquert, als ihn eine resolut klingende Stimme in seinen Schritten stoppte.

„Halt, Bär." Herrischer Ton. Die Stimme gehörte zu einem Schwein.

„Wohin so eilig an diesem wunderschönen Abend? Ich hoffe, du bist nicht so durstig, dass du nicht die Zeit findest, dich bei der Hafenmeisterei zu melden?"

Das Schwein war deutlich kleiner als Jorl. Es war fast so kurz wie seine achtjährige Tochter, aber bestimmt um ein Vielfaches schwerer. Es schien ein Beamter oder Offizier der Hafenwache von Telkar zu sein. Es trug eine schwarze Robe mit weißem Kragen, die den Bauchansatz eher betonte als verdeckte. Eine schwere Kette lag um seine Schultern, an deren Ende eine Art Brosche hing. Vermutlich ein Amtszeichen. Sein rosiges, fellloses Gesicht leuchtete im Schein der Feuer wie ein speckiger Pfirsich. Der Beamte war nicht allein. Er hatte sechs Hunde an seiner Seite, die Jorl mit ausdruckslosen Gesichtern anstarrten.

Die Hunde waren mit Speeren bewaffnet. Piken, erinnerte sich Jorl. Piken nannte man diese Waffen, dem Speer aber sehr ähnlich. Sie trugen auch Helm und Kürass aus poliertem Eisen.

Ihre Kleidung war die Uniform des Reiches. Eine an den Schultern weit geschnittene, fast aufgeplustert wirkende, mehrfach geschlitzte Weste. Der geschlitzte Stoff war in abwechselnd rote und blaue Streifen geteilt. Eine ähnlich gearbeitete Hose, welche am Knie mit einem Bund abschloss, im selben Farbmuster. Ein rotes Halsband, auf dem ein Messingschild mit der Dienstnummer des Hundes befestigt war.

Bären rüsteten sich nur für eine Schlacht. Hunde waren immer gerüstet. Soldaten, deren Beruf der Krieg war. Nun, es gab seit Jahrhunderten keine Kriege mehr, der Höhlenmutter sei Dank. Doch die Hunde traten stets auf, als stehe einer kurz bevor.

Jetzt bloß keinen Ärger. Jorl hatte keine Zeit für Probleme.

„Ich habe nichts zu verzollen, Herr Hauptmann. Ich bin nur Passagier."

Das Schwein sah ihn einen Augenblick lang an.

„Zollmeister", sagte er dann.

Jorl stand einen Augenblick stumm da.

„Ich meine, ich bin ein Zollmeister, kein Hauptmann", erklärte das Schwein, als es erkannte, dass Jorl ihn nicht verstanden hatte.

„Verzeihung, Herr Zollmeister“, antwortete Jorl. Ungeduld stieg in ihm auf.

„Du musst dich nicht entschuldigen. Es hätte mich auch überrascht, wenn du meine Stellung erkannt hättest“, sagte das Schwein nun in sarkastischem Tonfall.

Sprach es jetzt etwa langsamer mit Jorl? Er starrte das Schwein nun regelrecht an.

„Also nichts zu verzollen? Sehr ungewöhnlich. Was bringt dich ins Reich, Bär?“ Es grinste nun auf eine unangenehme Art, die Jorl zuerst nicht einordnen konnte.

„Junge Mädchen in den Tavernen der Stadt – mal etwas anderes versuchen? Was Kleines, Junges, Zartes?“ Das Grinsen wurde breiter. Gelbe, schiefe Zähne leuchteten stumpf im Dämmerlicht.

Jorls Starren bekam nun eine Zornesfalte. *Was fällt dem Kerl ein?* Seine breiten Schultern spannten sich und seine großen starken Hände ballten sich zu Fäusten. Jede Faust war so groß wie der Kopf des Schweins vor ihm. Was wollte dieser Widerling von ihm?

Einer der Soldaten raunte dem Zollmeister nun etwas ins Ohr. Vielleicht eine Warnung? Wenn ja, dann schien sie den Zollmeister nicht zu kümmern.

„Nichts für ungut, wenn dem so sein sollte: Es ist nicht verboten.“ Wenn die Worte des Schweins versöhnlich klingen sollten, gelang dies nicht. Dafür war die Stimmlage nicht die richtige. Es klang immer noch ein Hauch Hohn mit.

Es fuhr sogleich in einem herausfordernden Ton fort.

„Außer wenn das Mädchen“, das Schwein schielte jetzt aus dem Augenwinkel Jorl ins Gesicht, „– oder der Junge – den achtzehnten Sommer noch nicht gesehen hat. Ich habe gehört, dass die Nordländer da so ihre Neigungen haben. Besonders höhlenbewohnende Bären, die sich eine Abwechslung von den breiten

Hintern ihrer plumpen Eheweiber wünschen. Einen verbotenen, aber süßeren Honig schlecken wollen."

Noch nie zuvor in seinem Leben hatte jemand so mit Jorl gesprochen.

Ein lautes Pochen war plötzlich in seinem Kopf und er stellte sich für einen Moment vor, wie seine Faust in das Grinsen des Schweins vor ihm krachte. Wie die ohnehin flache Nase noch platter wurde. Er setzte zu einer grimmigen Antwort an, die den Abend vermutlich für alle Anwesenden verdorben hätte. Aber bevor Jorl seiner angestauten Wut Luft verschaffen konnte, erschallte hinter ihm ein Ruf.

„Hey, Zollmeister Güllar, wie läuft das Geschäft?"

Alle drehten sich in Richtung der Stimme. Es war Mogen.

„Der Bär hier kam mit uns. Er kommt zum Kaufen, nicht zum Verkaufen. Sucht ein Heilmittel gegen den Trockenen Tod, wenn ihr das glauben könnt."

Krankheit? Seuche. Das Schwein wich nun einen Schritt zurück. Güllar hatte zwar sechs bewaffnete Männer dabei, aber vor dem bösen Geist einer Krankheit könnten sie ihn nicht schützen.

„Ah, wenn das so ist, dann zieht nur schnell weiter." Ein weiterer Schritt nach hinten. Er hatte dabei ein kleines Seidentuch aus den tiefen seiner Roben gezogen und hielt es sich bei diesen Worten vor das feiste Gesicht.

Die Hunde schauten weiterhin ungerührt zu Jorl und Mogen. Sie schienen bei dem Gedanken an den Trockenen Tod keine Unruhe zu verspüren.

„Ich habe auch nichts zu verzollen", sagte Mogen. „Der Laderaum ist leer, aber vielleicht werde ich etwas ausführen. Wir legen morgen, spätestens aber übermorgen früh wieder ab."

„Schön, schön", nuschelte Güllar, der sich inzwischen hinter die Hunde zurückgezogen hatte. Dann verschwand das Schwein in Richtung Hafenmeisterei und die Hunde folgten ihm.

„Lass dich nicht von so einem widerlichen Großmaul provozieren. Der hat nur Mut mit einem Trupp Hunde im Rücken. Dieser Trottel wollte sich nur vor den Soldaten aufspielen. Als ob ihn dies zum Mann machen würde.“

Jorl beruhigte sich allmählich. Mogen sprach aus, was offensichtlich war. Warum hatte ihn das freche Gerede nur so wütend gemacht? Er hätte fast alles verdorben.

„So. Und nun los, die Zeit drängt“, sagte Mogen mit ernster Stimme.

„Der Wind war auf unserer Seite, lass uns die gewonnene Zeit nicht verschwenden.“ Mogen wandte sich wieder zum Pier, an dem über ein Dutzend Schiffe fest gemacht hatten.

„Ich höre mich bei den anderen Schiffern um. Gerüchte verbreiten sich schnell am Hafen, vielleicht hat jemand tatsächlich etwas von einem Heilmittel gehört.“

Jorl besann sich. Nun musste der Händler ihn an seine Pflichten erinnern. An die knappe Zeit. An Ulvna und Honeymaw, die auf seine Rückkehr warteten. Die sich auf ihn verließen.

Jorl dankte Mogen mit knappen Worten und sputete los. Da die Nacht eingesetzt hatte, waren Amtsstuben und Händler geschlossen, aber die Tavernen füllten sich. Dort würde er beginnen, würde fragen, ob jemand etwas von einem Heilmittel wisse. Oder zumindest von einer Behandlungsart, die vielleicht die Genesung ermöglichte.

Er kehrte in die erste Taverne ein, die auf seinem Wege lag. Er fragte den Gastwirt, ob er Gerüchte von einem Heilmittel gehört hatte, und danach jeden Gast. Die meisten schienen nicht sonderlich an einem Gespräch interessiert zu sein, aber ein Blick in die Augen des Bären ließ jeden einen Augenblick nachdenken, ob man nicht doch etwas gehört hatte.

In der sechsten Taverne gab es tatsächlich jemanden, der zumindest ein Gerücht gehört haben wollte. Ein teures Mittel, aus wertvollen und seltenen Zutaten hergestellt. Zu teuer, um das gemeine Volk zu retten. Wenn man es sich aber leisten könne …

Jorl hatte Gold und er war bereit, es auszugeben. Ersparnisse aus zehn Jahren Arbeit, aber nichts im Vergleich zu der Hoffnung, Ulvna zu retten.

Der Mann, der ihm also von dem Heilmittel erzählte, meinte, er kenne jemanden, der vielleicht mehr wüsste. Jorl war bereit, sofort aufzubrechen, um mehr zu erfahren. Sein Ansprechpartner war eine Ratte. Dieser Kerl, der ein vernarbtes Gesicht hatte und dem die Spitze seines Schwanzes fehlte, führte Jorl in eine schmierige Spelunke, in der sich allerlei vierschrötiges Volk herumtrieb. Als sie den Laden betraten, senkten sich die Unterhaltungen zu einem Murmeln. Oder verstummten ganz. Fast alle Blicke waren auf sie gerichtet. Keine angenehme Stimmung hier, dachte Jorl.

Keine Schafe, keine Hasen, keine Ponys und auch keine Hunde. Viele Ratten. Ein paar Frettchen. Ein narbiger Wolf mit einer großen Klinge an seiner Seite. Kein gutes Zeichen.

Jorls innere Stimme warnte ihn, dass das Ganze ein Hinterhalt sein musste, aber er hatte wenig Zeit und musste alles versuchen. Außerdem kannte er Geschichten, dass so mancher Hehler außergewöhnliche Waren handelte, die die meisten noch nicht einmal kannten. Meist Drogen.

Es war nicht auszuschließen, dass vielleicht doch ein exklusives Mittel existierte, das so selten war, dass nur die Wohlhabendsten es sich leisten konnten. Und wenn herauskäme, dass die Armen sterben mussten, während die Reichen das Leben erkaufen konnten, könnte dies zu unabsehbaren Problemen für den Besitzer des

Heilmittels führen. Ja, das ergab Sinn, dachte Jorl bei sich. Es war möglich.

Die Ratte hieß ihn zu warten, während sie ihren „Kontakt“ holen würde. Jorl nahm Platz und wartete. Er dachte, ein über acht Fuß großer Bär habe auch allein nicht allzu viel zu befürchten.

Nach einer – für Jorls Gefühl unendlichen – Zeit kehrte die Ratte mit einer zweiten zurück. Diese war deutlich besser gekleidet – in der geckenhaften Art der wohlhabenden Bürger des Reiches: rote Weste, feiner weißer Spitzenkragen, der wie eine doppelt gewellte Scheibe um den Hals lag; dazu ein grünes Cape, das mit goldglänzenden Broschen an den Saum der Schultern geheftet war.

Die Ratte sah sich verstohlen um, setzte sich dann zu Jorl und begann in verschworenem Ton heiser zu flüstern.

„Du suchst also ein Heilmittel? Gegen den Trockenen Tod? Du kannst in Gold bezahlen?“

Jorl nickte eifrig nach jeder Frage.

„Nun, dann bist du bei mir genau richtig, mein lieber Freund. Es *gibt* ein Heilmittel. Aber es gibt so wenig davon, dass es nicht auf dem offiziellen Markt zu haben ist. Ja, die Zutaten sind so rar, dass man nicht einmal darüber sprechen kann, ohne den Markt dafür zu gefährden. Die einzelnen Zutaten wären vermutlich gar nicht mehr zu erhalten, wenn bekannt würde, dass sich daraus ein Heilmittel herstellen lässt. So selten und wertvoll sind sie.“

Es war also, wie Jorl vermutet hatte.

Die Ratte blickte sich wieder um. „Wieviel Gold hast du dabei?“

„Drei Goldtaler“, antwortete Jorl wahrheitsgemäß.

„Der Preis für eine Phiole sind fünf Goldstücke.“ Die Ratte sah Jorl aus den Augenwinkeln an und studierte sein Gesicht.

„Bei der Höhlenmutter. So viel habe ich nicht. Meine Frau liegt im Sterben …“ Jorl sprach mit lauter Stimme.

Die Ratte gab ein zischendes Geräusch von sich und machte mit ihren Händen kleine Abwärtsbewegungen.

„Psssshhht. Nicht so laut.“

Sie schaute sich wieder mit unstet wandernden Augen um. Ihr Blick huschte innerhalb eines Herzschlages über jeden anderen in der Taverne Anwesenden. Dann seufzte sie und flüsterte wieder zu Jorl mit ihrer kratzig-rauhen Stimme.

„Ok, ich mag dich, und das mit deiner Frau rührt mein Herz. Ich werde dir eine Phiole für den Spottpreis von drei Goldtalern überlassen.“ Die Ratte sah nun fast traurig drein.

„Ich verzichte hierbei auf meine Vermittlungsgebühr. Im Grunde zahle ich noch etwas drauf.“ Der Kerl ergriff plötzlich Jorls rechte Hand mit seinen beiden Händen, die seltsam haarlos waren. Eine schnelle Bewegung, die Jorl nicht erwartet hatte.

„Aber ein Wort ist ein Wort, abgemacht?“

„Abgemacht“, antwortete der etwas überrumpelte Jorl. „Aber erst das Mittel.“

„Nun ja, da gibt es noch etwas zu klären. Neben dem Gold muss man sich auch verpflichten, Stillschweigen zu bewahren. Du verstehst?“

Jorl verstand und nickte.

„Gut.“ Die Ratte grinste zufrieden.

„Mein guter Freund hier wird das Mittel aus unserem sicheren Warenlager holen. Ich stelle derweil sicher, dass mein Rabatt von zwei Goldtalern zu keinem Ärger führt. Aber keine Sorge, meine Großzügigkeit dir gegenüber wird schon kein Problem. Das geht auf meine Kappe. Derweil solltest du noch etwas trinken. Bleib genau hier sitzen.“

Die erste Ratte, der die Schwanzspitze fehlte, zwinkerte der anderen zu und sie verschwanden zusammen durch die Tür nach draußen.

Jorl hatte zwar immer noch kein gutes Gefühl bei den beiden, aber die Geschichte hörte sich für ihn plausibel genug an, um wahr sein zu können. Genau aus diesem Grunde war er doch nach Telkar gereist.

Nach einer gefühlten Ewigkeit erschienen die beiden wieder und nickten Jorl zu.

„Mein guter Freund, lass uns hinter die Taverne gehen“, sagte der Geck leise und ging zum Hinterausgang. Jorl folgte, die andere Ratte blieb nur einen Schritt hinter ihm. Die Hintertür führte zu einem kleinen Hinterhof, der direkt am Fluss lag. Hier erleichterten sich auch die Tavernengäste, direkt ins vorbeifließende Wasser des Grun. Ein angetrunkenes Frettchen war gerade dabei, sich die Hose zuzuknöpfen. Die beiden Ratten taten so, als wollten sie auch Wasser lassen, und warteten, bis das Frettchen zurück in die Spelunke taumelte. Jorl stand die ganze Zeit nur stumm dabei und kam sich gänzlich fehl am Platze vor. Aber er brauchte das Mittel.

Die beiden sahen sich noch einmal verstohlen um. Sicherstellen, dass niemand Zeuge wurde. Die vernarbte Ratte zog sodann eine Glasphiole aus ihrer Westentasche hervor. Sie war klein, aber Medizin wurde in geringen Dosen verabreicht. Das Glas schimmerte blau im Licht der Sterne, ein kleiner Korken hielt das Gefäß verschlossen.

Die Ratte hielt die Phiole hoch und streckte dabei die andere Hand aus.

„So, mein guter Freund, das Gold bitte.“ Die beiden Ratten starrten jetzt auf Jorl. *Unangenehme Zeitgenossen*, dachte er. Er hatte keinerlei Scheu vor zwei solchen Wichten. Jorl konnte sich aber gut vorstellen, dass andere mit diesen beiden vielleicht nicht in einen dunklen

Hinterhof am Hafen mitgekommen wären. Er hatte Geschichten gehört, dass in Telkar schon der eine oder andere Tote aus dem Hafenbecken gezogen worden war – mit einem Messer im Rücken. Der Fluss schwemmte die Leichen zum Hafen, dann in die Bucht und schließlich ins offene Meer. Wer weiß, was selbst hier, in diesem Hinterhof, schon alles passiert war?

Aber was dachte er jetzt für Sachen? Die beiden wollten ihn nicht berauben, er gab das Gold ja freiwillig für das Heilmittel. Er konnte froh sein, dass er es so schnell hatte finden können.

Mit diesem Gedanken holte er sein letztes Geld aus seinem Beutel. Er schüttelte die Münzen in seine große Handfläche und übergab ihnen die drei Taler.

Die Gesichter der Ratten veränderten sich für einen kurzen Augenblick, als sie das Gold vor sich funkeln sahen. Etwas Wildes blitzte in ihren Augen auf. Ihre Gesichter ließen Jorl unterbewusst an etwas denken, das zubeißen würde, wenn etwas zwischen es und das goldene Funkeln käme. Etwas, das sehr fest zubeißen würde. Bis auf die Knochen. Dann war der Moment vorbei und die beiden hatten sich wieder unter Kontrolle. Stille, kleine Lächeln. Jorl nahm die Phiole mit einem beklommenen Gefühl entgegen. Er war in diesem Moment sehr froh, acht Fuß groß zu sein. Was er eben in den Gesichtern gesehen hatte, hatte ihm einen kleinen Schauer über den Rücken gejagt.

„Vielen Dank für die Transaktion, mein allerbester Freund“, sagte eine der Ratten. „Und nicht vergessen: Stillschweigen,“, sprach die andere mit einem Zwinkern zu Jorl.

Dann huschten sie zurück in die Taverne. Jorl folgte ihnen und sah sie noch aus der Vordertür verschwinden, als er in den Hauptraum trat.

Er hatte die Phiole in seinem Beutel verstaut, denn er wagte es nicht, sie offen zu tragen. Sie war zu wertvoll und sollte auf keinen Fall Aufmerksamkeit auf sich ziehen.

Er war aber trotz allem erleichtert. Die Suche war erfolgreich. Er hatte noch genügend Zeit, um vor dem Einsetzen des schweren Fiebers wieder bei seiner Familie zu sein.

Jorl merkte nun, wie erschöpft er war. Nur zurück zum Schiff. Die Nacht war schon fast vorbei und bald würde die Dämmerung einsetzen. Nun, er konnte auf der Rückreise ohnehin so viel schlafen, wie er wollte.

Ulvna, ich werde bald bei dir sein. Er sah nun wieder ihr freundliches Gesicht mit ihren blauen Augen vor sich, hörte ihre melodische Stimme und sah ihr Haar, das so unvergleichlich duftete. Alles würde gut werden.

Jorl erreichte den Kai, auf dem nur wenig Beschäftigung herrschte. Das würde sich mit Beginn der Morgendämmerung ändern, wenn die Besatzungen ihre Schiffe beladen und die Reise über die See oder den Fluss vorbereiten würden. Er blickte auf das Meer und sprach ein Dankgebet an die Großen Geister. Seine Gedanken wanderten in den Norden, nach Klipphaven und den Hügel zu seinem Haus hinauf, wo Ulvna und Honeymaw in diesem Moment schliefen. Die Sonne schien jetzt mit ihren ersten Strahlen auf seinen Rücken. Er spürte, wie die angenehme Wärme ihm etwas Entspannung angedeihen ließ.

Ein Silberstreifen erschien am Horizont über der Azursee, wo sich Himmel und Wasser zu berühren schienen. Wenn die Sonne noch einmal aufging, würde er wieder bei seiner Familie sein.

Eine hämische Stimme erscholl hinter Jorl. „Na Bär, fündig geworden?“

Jorl stöhnte innerlich auf und drehte sich um. Der Zollmeister war mit seinem Trupp bereits wieder auf den Beinen. Frühaufsteher. Das hätte er gar nicht von dem fetten Schwein gedacht.

„Und ob“, entgegnete Jorl, um das dumme Grinsen aus dem Gesicht des Zollmeisters zu wischen.

Dessen Grinsen verschwand tatsächlich, selbst die Hunde schauten Jorl nun interessiert an.

„Ist das so?“ Das Gesicht des Schweins blieb nun ernst, auch die Stimme hatte bei der Frage keinen überheblichen Ton mehr.

„Könnte ich die zu verzollende Ware bitte begutachten?“

Verzollen. Jorl wurde klar, dass er einen Fehler gemacht hatte. Und dass er kein Geld mehr besaß.

„Nun?“, fragte das Schwein, immer noch in einem neutralen, fast höflichen Ton.

„Das war nur ein Scherz“, log Jorl. „Ein Heilmittel gibt es nicht, wie ihr selbst sagtet, da bin ich einer fixen Idee nachgerannt.“

„Hm, ja, das sagte ich. Du schienst mir aber sehr gelassen zu sein für jemanden, der erst vor ein paar Stunden Hals über Kopf durch den Hafen rannte, um ein Wundermittel zu finden. Und vielleicht hast du ja auch ein Wundermittel gefunden.“

„Wie ihr seht, habe ich nichts dabei“, konterte Jorl. Die Phiole war so klein, sie würde schon nicht auffallen.

„Was ich sehe, ist ein Beutel an deinem Gürtel, um genau zu sein. Genau die richtige Größe für ein Säckchen Heilpulver oder eine Phiole mit einer Tinktur oder einem Tonikum.“ Er blickte Jorl bei diesen Worten direkt in die Augen.

„In dem Beutel ist gar nichts!“, fuhr Jorl das Schwein jetzt an und machte einen Schritt auf Güllar zu.

Die Soldaten verteilten sich in einem Halbkreis um Jorl und richteten ihre Piken auf ihn.

„Immer mit der Ruhe, Freundchen“, bellte einer von ihnen.

Das Schwein war zuerst erschrocken zurückgewichen, fand aber seine Fassung sofort wieder.

„Durchsuchen“, befahl es.

Jorls Gedanken rasten. Was soll er nur tun? Er hatte kein Geld, um Zoll zu entrichten, egal wie hoch dieser ausfallen würde. Er konnte nicht mit sechs bewaffneten Soldaten kämpfen. Selbst wenn er den Trupp besiegen würde, würden bestimmt sofort weitere Soldaten kommen, und das Schiff würde mit einem gesuchten Verbrecher bestimmt nicht auslaufen. Und zu Fuß durch die Stadt – wahrscheinlich der einzige Bär weit und breit –: unmöglich.

Er versuchte sich zu beruhigen.

„Ich bin ruhig, kein Grund für irgendwelche …“, setzte Jorl an.

„Ruhe. Taschen leeren.“ Mit Hunden konnte man nicht reden.

Als Jorl weiter zögerte, sprach das Schwein ihn noch einmal an.

„Hör jetzt genau zu, Bär. Wenn du nichts dabeihast, wie du behauptest, ist alles gut und du kannst weiterziehen. Wenn du aber doch etwas dabeihast, wirst du für deine Falschaussagen zu den Zollgebühren eine Strafe zahlen müssen. Kannst du nicht zahlen, wird das zu verzollende Gut beschlagnahmt, bis es ausgelöst wird. Die für die Falschaussagen zu zahlende Strafe bleibt unabhängig davon zu begleichen oder wird in Haft umgewandelt.“

Jorls Blick wurde starr.

Das Schwein bemerkte dies, leckte sich nervös die Lippen und sprach jetzt hastig in einem aggressiveren Tonfall weiter.

„Wenn du gegen die Soldaten und Beamten des Königs die Hand erhebst, wirst du aber festgenommen und landest im Kerker, bis ein Gericht befindet, wie hoch die Strafe sein wird.“

Das Schwein beobachte Jorl genau. Feine Schweißperlen hatten sich auf seiner Stirn gebildet. Nach einer kurzen Pause fügte es hinzu:

„Die Schärfe der Strafe wird davon abhängig sein, ob du jemanden verletzt, welchen Sachschaden du verursacht hast, und so weiter."

Jorl konnte es nicht fassen. Warum musste das dumme Schwein mit seinen Bütteln genau in diesem Moment an dieser Stelle, wo er gerade stand, vorbeikommen. Und warum hatte er sich zu der unvernünftigen Antwort hinreißen lassen?

„Moment, ja gut, ich leere meine Taschen." Jorl musste jetzt umsichtig sein.

Jorl versuchte, beim Leeren seines kleinen Beutels die Phiole so zu fassen, dass sie unbemerkt zwischen seinen Fingern in einer Falte des Beutels blieb. Doch die Hunde nahmen ihm den Beutel ab und fanden die kleine Glasflasche. Das Schwein und auch die Hunde machten jetzt große Augen.

„Ich fasse es nicht", sagte das Schwein. „Du hast tatsächlich etwas erstanden. Wie viel hast du für dieses Heilmittel gegen den Trockenen Tod bezahlt?"

In Jorl stieg nun zu der Wut auch noch Frust auf.

„Alles, was ich hatte."

„Und das wäre?", fragte das Schwein.

„Drei Goldtaler", presste Jorl zwischen seinen Lippen hervor.

Jetzt glotzten der Zollmeister und die Hunde ihn ungläubig an.

„Von wem?", fragte der Zollmeister mit wie belegt klingender Stimme. Es war fast ein heiseres Flüstern.

„Zwei Ratten, aber ich kenne ihre Namen nicht", gestand Jorl.

Zwar hatte er zugesagt, zu schweigen, aber er musste die Medizin zu seiner Frau bringen. Er war übermüdet, erschöpft und frustriert. Er wollte doch nur nach Hause zu seiner lieben Frau.

Der Zollmeister fragte noch einmal nach: „Du hast zwei Ratten, deren Namen du nicht kennst, drei Goldtaler für diese winzige Phiole mit Wunderheilmittel gezahlt?"

„Ja", bestätigte Jorl. Seine Stimme klang bei dem Wort sehr dünn in seinen Ohren.

Eins, zwei Herzschläge lang herrschte absolute Stille. Dann brachen das Schwein und die sechs Hunde in schallendes Gelächter aus. Güllar grunzte vor Vergnügen. Die Hunde lehnten an ihren Piken. Jorl spürte seinen Körper nicht mehr. Eine Welle aus Zorn, Scham und Frust raste durch ihn.

„Dein Ernst?", johlte das Schwein.

„DREI GOLDTALER???"

Sie brüllten jetzt vor Lachen. Einem Hund liefen die Tränen über die Wange.

„Ich wusste, dass Bären dumm sind wie Stroh, aber so blöd kann doch selbst der größte Trottel nicht sein."

Jorl wurde übel. Als er es von einem anderem hörte, war auch ihm auch klar, dass er womöglich hereingelegt wurde. Aber es war die einzige Hoffnung, die er noch hatte. Er musste es versuchen. Zurück zu seiner Liebe gelangen und das Mittel einsetzen. Es gab immer noch die Möglichkeit, dass es kein Betrug war. Ulvnas Leben hing davon ab.

Jorl stand nun mit hängenden Schultern und gesenktem Kopf in der Morgenröte.

„Ja, ihr habt recht, ich bin ein Narr. Ich habe gutes Gold für eine Lüge bezahlt."

Während die Hunde immer noch belustigt einander zulachten, richtete sich der Blick des Zollmeisters wieder auf Jorl. Der Blick war humorlos.

„Nun, das hast du dir selbst zuzuschreiben. Aber", die Stimme des Schweins wurde wieder ernst „du willst

Waren im Wert von drei Goldtalern ausführen. Das macht einen Goldtaler Zollgebühr."

Das Gelächter der Hunde verstummte. Sie blickten nun etwas überrascht auf den Zollmeister. War dies noch Teil seiner groben Scherze?

„Nicht zu vergessen, vierzig Silber für die Falschaussage gegenüber einem Stellvertreter der Krone." Seine Stimme wurde nun gehässig. „Zahlst du sofort, oder müssen wir dich in Haft nehmen? Du kannst die vierzig Silber auch absitzen, das ist mir gleich."

Jorls Mund wurde trocken. Er war sich ziemlich sicher, dass das Schwein ihn lieber in einer Zelle gesehen hätte, als Silber in die Staatskasse zu spülen.

„Wie auch immer, dieses von dir als Arznei angegebene Mittel bleibt beschlagnahmt, bis es für den Wert eines Goldtalers ausgelöst wurde. Hast du das Geld, ja oder nein?"

„Nein, ich habe kein Geld mehr. Ich sagte doch, ich habe alles, was ich hatte, bezahlt, um ein Heilmittel für meine im Sterben liegende Frau zu kaufen. Lasst mir das Mittel – ob es nur einfaches Wasser ist oder nicht; ihr glaubt doch selbst, dass es nur Blendwerk von Betrügern ist."

Jorls Stimme schwankte zwischen Wut und Flehen. Sein Stolz war ihm in diesem Moment egal, sollten sie ihn ruhig verhöhnen. Er musste alles unternehmen, um Ulvna zu retten.

„Uuuh, heulst du jetzt, mein großer Junge?", fragte Güllar mit offensichtlich gespielter Anteilnahme.

Die Hunde fanden die Situation anscheinend nicht mehr witzig. Sie hatten wieder einen ausdruckslosen Gesichtsausdruck, blickten Jorl aber nicht mehr an wie zuvor. Die Soldaten tauschten stattdessen stumme Blicke aus. Anscheinend missbilligten sie die Worte des Zollmeisters.

Jorl schniefte nun tatsächlich. Ulvna würde sterben und er würde in ihren letzten Momenten nicht bei ihr sein. Seine kleine Tochter würde er im Stich lassen. Er hatte in allem versagt. Tränen stiegen ihm in die Augen und seine Sicht fing an zu verschwimmen.

„Bitte, lasst mich gehen, meine arme Frau liegt im Sterben und unsere kleine Tochter …“ setzte Jorl mit verzweifelter Stimme an.

Güllar wurde plötzlich laut, sein feistes Gesicht lief rötlich an. Seine Stimmlage wurde noch höher, fast schrill, war aber mit einem boshaften Ton durchsetzt. Der Schweiß wurde nun zu dicken Tropfen, die ihm über die vor Erregung zitternden Wangen perlten.

„Was kümmern mich deine widerliche Bärenschlampe und dein verkommenes Mist-Balg? Du wirst jetzt entweder bezahlen oder …“

Weiter kam Zollmeister Güllar nicht, denn eine Faust wie ein Vorschlaghammer traf ihn auf den offenen Mund. Es gab ein dumpfes Geräusch, wie ein Schlag auf ein leeres Weinfass. Gepaart mit einem scharfen Knacken, das an brechendes Holz erinnerte.

Die gesamte vordere Zahnreihe des Schweins zersplitterte, platzte in die Mundhöhle. Scharfkantige Fragmente seiner schiefen, vergilbten Zähne zerschnitten seine Zunge und bohrten sich in seinen Rachen. Die ohnehin flache Schweinenase wurde regelrecht eingedrückt und das Gesicht des Zollmeisters wurde ein deutliches Stück kürzer, geradezu platt. Güllars Kopf schwang zurück in den speckigen Nacken und sein ganzer Körper hob von der Wucht des Schlages vom Boden ab, um vier Fuß hinter den Soldaten mit einem schwammigen Geräusch auf das steinerne Pflaster des Kais aufzuschlagen. Wie ein Kartoffelsack, der beim Beladen eines Schiffes aus Versehen daneben geworfen wurde, kam er zum Liegen.

Einen Herzschlag später folgten helle, scharfe Geräusche. Wie eine Handvoll Kiesel, die auf den Steinboden geworfen wurden. Kleine gelbe Perlen rollten und sprangen das Pflaster hinunter. *Zähne*, dachte Jorl in diesem Augenblick.

Die Soldaten blickten erschrocken von Jorl zu Zollmeister Güllar und zurück.

„ERGREIFT IHN!", brüllte einer der Hunde und sie sprangen alle gleichzeitig nach vorne.

Jorl war von sich selbst mehr erschrocken als von dem Angriff der Hunde. Er spürte einen brennenden Schmerz im Bein und sah, dass einer der Soldaten ihm seine Pike in den linken Oberschenkel gerammt hatte. Die Eisenspitze steckte im Knochen.

Die anderen Soldaten rissen ihn gemeinsam um. Er wehrte sich nicht. Denn wenn er jetzt kämpfte, würde er nicht nur seine Frau, sondern auch seine Tochter nie wieder sehen. Seine kleine Honeymaw.

Man fesselte Jorl mit einem Seil, das aber nicht für Bären gemacht war. Zu kurz, zu dünn. Die Hunde waren keine Narren und erkannten, dass dieses Seil Jorl nicht würde bändigen können, sollte er sich losreißen wollen.

„Wenn du noch irgendwelchen Ärger machst, spießen wir dich auf – ist dir das klar?" Es war keine Frage, sondern eine Drohung.

Die Hunde rissen Jorl dann gemeinsam hoch. Sie fluchten und knurrten, als sie ihn zur Wache zerrten. Da er mit seinem blutenden Bein nicht schnell genug vorwärtskam, stießen sie ihn auf dem ganzen Weg mit ihren Pikenschäften.

Sie waren der Meinung, dass Jorls Schlag den Zollmeister getötet hatte. Er kam auch zu dem Schluss, als er am Körper des Zollmeisters vorbeihinkte. Das Gesicht von Güllar war regelrecht eingedrückt. Man konnte kaum erkennen, wo Nase oder Augen waren. Der obere Teil des Gesichts war eine blutverschmierte

Ebene. Im krassen Kontrast dazu stand der Unterkiefer praktisch unverändert hervor. Jorl musste unwillkürlich an eine zerdrückte Pflaume denken, aus der der ausgetretene Kern ragte.

Oh Mutter – was habe ich getan.

Das Schwein gab, wie es da so auf der Hafenpromenade lag, kein Lebenszeichen von sich. Sein Blut tränkte nun das Kopfsteinpflaster und gerann schon zu einem dunklen, roten Pudding. Somit war aus dem zuvor ungerecht behandelten Bären für die Hunde ein Mörder geworden. Das Gesetz war hier eindeutig. Tod durch Hängen.

Die Wache war ein aus schweren grauen Quadern gefertigtes Gebäude, das im Stile einer Festung errichtet war. Das Eingangstor war zweiflügelig und hoch genug, dass Jorl aufrecht hineingehen konnte. Nach einem kurzen Wortwechsel mit dem wachhabenden Offizier wiesen die Wachen Jorl an, weiterhin widerstandslos mitzukommen. Die Hunde führten ihn eine sich windende Treppe hinab. Kerker.

Ein langer Gang mit eingelassenen Türen in der Mauer. Jorl wurde zielstrebig bis ans Ende des Ganges geführt. Der Gang machte hier einen Knick nach links. Dahinter war ein Absatz mit einer weiteren Treppe, die zu einer noch tieferen Ebene führte. Dort war eine spezielle Zelle, deutlich größer als die auf der oberen Ebene. Sie befand sich vermutlich unter dem Meeresspiegel. Im Gegensatz zu dem Seil, das die Hunde zum Fixieren der Arme von betrunkenen Tunichtguten nutzten, war diese Zelle dafür geschaffen worden, auch Bären festzuhalten. Festes Mauerwerk, gefertigt aus großen, schweren Steinen. Ein stabiles Eisengitter, dessen dicke Stangen mit eisernen Querverstrebungen miteinander verbunden waren. In dieses Gitter war eine solide Tür eingelassen, die ebenfalls aus einem Eisengitter gefertigt war. Ein großes Schloss mit schwerem Riegel sicherte diese Tür. Als Jorl den Riegel mit einem harten, metallenen Geräusch hinter sich zuschnappen hörte, war er sich sicher, dass diese Tür auch der Kraft eines Bären standhalten würde.

Niedergeschlagen sank er an der Kerkerwand zu Boden. Das Pochen im linken Oberschenkel nahm er kaum wahr. Er würde jetzt in dieser Zelle sitzen, während Ulvna im fernen Klipphaven mit Fieber im Bett lag. Er konnte sie vor seinem inneren Auge sehen. Sie wälzte sich, geplagt von Fieberträumen, unruhig im Bett. An ihrer Seite saß die kleine Honeymaw, kaum acht Sommer alt, und hielt die im kalten Schweiß gebadete Hand ihrer sterbenden Mutter.

Und er saß hier.

Jorl brüllte jetzt vor Verzweiflung. Ein lautes schmerzerfülltes Brüllen. Hilflos und verzagt.

Nach einigen Stunden, die sich für Jorl wie eine Ewigkeit anfühlten – er hatte bereits jetzt schon kein Zeitgefühl mehr –, hörte er Schritte, die sich seiner Zelle näherten.

Einer der Wachsoldaten.

„Hey Bär." Jorl blickte ihn an. Der Hund hatte ein ausdrucksloses Gesicht. Unter dem Rand des Helmes blieben die Augen im fahlen Licht verborgen.

„Ja, Hund?", antwortete Jorl mit erschöpfter Stimme. „Was wollt ihr noch, habt ihr mir nicht schon alles genommen?"

„Nun ja, noch hast du dein Leben. Und deine Gliedmaßen." Emotionslose Stimme.

Jorl starrte den Hund nun an. Sprach er von seiner bevorstehenden Strafe für den Mord an dem Schwein? Hinrichtung? Verstümmelung? Folter?

Der Hund fuhr im selben, ungerührten Ton fort.

„Zollmeister Güllar hat deinen Angriff überlebt. Die Anklage wird also nicht Mord, sondern nur tätlicher Angriff auf einen Beamten der Krone lauten."

Jorls Herz machte einen kleinen, hoffnungsvollen Sprung. Vielleicht käme er hier doch noch heraus und würde nach Hause zurückkehren können.

„Die Verhandlung ist in drei Wochen. Es bleibt außerdem abzuwarten, ob der Zollmeister die Nacht übersteht.“

Drei Wochen.

„Bevor du aber jetzt einen Freudentanz aufführst: Sollte er überleben, kannst du immer noch mit vier Jahren Haft rechnen. Plus die vierzig Silber für die Falschaussagen, die zu dem Vorfall führten. Und vermutlich um die zwanzig Silber als Schmerzensgeld, die direkt an Zollmeister Güllar zu entrichten wären.“

Drei Wochen, vier Jahre … Nun wünschte sich Jorl fast, dass sie ihn gleich am Morgen hängen würden.

Dann könnte er auf Ulvna auf der anderen Seite warten. Das Feuer vor der Schattenhöhle für sie entzünden, sodass sie einander in der Dunkelheit der Andernwelt leichter wiederfinden würden.

Aber dann sah er Honeymaw vor sich. Ganz klar, als ob sie bei ihm in der Zelle stünde.

Nein, er würde leben, er würde diese Ungerechtigkeit klären und zu ihr zurückkehren.

Der Hund beobachte ihn, sah die verschiedenen Emotionen, die über Jorls Gesicht rasten.

„Wir werden aussagen, dass der Hafenmeister euch reizte. Seine Worte waren unnötig. Außerdem weiß jeder, dass er Bären hasst. Vielleicht fällt die Strafe gnädiger aus.“

Jorl blickte auf.

„Er hätte dich ziehen lassen sollen, dann wäre das alles nicht passiert. Du wärst bei deiner Familie, um deine Frau zu verabschieden, und Güllar hätte noch alle Zähne. Und ein Gesicht.“

Der Hund drehte sich ohne ein weiteres Wort um und verschwand wieder im Gang, bevor Jorl etwas erwidern konnte.

Hunde.

Zu einer Verhandlung kam es jedoch nicht. Es hatte sich am Hafen und schließlich in der ganzen Stadt herumgesprochen, was an jenem Morgen am Pier geschehen war. Wie ein gewaltiger Bärenkrieger, so groß wie ein Haus, dem Widerling Güllar eine verpasst hatte.

Für einige war es ein Beweis dafür, dass die Bären doch nur höhlenbewohnende Barbaren waren.

Für die meisten war es aber eine lustige Geschichte, die man sich bei einem Bier erzählte.

Schon nach einer Woche wurde Güllar in diesen Geschichten von dem Schlag des Bären vom Ende des Piers bis zur östlichen Stadtmauer geschleudert.

Eine Woche später titschte der Zollmeister wie ein Stein, den Kinder über das Wasser hüpfen ließen, den Fluss Grun hinauf. Bis nach Dreistädten, wo er dann gegen die Stadtmauer schlug.

Der Händler Mogen hörte diese Geschichten ebenfalls und fand heraus, wo Jorl festgehalten wurde. Er hörte sich um, befragte Hunde und Beamte. Silberne Münzen wanderten von Hand zu Hand, bis er herausfand, welcher Richter den Fall zu entscheiden hatte.

Mogen, der schon länger Handel zwischen dem Reich und den Nordländern trieb, als Jorl lebte, kannte diese Welt. Die Richter waren bestechlich. Sie, die das Gesetz vertraten, das angeblich für alle im Reich gleich sein sollte. Je höher das Amt, desto korrupter sein Träger.

Mogen suchte schließlich den Richter auf und kaufte Jorl neun Tage, nachdem er inhaftiert wurde, frei. Er bestach den Richter mit dem Goldtaler, den Jorl ihm für die Fahrt gezahlt hatte. Wie würde er es Mogen je wieder vergelten können?

Der Zollmeister hatte eben Pech gehabt und hatte wahrscheinlich gar keine Entschädigung für sein zerstörtes Gesicht erhalten. Es wurden nur die wichtigen Taschen gefüllt. Für ein Goldstück wurden schon ganz andere Straftaten übersehen oder ungeschehen gemacht.

Die Phiole mit dem „Heilmittel" sah Jorl nie wieder. In seinem Herzen wusste er, dass es ohnehin nicht echt war. Er hatte sich von den Schurken, die seine Not ausgenutzt hatten, wie ein Narr über den Tisch ziehen lassen. Aber um das Gold trauerte er nicht. Er hätte noch einmal drei Goldtaler gezahlt, um die Tage, die er mit der Reise verschwendet hatte, wiederzubekommen. Um zu Hause gewesen zu sein. Bei ihr. Bei ihnen.

Er kam erst acht Tage, nachdem Ulvna verstorben war, wieder in Klipphaven an. Ulvna war schon bestattet worden, da man nicht wusste, wann er wieder käme. Drei Tage nach dem Tod, so war es Brauch. Sie betteten Ulvna im Schatten des kleinen Apfelhains, den sie einst mit Jorl gepflanzt hatte, wo sie gerne an heißen Sommertagen mit ihrer Tochter weilte und ihr Lieder vorsang.

Gertala war bei Honeymaw geblieben und hatte auch Ulvnas letzte Riten durchgeführt. Noch eine Schuld, die Jorl kaum würde begleichen können.

Seine Tochter sprach wochenlang kein Wort mit ihm, wollte kaum noch essen, weinte still und zog sich in sich selbst zurück. Es waren düstere Tage für sie beide. Alles in ihrem Haus erinnerte Jorl an seine Frau, von der er sich nie hatte verabschieden können. Selbst der Apfelhain betrübte ihn in diesen Tagen. Er sollte doch für ihr gemeinsames Glück stehen und mit ihrer kleinen Familie wachsen und gedeihen.

Aber nun stand still im Schatten der fünf Apfelbäume Ulvnas Stein. Am Kopf ihrer letzten Ruhestätte, die er für sie nicht gegraben hatte. Wo er keine letzten Worte hatte sprechen können, als sie beigesetzt wurde.

Da überkam ihn eine Wut, die er nicht zu zügeln vermochte. Kalt wie flüssiges Eis durchströmte sie ihn. Alles, was ihn an die glückliche Zeit mit Ulvna erinnerte, bereitete ihm Schmerzen. All diese Dinge sollten aus seinem Leben verschwinden. Er würde Honeymaw und sich eine neue Höhle suchen, weit weg von Klipphaven. Weit weg vom Reich. Er würde jeden Topf einschmelzen lassen, in dem Ulvna je ein Gericht bereitet hatte. Jeden Becher und jede Schüssel zerwerfen, die sie je gehalten hatte. Die Apfelbäume fällen, die ihnen kein Glück gebracht hatten.

Er rannte nun zurück zum Haus, um seine Axt zu holen. Der Schmerz im linken Bein war nur ein fernes Echo. Die fünf Bäume umzureißen, wäre nicht genug gewesen. Er würde sie zerhacken und verbrennen. Sie mussten aufhören, zu existieren. Sie waren Sinnbild allen Unglücks, das je über ihn gekommen war.

Er ergriff das schwere Beil, auf dessen Schaft das Zeichen des Schreiners eingeschnitzt war, und eilte zurück zum Hain. Als er außer Atem dort wieder ankam, sah er die kleine Honeymaw am Grabe ihrer Mutter sitzen.

Er verharrte bei diesem Anblick. Seine Tochter flüsterte. Zu ihrer Mutter. Sprach Worte, die auch in Jorls Herzen waren, die er aber nicht fand. Hier im kleinen Apfelhain, der ihnen das Glück bringen sollte.

Dann hatte Jorl einen Moment der Klarheit. Das Glück war gekommen; und es saß im Schatten dieser fünf Bäume.

Die kalte Wut, die ihn eben noch fest umfasste, war innerhalb eines Herzschlags verschwunden.

Nein, wir bleiben hier. Und wir werden nicht vergessen. Ihr Blau, für immer hier, in unseren Herzen.

Jorl atmete tief durch. Fast zehn Jahre waren seitdem vergangen. Er blickte vom kleinen Übungsplatz hinüber zum zugeschneiten Apfelhain. Zu Ulvnas Stein.

An dessen Fuße bald die ersten blauen Frühjahrsblumen sprießen würden.

Kapitel 3: Was die Maschine speist

„So wurde das Land in seine bis heute bestehenden Provinzen unter den Häusern der Greife geteilt: Mittland, die Hochlande, die Tieflande, die Azurküste, Ostkliff und Swampasud.

Jedes der sechs großen Häuser erhielt eine der Provinzen, welche sie verwalteten und zu schützen gelobten. Aber nicht alle waren zufrieden und so entbrannte bald schon der Streit zwischen den Fürstenhäusern. Es war ein großes Unglück für alle, denn es war letztlich diesem Streit geschuldet, dass die Stärke des Reiches und die Linie der Könige dieser Tage fast danieder liegt.

Mögen die Augen unserer Feinde im Süden, aber auch jene, welche uns jenseits der Meerenge im Osten aus der Dunkelheit belauern, und diejenigen, welche die meisten inzwischen wohl vergessen haben, für unsere jetzige Schwäche verschlossen bleiben."

Magister Sorelius, Historiker, 918 n. D.

„Was soll das heißen?" Die harte Stimme schnitt wie eine Eisenklinge durch den Thronsaal. Eine schwere und sehr scharfe Klinge.

Sie gehörte dem Herrscher des Reiches, dem Hochkönig Carolon dem III., Greif aus dem Hause Donnerschwinge, der sich bei diesen Worten von seinem Thron erhob.

Er war gewaltig. Wie die gesamte Linie seiner Vorfahren war auch er hochgewachsen und von einer mächtigen Statur. Der Körper eines Löwen und der Kopf eines Adlers. Der große Schnabel sah aus, als könnte er Eisen zertrennen. Gelb mit einem rötlichen Stich. Im Gegensatz zu Vögeln besaß des Königs Schnabel auch eine Reihe scharfer Zähne. Und anders als ein Adler hatte Carolon auch Ohren. Lang und spitz geschwungen. Die Hunde, die in seiner Königswache dienten, hatten sich selbst einen Teil ihrer Ohren abgeschnitten, sodass sie denen des Königs ähnelten. Es war eine alte Tradition, die die Verbundenheit der Männer der Königswache mit einem Opfer aus Fleisch und Blut besiegeln sollte.

Carolons Schwingen waren wie sein Fell von einem satten Schwarz. Sein Fell glänzte seiden im Licht der dutzenden Lüster, die von der hohen Decke das Saales hingen.

Der König war in ein aufwändig gesticktes Wams aus feinstem Brokat gekleidet. Es war nach Art der Landsknechtstracht gefertigt, der auch der Schnitt der Uniformen seiner Truppen entlehnt war. Die aufgebauscht wirkenden Schulterstücke waren im Gegensatz zu denen der Hunde aber mit sehnigen Muskeln gefüllt. Auch die geschlitzten Hosen aus edelster Seide waren kaum gebauscht. Carolon hatte, nach Brauch der Greife, seit seiner Jugend seinen ganzen Körper gestählt. Wo die Hunde durch die Kleidung breiter und muskulöser wirkten, verbarg beim König die Kleidung sogar noch seine wahre Kraft.

Seine Kleidung war nicht im Rot und Blau des Reiches gehalten – Carolon trug das Schwarz und Purpur des Hauses Donnerschwinge. Die königlichen Farben. Den König schmückte kein Zierrat, außer dem schweren, goldenen Siegelring an seiner rechten Hand.

Er stand nun aufrecht auf seinen mächtigen Tatzen, die in scharfen Krallen endeten. Seine Schwingen hatte er auf seinem Rücken gefaltet. Die Flügelfedern schienen in dieser Position in die langen Schweiffedern überzugehen. Dies erzeugte den Eindruck, dass der König einen Umhang aus schwarzer Seide trug, der den Gesetzen der Schwerkraft widerstand.

Er trat nun einen Schritt vorwärts, auf den Angesprochenen zu. Es klang, als ob eiserne Messer auf den steinernen Boden des Thronsaals schlugen. Aber nicht die mächtige Gestalt ließ den Angesprochenen erschaudern, es war der Blick des Königs. Es waren seine Augen. Die Augen eines Greifen schienen nie zu blinzeln. Was auch immer er mit seinem Blick fixierte, konnte sich ihm nicht mehr entziehen. Carolons Augen waren von einem hellen Gelb, das aus der Schwärze des harten Gesichts wie geschmolzenes Gold leuchtete.

Der Blick dieses Greifen konnte sich wie ein Griff in die Brust hinein anfühlen. Es war, als würden sich eiserne Ketten fest um das Herz legen. Es einengen. Abschnüren. Diese Ketten würden sich erst lösen, wenn der Blick des Greifen auf etwas anderes gerichtet wurde.

Wehe dem Ziel des goldenen Auges.

Carolon wusste um die Wirkung, die sein Blick bei den niederen Völkern erzeugen konnte.

Nur wenige konnten den Blick eines Greifen erwidern. Der Meister der Münze konnte es nicht.

„Eure königliche Hoheit …“, setzte der Schatzmeister an. Das Wiesel hatte sich verbeugt und den Blick auf den Boden vor sich gesenkt. Der Schatzmeister trug, wie die meisten Beamten, eine weiße Halskrause aus gewellten Rüschen. Dazu eine schlicht geschnittene schwarze Robe, die im Falle des Schatzmeisters allerdings aus teurer Seide bestand. Eine schwere goldene Kette mit seinem Amtszeichen lag ihm um die Schultern und verlieh ihm einen Anschein von Würde.

Der König fuhr einfach fort, als hätte das Wiesel vor ihm nichts gesagt: „Wir besitzen alles, was unter der Sonne existiert.“

Obwohl der Greif seine Stimme nicht erhoben hatte, war sie doch laut und klar. In ihr schwang ein tiefer, stählerner Klang. Wie ein dickes Stahlseil, das im aufziehenden Sturm vibrierte. Härte. Stärke. Der Schatten des Dröhnens, den diese Stimme erzeugen konnte, war wahrnehmbar. Körperlich spürbar. Dem

Wiesel standen die Haare am Kopf und im Nacken ab, seine kleinen Ohren hatte es angelegt.

„Jeder ist uns zu Treue verpflichtet und schuldet uns Gehorsam. Wie also“, der Blick wurde nun noch etwas starrer, wenn dies beim König überhaupt möglich war, „sollen wir *mittellos* sein?“

König Carolon, dritter seines Namens und elfter Hochkönig des Reiches war selten aufgebracht. Die Wenigen, die sich nun bei ihm im Thronsaal befanden, waren stets bemüht, dass er nie Grund dafür hatte.

„Eure gnädigste Durchlaucht, Ihr seid fürwahr nicht mittellos, es ist nur so, dass die Goldreserven der Krone aufgrund der mannigfaltigen Ausgaben der letzten Jahre nicht mehr so umfassend sind, wie sie einst waren.“

Der Schatzmeister hatte sich bei diesen Worten so tief verbeugt, dass seine Stirn fast den Boden berührte. Das Amtszeichen lag nun auf dem Boden. Die Arme hatte er seitlich von sich gestreckt. Vermutlich sollte die Verbeugung hierdurch eleganter wirken.

Das Beugen fiel ihm nicht sonderlich schwer. Als Wiesel hatte der Schatzmeister sehr kurze Beine und für seine Körpergröße einen sehr langen Rumpf.

Wie geschaffen zum Verbeugen, dachte Carolon verächtlich.

Doch die Wiesel waren schlau. Ihnen konnte man die komplexen Abläufe im Reich anvertrauen. Nicht, dass die Wiesel besonders vertrauenswürdig gewesen wären, aber sie gehörten zu den klarsten Denkern, auf die die Greife zurückgreifen konnten. Und wenn man ihnen mehr als nur ein paar Krumen des Kuchens ließ, so waren sie eifrig bei der Sache.

Gold und Titel. Danach strebten sie.

Sie hatten nicht den Stolz von Kriegern, wie die Greife. Denn der Stolz war es, der den Ehrgeiz der

Greife mehr entfachte als alles Gold im Reich oder auch jenseits davon.

Aber das war auch gut so. Für den König waren die Begierden der Wiesel somit leicht zu befriedigen. Ein Titel kostete nichts. Das Gold gaben die Narren, trotz all ihrer Schläue, für Tand aus. So strömte das Gold zurück in den Kreislauf, wurde zu Steuergeld, das in die Staatskasse zurückfloss.

Sie mühten sich unentwegt in den Knochenmühlen des Reiches, um Gold anzuhäufen. Gold, mit dem sie Dinge kauften, die sie nicht brauchten, mit denen sie ihre Mitbewerber, die sie nicht mochten, zu beeindrucken erhofften. *Hah!*

Die Wiesel waren aus diesem Grunde ehrgeizig und wetteiferten unentwegt um die Gunst des Königs. Sie waren untereinander verfeindet, mussten aber stets zusammenarbeiten, um die Prozesse am Laufen zu halten. Sie hassten und verabscheuten sich gegenseitig, aber fiel der eine, so fiel auch der andere. Ein perfektes Regierungssystem für die Greife.

Fast alle Herrenhäuser hatten sich in den letzten Jahrhunderten der Fähigkeiten der Wiesel bedient. Sie übernahmen die lästigen Pflichten der Koordination und die Überwachung der Abläufe der Staatsgeschäfte.

Lediglich Ostkliff hatte die moderne Administration des Reiches kaum implementiert. Es war eine rückständige Provinz. Felsen, Wolle und Heu. *Pah!*

Selbst Swampasud, das als Grenzmark zum tiefen Süden zur Hälfte aus Sumpfland bestand, war fortgeschrittener.

So kümmerten sich die Wiesel auch um die Finanzangelegenheiten. Hier war der königliche Schatzmeister, den man früher auch den Meister der Münze nannte, der Hauptverantwortliche. Zwei Titel, ein zufriedenes Wiesel.

+

Der Schatzmeister hielt seine hohe Stellung schon seit über zwei Jahrzehnten inne. Mit diesem Titel wurde eine große Macht, aber auch große Verantwortung an den Amtsträger übertragen. Der Schatzmeister war nur dem König selbst verpflichtet und genoss viele Freiheiten. Wenn aber finanzielle Probleme auftraten, war die Gunst des Königs schnell dahin.

„In der Tat könnte dies zu einem Problem gedeihen, eure königliche Majestät." Der Seneschall, höchster Hofbeamter des Reiches und Stellvertreter des Königs, hatte gesprochen.

Er hatte einen aufrechten Gang, der ihn von den anderen Wieseln am Hofe unterschied. Er blickte stets mit demselben kleinen Lächeln, das nie seine Augen erreichte.

Die Augen der Wiesel waren in der Regel unstet. Sie glitten unentwegt über alles und jeden hinweg, als ob sie etwas suchten.

Die Augen des Seneschalls jedoch wirkten starr, fast wie festgefroren. Er bewegte den Kopf, wenn er seine Aufmerksamkeit neuen Dingen zuwandte.

Seine geistigen Fähigkeiten waren ebenfalls außergewöhnlich, wie auch seine Ambitionen. Er hatte die Gunst des Königs schon in jungen Jahren errungen und bekleidete nun das höchste Amt im Reich, das ein Unadliger einnehmen konnte. Da es keine Adeligen mehr gab, war er somit der zweitmächtigste Mann nach dem König.

Der Seneschall trug ebenfalls einen weißen, gewellten Rüschenkragen und eine schwarze Robe, die allerdings aus schwerem, festem Brokat bestand. Die Robe war mit Mustern bestickt, die wie in sich drehende Spiralen wirkten. Wo normalerweise Gold- oder Silberfäden eingewebt wurden, um Muster darzustellen, waren in der Robe des Seneschalls die Muster mit schwarzer Seide gestickt. Schwarz in schwarz. Man sah diese Muster nur aus der Nähe, bei richtigem Licht.

Seine Robe unterschied sich auch insoweit von den typischen Amtsroben, als dass sie eine angedeutete Verbreiterung des Schultergürtels hatte. Nur wenige Zoll, wie ein leises Echo der Tracht der Soldaten.

Auch der Seneschall trug eine goldene Amtskette. Ein goldenes Siegel verriet seinen Rang.

Der Blick des Seneschalls war bei weitem nicht so intensiv wie der von Carolon. Nein, beileibe nicht.

Aber auch der Blick dieses Wiesels erzeugte ein mulmiges Gefühl. Es war, als ob er ein Geheimnis seines jeweiligen Gesprächspartners kannte. Ein Geheimnis von der Art, das den Gesprächspartner in *ernste* Schwierigkeiten bringen könnte.

Dieser Blick wanderte nun vom König zum Schatzmeister.

„Eine Steuererhöhung könnte das absehbare Problem gegebenenfalls kurzfristig lösen, meint ihr nicht auch, mein guter Schatzmeister?“

Der Angesprochene blickte aus dem Augenwinkel zum Seneschall, den Kopf immer noch knapp über dem Boden.

„Ja, das wäre natürlich eine Möglichkeit, mein guter Seneschall. Steuererhöhungen gleichen stets die Mehrkosten der Krone aus.“

„*Eine* Möglichkeit?“ fragte der Seneschall nun. Ruhige Stimme. Kleines Lächeln. Starre Augen. „Was wäre denn die andere? Oder gibt es noch eine ganze Anzahl? Ich hoffe nicht, dass ihr eine Senkung der Kosten vorschlagt. Der König regiert, wie es ihm beliebt, und sollte hierbei nicht gemaßregelt werden.“

Der Schatzmeister atmete hörbar ein.

„Selbstverständlich würde es mir nie einfallen, ihrer höchsten, edelsten, königlichen Durchlaucht bei ihren grundsätzlich perfekten Entscheidungsfindungen auch nur ansatzweise Ratschlag über Gebühr und Stand angedeihen lassen zu wollen."

König und Seneschall starrten auf den Meister der Münze.

Dieser konnte die Blicke trotz seines gesenkten Hauptes fast körperlich auf sich spüren. Wie kalte Hände, die sich durch sein Fleisch auf Geist und Herz legten. Eine mächtige Klaue und eine kleinere, fast noch unangenehmere Hand.

Aber er war schon lange in seinem Amt und dies nicht, weil er schnell verzagte.

„Es gäbe aber eine Möglichkeit, die Staatskasse zu füllen, ohne Steuern zu erheben oder Einschnitte im Staatshaushalt zu machen." Er ließ die Worte kurz wirken, bevor er weitersprach.

„Die Krone finanziert alle öffentlichen Bauvorhaben, militärischen Unternehmungen und Gehälter der Staatsdiener mit Gold. Aber Gold ist, wie wir wissen, in seiner Verfügbarkeit begrenzt. Das Gleiche gilt natürlich für Silber, auch wenn es hier deutlich mehr Ressourcen gibt. Die Silberminen fließen, im Gegensatz zu den versiegten Goldminen, noch immer. Auch wenn der Silberstrom von früher zugegebener Maßen nun fast zu einem Rinnsal geworden ist."

Der Meister der Münze richtete sich ein wenig auf und hob den Kopf so weit an, dass er dem Seneschall kurz in die Augen blicken konnte.

„Münzen müssen aus den abgebauten Erzen gegossen werden. Hier besteht die Gefahr, dass Rohmaterial entwendet wird. Gold und Silber, das nie in den Büchern vermerkt sein würde."

Die Greife hassten Diebe, die es wagten, sich an ihrem Besitz zu vergehen – das würde die

Aufmerksamkeit, auf das, was er nun vorschlagen würde, beim König verstärken.

Der Schatzmeister fuhr mit nun sicherer Stimme fort.

„Münzen sind darüber hinaus auch schwer. Der Transport in den eisernen Truhen ist schon eine eigene aufwendige Logistik. Und sollten Münzen gestohlen werden, lässt sich kaum nachvollziehen, wer diese Münzen eines Tages unrechtmäßig wieder ausgibt."

Der Schatzmeister richtete sich bei den Worten etwas weiter auf. Er legte nun die Arme vor dem Bauch zusammen.

„Münzen haben dem Reich viele Jahrhunderte gut gedient, aber die Wirtschaftsleistung aller Provinzen ist inzwischen so immens, dass die bestehenden Taler gar nicht mehr die Werte abdecken können, die schon erschaffen worden sind. Oder was an Arbeitsleistungen erbracht wird."

Er wusste, Finanzwirtschaft langweilte König Carolon, wenn es ins Klein-Klein ging, er musst daher jetzt seine Idee zügig offenbaren.

„Und genau hierfür habe ich eine Lösung ersonnen." Er senkte den Kopf wieder, bis seine Nase auf den Boden zeigte.

„Fahrt fort", befahl König Carolon. Sein Interesse war in der Tat geweckt.

„Schuldscheine."

Der Schatzmeister wartete. *Drei, zwei, eins.*

Kein ungehaltener Zwischenruf des Königs. Ein winziges Lächeln umspielte seine Mundwinkel, die durch den tief gebeugten Kopf verborgen waren.

„Wir könnten mit den neuen Druckerpressen Schuldscheine des Reiches erstellen, die den Gegenwert von, sagen wir, zehn Goldtalern haben.

Mit diesen Schuldscheinen könnte die Krone die Großhändler und Lieferanten entgelten, welche die Garnisonen und Amtshäuser des Reiches versorgen."

Noch immer kein Zwischenruf. Sehr gut.

„Diese Schuldscheine werden natürlich fälschungssicher mit aufwendigst gestalteten Druckplatten erstellt und anschließend mit einer fortlaufenden Nummer versehen."

Der Schatzmeister blickte nun kurz auf.

„Ausgabe dieser Scheine wird in standardisierten Büchern von Geber und Empfänger mit Datum und so weiter eingetragen. Bei Diebstahl eines solchen Scheines könnte man leicht nachvollziehen, wer wann und wo versucht, den gestohlenen Wert einzulösen. Oder man sperrt die Nummer für den Handel."

Der König, der überraschend lange zugehört hatte, stellte nun eine Frage.

„Das klingt zwar im ersten Moment alles schön und gut, aber habt ihr auch bedacht, wie dieser große Wert von zehn Goldtalern abgedeckt sein soll? Was ist, wenn jemand den Schein gegen echtes Gold einlösen möchte?"

Schlaue Greife, dachte der Meister der Münze. Carolon hatte also den Knackpunkt sogleich erkannt.

„Selbstverständlich, Eure königliche Majestät. Sollten die Großhändler und Gildenmeister die Schuldscheine über zehn Goldtaler einreichen, so erhalten sie im Gegenzug kleinere Schuldscheine. Diese sollten einen Wert von einem Goldtaler, oder auch zehn, zwanzig und fünfzig Silbermünzen haben. So können sie ihrerseits Schuldscheine an ihre Gläubiger ausgeben, die wiederum von der Krone gedeckt sind."

Carolon sah den Schatzmeister stumm an. Dieser wagte einen winzigen Blick in das Gesicht des Königs. Der Greif schien durch ihn hindurch zu blicken.

„Hm, ich verstehe", sagte der König nach einigen Momenten. „Dir schwebt also vor, einen Ersatz für Gold zu erschaffen. Ohne jeden Gegenwert."

Der Mund des Schatzmeisters wurde trocken.

„Nein, nein, mein gnädiger Herrscher, die Krone bürgt dafür, dass es für die Schuldscheine auch das als Wert hinterlegte Gold gibt."

Die Stimme des Wiesels war nun etwas zu schnell und zu dünn. Die Überzeugungskraft, die es zu haben glaubte, zerfloss wie ein kleines Stück Butter in der Sommersonne.

„Die Krone bin ICH", sprach Carolon. Die Stimme klang unwirsch, aber noch nicht zornig.

„Ich soll also mit meinem Namen, dem Namen meiner Ahnen, für deinen kleinen Trick bürgen?"

„Mein höchster und mächtigster Herr, ich muss gestehen, ich sehe hier ein großes Potenzial."

Der Seneschall hatte prompt das Wort ergriffen. Er begegnete dem Blick des Königs für einen Moment, bevor dieser ihn auf den Schatzmeister lenkte.

Nur kurz, aber er schaute dem Greif in die Augen. Einer der Wenigen am Hofe.

Vermutlich das einzige Wiesel mit einem Rückgrat, dachte Carolon. *Aber Vorsicht, mein guter Seneschall, zu viel Rückgrat endete schon oft mit dem Bruch des Selbigen.*

„Wenn sich dieses Papier-Schuldschein-Entgelt als anerkanntes Zahlungsmittel etabliert, könnte in ein paar Jahren der gesamte Finanzfluss im Reiche hiermit gesteuert werden. Und wir könnten so viele von diesen Scheinen produzieren, wie von der Krone für den ungestörten Ablauf aller Vorgänge gebraucht wird."

Der Seneschall verstummte kurz und fuhr dann fort.

„Man könnte auch etwas mehr drucken, um Projekte zu bezahlen, die noch nicht begonnen sind. Man müsste dann nicht erst auf die Steuereinnahmen warten, die in den Provinzen einmal im Jahr erhoben werden."

„Die Steuern müssten aber weiterhin mit Gold entrichtet werden, bis alle im Umlauf befindlichen Münzen in der Staatskasse sind. Eingenommenes Gold wird eingelagert und kann von Zeit zu Zeit symbolisch in kleinen Mengen ausgezahlt werden, um Zweifler zu beruhigen.“

„Erst wenn sich alles Gold und Silber im Besitz des Staates befindet, könnte man die Schuldscheine zum Begleichen der Steuer anerkennen. Und spätestens ab diesem Punkt sind alle Bürger von dem neuen System abhängig.“

„Das Wichtigste ist also, es langsam, aber stetig einzuführen. Für Akzeptanz beim Großteil der Bevölkerung sorgen. Dann beugt sich auch der zweifelnde Rest den Massen.“

Carolon fing unvermittelt an, sich in Bewegung zu setzen. Er Schritt nun langsam und bedächtig und schaute vor sich auf den Boden. Die Idee war gepflanzt.

„Lasst mich allein. Ich muss nachdenken“, sprach er in die Halle hinein. Dann wandte er den Kopf. „Zeigt mir einen dieser Schuldscheine aus gedrucktem Papier. Ihr habt gewisslich schon etwas entworfen.“

„Wie Ihr befehlt, mein König.“ Der Schatzmeister atmete sichtlich erleichtert auf.

Die beiden Wiesel gingen rückwärts unter vielen Verbeugungen aus dem Saal. Ein Soldat der Königswache öffnete für die Würdenträger die massive, reich verzierte Doppelschwingtür. Es war ein bulliger Hund, deutlich größer als die meisten seiner Artgenossen. Hellebarde anstatt Pike. Schwere Rüstung. Grimmiges, breites Gesicht. Harter Blick. Spitz zugeschnittene Ohren. Die Wache trat mit den Wieseln hinaus und verschloss dann von außen die Tür.

+

Carolon war jetzt allein im Thronsaal. *Verdammte Wiesel.*

Sie hatten immer diese durchtriebenen Ideen, deren Logik man sich nicht entziehen konnte. Es waren fast immer halbe Betrügereien, die auf die Akzeptanz der Masse der Bürger setzten. Aber wenn genug Leute eine Lüge als Wahrheit anerkannten, war es irgendwann keine Lüge mehr.

Er selbst fand diese Logik absonderlich, aber sie funktionierte schon seit Jahrhunderten. Auch diese Schuldschein-für-nicht-vorhandenes-Gold-Idee könnte tatsächlich funktionieren.

Schließlich hatte auch die Einführung von Münzen vor neunhundert Jahren gut funktioniert.

Und die Welt hatte sich gewandelt, ob ihm das gefiel oder nicht. Es war inzwischen Wohlstand geschaffen, den man vor neunhundert Jahren nicht für möglich gehalten hatte. Es hatte sich eine Gesellschaft gebildet, die niemand hatte voraussehen können.

Die Völker, die sich einst den Greifen unterwarfen, waren nie ihre Sklaven. Es waren Bürger mit eigenen Rechten. Das war das Versprechen der Greife, als sie die Völker vom Joch der Drachen befreiten. Mag es zu Anfang auch nur ein Lippenbekenntnis gewesen sein, inzwischen war es Wirklichkeit.

Auch wenn die meisten Bürger sich widerstandslos führen ließen und nur selten kritische Fragen gestellt wurden: Es waren nicht *alle* Narren.

Aber auch diese wenigen Zweifler beugten sich irgendwann dem Druck der Gesellschaft. Selten musste die Krone etwas erzwingen. Es würde eine neue Zeit anbrechen. Wieder einmal.

Das jetzige System, das auf Gold basierte, würde nicht für immer funktionieren, da hatten die Wiesel recht. Aus dem einfachen Grund, weil das Gold in zu geringen Mengen zur Verfügung stand. Wenn man das vorhandene Gold einsammeln und als Rohstoff verwerten würde, um kleinere Münzen herzustellen, würden Falschmünzer die jetzigen Taler selbst einschmelzen, um aus der gleichen Menge Gold eine

Anzahl der neuen Goldtaler zu fertigen, Todesstrafe hin oder her.

In dem Vorschlag des Schatzmeisters verbarg sich aber eine Möglichkeit für eine neue Art der Manipulation. Vor allem die Leichtigkeit, mit der man die Märkte würde beeinflussen können, war verlockend. Greife waren in strategischen Belangen klare Denker und König Carolon erkannte das Potenzial der Macht, das eine solche Art der Währung in sich barg, sofort.

Man müsste diese Schuldscheine mit Bedacht produzieren. Wenn hier die Gier das Denken übernahm, drohte Chaos. Oder Schlimmeres. Ein Bruch zwischen den Völkern, wenn sich Einzelne über Gebühr durch Täuschung bereicherten. Eine Währung, die rein theoretisch unendlich vervielfältigt werden kann, braucht ein festes Herz an der Spitze. Wenn die Korruption bis in die höchsten Ämter reichen würde … Nicht auszudenken.

Greife sahen seit jeher auf die anderen, von ihnen als niedrig betrachteten Völker herab. Aber selbst Carolon verspürte eine gewisse Verantwortung, die mit seiner gewaltigen Macht einherging, die ihm überantwortet war. Er wusste auch um die eigene Vergänglichkeit. Er stand über allem und im Gegensatz zu seinen Vorfahren hatte er keine Herausforderer. Aber auch er war nur Fleisch und würde eines Tages vergehen müssen. Dessen war er sich bewusst, doch es machte ihm keine Angst. Was aber würde von ihm bleiben, wenn seine Asche einst in die Himmel aufstieg? Eine Steinstatue? Eine Inschrift? Ein Eintrag in einem Buch? Oder doch ein Platz in den Geschichten, die sich alle Völker an den Feuern erzählen würden? Wie die Legenden aus der Zeit vor der Zeit. Verwaschen vom Fluss der Jahrtausende, doch im Kerne wahr.

Carolon besann sich wieder auf den Vorschlag der Wiesel. Millionen Geschicke hängten von den

Entscheidungen, die er jeden Tag traf, ab. Er war sich nur zu gewahr, was einem Volk drohen konnte, wenn Gräben zu tief würden.

Es gab schließlich nur noch zwei Greife.

Carolon betrachtete nun die Wandteppiche, die die Wände des Thronsaals schmückten. Bildnisse vergangenen Ruhms. Schlachten, die vor Jahrhunderten geschlagen wurden. Gräuel, die die Echsen den anderen Völkern angetan hatten. Die Siege der Greife. Die Glorie und der Heldenruhm der tapfersten Krieger, die diese Welt je erblickt hatte.

Und er sah die Ahnenreihen der sechs Fürstenhäuser.

Ja, es herrschte über neunhundert Jahre Frieden. Niemand hatte jemals den Herrschaftsanspruch der Greife herausgefordert und die Feinde von einst hatten es nie gewagt, Fuß noch Klaue in das Reich zu setzen.

Es gab aber seit den ersten Tagen interne Stammesfehden. Krieg zwischen den Fürstenhäusern der Greife. Der Sieg über die gottgleichen Drachen und die Ergreifung der absoluten Macht hatten ein Verlangen in jedem einzelnen Greifen geweckt, alleinig über das neue Reich zu herrschen. An der Spitze von allem zu stehen.

Es wurden bei diesen Disputen jedoch keine Feldzüge veranstaltet. Erhob ein Greif Anspruch auf den Thron, wurde durch ein Duell bis zum Tod entschieden, welches der Häuser den Titel des Hochkönigs tragen solle. So wollte es der Kriegerstolz.

Das Haus Donnerschwinge brachte seit jeher die stärksten Greife hervor und so konnte es seinen Anspruch auf die Macht und den Titel über die Jahrhunderte hinweg verteidigen. Das Geburtsrecht des Hauses Donnerschwinge war das Recht des Stärkeren.

So hielt Carolons Haus seit jeher den Titel der Hochkönige, welcher alle anderen Fürsten zur Treue verpflichtete. Bis zum nächsten Duell.

Herausforderungen konnten jedes Jahr erneut ausgesprochen werden. So hatte der amtierende Hochkönig oder die Hochkönigin Zeit, um vom letzten Duell zu genesen. Niemand hätte den Sieg über einen durch die Klinge eines anderen Kämpfers Verletzten als würdig anerkannt.

Es waren der Duelle viele. Viel zu viele. Da diese immer mit dem Tod eines Streiters, manchmal auch beider Streiter endete, wurden die Gräben zwischen den Häusern mit jedem Kampf tiefer. Da bei den Greifen Männer und Frauen in allen Belangen gleichgestellt waren, wurden in diesem Kampf um die absolute Macht alle Greife als potenzielle Mittbewerber angesehen. Wie viele hunderte Vettern und Basen hatte Haus Donnerschwinge erschlagen.

Die jahrhundertelange Rivalität steigerte sich so weit, dass sich die Greife einander verweigerten.

Dies führte letztlich dazu, dass immer weniger Ehen zwischen den Häusern geschlossen wurden. Auch wenn die Greife in fast allen Belangen logisch und strategisch dachten und Zweckbündnisse wie auch Zweckehen in der Vergangenheit gang und gäbe waren, so konnte verletzter Stolz zu widersinnigen Entscheidungen führen.

Vor allem konnte kein Greif die eigenen Fehler eingestehen: Was bei einem niederen Wesen als Großmut oder der Wille zur Versöhnlichkeit hätte ausgelegt werden können, wäre von einem Greifen schlicht als Schwäche gewertet worden.

So war es am Ende ihr ausgeprägter, an Hochmut grenzender Stolz, der sich als die größte Schwäche der Greife offenbarte. Deshalb blieben die Nester mit jeder Generation immer häufiger leer, bis schließlich nur noch wenige von ihnen verblieben.

Die Ehe zwischen Carolon dem III. Donnerschwinge und der letzten gebärfähigen Greifin seiner Generation,

Sophalia der II. aus dem glorreichen Hause Sturmklaue, wurde von deren Eltern arrangiert und von allen anderen Häusern, die inzwischen vergreist waren, einstimmig gesegnet.

Die Erkenntnis, dass die Greife ein aussterbendes Volk waren, kam sehr spät. Man hatte sich dieser einfachen Logik engstirnig entzogen.

Erst als die Alten nicht weiter die Augen davor verschließen konnten, dass ihnen keine weiteren Greife mehr folgen würden, wurden alle Streitigkeiten beiseitegelegt, um wenigstens noch eine weitere Generation zu sichern.

Carolon war nun vor dem letzten Wandteppich stehen geblieben. Die Äste der Stammbäume aller anderen Häuser hatten keine weiteren Zweige mehr. Nur beim Hause der Donnerschwingen stand noch ein letzter Name.

Dieser letzte Eintrag lautete „Victoria I., Tochter aus dem Hause Donnerschwinge“.

Die erste – und vermutlich letzte – ihres Namens.

+

Zoe horchte auf. Hatte sie da gerade nicht etwas gehört? Ganz in der Nähe?

Die kleine Häsin stellte die Ohren auf. Sie blickte sich um, konnte aber nichts Verdächtiges hören oder sehen. Wahrscheinlich Einbildung. Sie sollte sich nicht von der Arbeit ablenken lassen. Was sollte hier auch schon sein, mitten im Palast. Hier drohten keine Gefahren durch Schurken oder unheimliche Schatten, die durch Wände kamen, wie in den dummen Kindergeschichten, bei denen sie sich einst so gruselte.

Außerdem war sie jetzt erwachsen und hatte eine gute Position im Haushalt des Hofes. Sie sollte sich nicht von Einbildungen von ihren Pflichten ablenken lassen.

+

Aus dem Schatten der angrenzenden Halle schälte sich eine gewaltige Gestalt aus der Ecke, die bis eben noch in deren Dunkelheit verborgen war. Die Gestalt fixierte mit ihren funkelnden Augen das kleine Mädchen, das keine zwanzig Fuß entfernt im fahlen Licht des späten Nachmittags vor dem Fenster stand. Sie beobachte die Magd noch einen Augenblick, bis diese sich wieder ihren Aufgaben zuwandte.

Dann machte die Gestalt plötzlich einen mächtigen Satz vorwärts und glitt nahezu lautlos durch den Raum. Sie schwebte direkt zur offenen Tür des Zimmers, in dem die kleine Zofe gerade Bettwäsche in eine Kommode räumte. Keine Tatze oder Pfote berührte den Boden, nur ein Schatten glitt unter dem finsteren Wesen dahin.

Die Häsin war unvorsichtig geworden. Unachtsam. Abgelenkt. Fühlte sich sicher.

Oh, mein kleines liebes Ding. Wie wird dich dein Vertrauen in die Illusion von falscher Sicherheit gleich reuen.

+

Zoe meinte nun wieder etwas zu vernehmen. Ganz nahe jetzt, fast bei ihr. Sie drehte sich um und blickte in ein paar Augen. Es waren faustgroße Kugeln aus goldenem Feuer, die ihr bis in die Seele zu starren schienen.

Sie wollte vor Schreck aufschreien, aber da war sie schon gepackt. Eine gewaltige Klaue verschloss ihren Mund und eine zweite fixierte ihre Arme am Oberkörper.

Zoe stockte der Atem. Das Herz schlug ihr bis zum Hals. Ihr hämmerte in diesem Moment nur ein Gedanke durch den Kopf:

Zu spät.

Das Wesen rollte sich über Zoe zusammen. Fast lautlos wälzte es sich dann mit der gefangenen Häsin in die Ecke des Wäschezimmers.

Welche Grauen würde sie nun erleiden müssen. Verschleppt in die stillen Tiefen der düsteren Katakomben, die es unter der Festung geben soll. Ein erbarmungslos qualvolles Ende; Schändung, rasende Gewalt, bis der Tod zur gnadenvollen Erlösung würde.

Zoes Gedanken rasten. Erst vor Schreck, dann vor Wut. Sie hatte sie wieder erwischt.

Die Häsin versuchte verzweifelt, sich frei zu strampeln, aber Victorias Griff war schlicht unnachgiebig. Sie schaffte es problemlos, Zoe mit sanfter Gewalt festzuhalten. Ihr Griff war wie Eisen und bewegte sich keinen Deut. Wie gelang ihr das nur?

„Uh-oh, wer war denn da wieder in Tagträumen?"

Victoria hatte sich entrollt und lag jetzt auf Zoe, die auf dem Bauch am Boden lag. Sie nahm ihre Hand von Zoes Mund und griff sich stattdessen ihre beiden Arme. *Schnapp.*

Zoe war außer Atem, ihr Herz schlug immer noch vom ersten Schreck bis zum Hals.

„Verdammt, Victoria, irgendwann bleibt mir einmal das Herz stehen."

Zoe war erleichtert. Sie liebte insgeheim das Gefühl, das sich nach einem Schrecken in ihr ausbreitete. Erleichterung. Dass alles doch gut war. Dass sie weiterleben würde.

Hasen waren keine Krieger. Sie waren von Natur aus schreckhafter als die meisten anderen Völker. Und von einem Greifen gepackt zu werden, würde auch manchen mutigen Kämpfer einschüchtern.

Sie blickte nun zu Victoria auf. Die Greifin war das Ebenbild ihres Vaters. Groß gewachsen, schwarzes, seidiges Fell und schwarze, samtene Schwingen. Auch ihre Augen waren goldfarben. Sie war nicht ganz so groß und auch nicht so massiv wie der König, aber auch ihr Körper war muskulös und gestählt.

Doch gab es einen kleinen Unterschied. Dieser war im ersten Moment kaum wahrnehmbar. Ihre Federspitzen hatten eine leicht hellbraune Färbung, die im Sonnenlicht einen goldenen Farbton annehmen konnte. Im Schatten oder im Zwielicht erschienen Ihre Federn aber schwarz, ganz wie die ihres Vaters.

Sie trug Kleidung, wie es die Soldaten zu tun pflegten.

Greifenfrauen kleideten sich nicht in Damengewänder, wie es bei allen anderen Völkern Brauch war. Sie trugen die gleichen Kleidungsstücke und sogar Rüstungen wie die Männer. Denn auch sie zogen in den Krieg.

So hieß es auf jeden Fall in den alten Geschichten. Bei den anderen Völkern, die im Reiche lebten, war das Kriegshandwerk reine Männersache. Obwohl dieser Tage nur noch die Hunde das grimme Handwerk ausübten. Alle anderen, auch die von Natur aus wehrhafteren Völker, traten der Armee des Reiches nicht mehr bei. Sicher, es gab die einen oder anderen Spezialisten. Den Kern der Streitkräfte stellten jedoch ausschließlich Hunde.

Die Greifin kicherte jetzt leise. Fast kindlich. Zoe war ihre beste Freundin. Sie war die jüngste Tochter einer der vielen Kammerdienerinnen und sie kannten sich seit Kindheitstagen. Sie waren gleich alt und wuchsen zusammen auf.

Victorias Vater missbilligte ihren engen Kontakt mit Zoe. Immer noch.

Er hatte sich aber seit geraumer Zeit hierzu nicht mehr geäußert. Der König missbilligte eigentlich fast alles, was Victoria machte, sagte und dachte. Sie erinnerte sich an seine strengen Worte, als er Victoria das letzte Mal schalt. Da sie ihn in diesen Tagen jedoch so gut wie nie sah, wollte sie auch jetzt nicht an ihn denken.

„Eure Hoheit, Ihr seid kein Kind mehr, sondern eine junge Dame, für die es sich nicht schickt, mit Zofen und Laufburschen Verstecken oder Fangen zu spielen“, sagte Zoe nun mit gespielter Empörung.

„Ihr seid die Kronprinzessin und solltet Euch lieber in der Staatsführung üben, anstatt jungen Mädchen nachzustellen.“

„Nachstellen.“ Victoria drehte Zoe auf den Rücken und hielt sie mit beiden Klauen sanft fest. „Frechheit. Majestätsbeleidigung. Die Strafen hierfür sind fürchterlich.“ Sie grinste bei diesen Worten und schaute Zoe dabei in die hellbraunen Augen.

„Ich fürchte keine Strafen, mein Herz ist frei und ich spreche, wie es mir beliebt“, antwortete Zoe, ebenfalls grinsend.

„Ist das so?“, fragte Victoria. Das Grinsen wurde jetzt verschmitzt. „Vielleicht ist die Strafe ja eine Ewigkeit des Kitzelns.“

„Das wagst du nicht!“, rief Zoe, die Augen in gespielter Furcht geweitet.

„Ich wage *alles*!“, rief Victoria und brachte je einen Finger unter Zoes Achseln.

Vorsichtig mit den Krallen, dachten sie beide gleichzeitig.

Zoe, nun der Gnade der Prinzessin ausgeliefert, flehte, noch bevor das Kitzeln einsetze, gekonnt wehleidig um Gnade.

„Ach, jetzt auf einmal? Eben hieß es doch noch, du fürchtest keine Strafe.“

„Das heißt nicht, dass ich sie auch erleiden *will*.“

Darüber lachten beide und Victoria ließ von Zoe ab.

Sie waren beide zwanzig Sommer alt und schon junge Damen, aber Victoria machte immer noch diese Kinderspiele mit ihr.

Nicht, dass es ihr nicht gefiel, aber das war kein Verhalten für eine Prinzessin. Der König wäre bestimmt außer sich, wenn er die Szene miterlebt hätte. Nein, hätte *ertragen* müssen.

Sie musste jetzt an das eine Mal denken, als sie noch sehr jung waren, gerade zehn Sommer alt.

Victorias Vater, der König, hatte sie an diesem Tag in ihren Gemächern aufgesucht, was zu dieser Zeit selten genug vorkam. Er war seit Königin Sophalias Tod stets distanziert und sprach mit Victoria, als wäre sie einer seiner Generäle oder königlichen Amtsträger. Nicht seine zehnjährige Tochter.

Er kam also zu ihr und erwischte sie beim Spielen mit einer der Töchter irgendeiner namenlosen Dienerin. Schlimm genug. Die Spielgefährtin war obendrein eine Häsin – ein schwaches Volk, von dem nichts zu lernen war. Noch schlimmer. Und dann das Schlimmste von allem:

Die Kinder spielten Verstecken und Victoria war mit Verstecken dran. Eine Greifin, die Tochter des Hochkönigs, versteckte sich vor einer kleinen Häsin.

Zoe hatte den König, der selbst bei guter Laune furchteinflößend war, noch nie wütend erlebt.

Aber jetzt schrie er Victorias Namen. Nein, er *brüllte* ihn.

Der Boden bebte und die Fenster klirrten. Der König stampfte vor Zorn auf und die Bodenplatten des Zimmers zerbarsten.

Selbst die Königswache, ein riesiger, bulliger Hund, der aussah, als könnte er zehn grimmige Wölfe gleichzeitig – mit einer Hand auf dem Rücken gefesselt – verprügeln, sah erschrocken aus. Zoe wurde fast ohnmächtig vor Schreck und Angst und erstarrte wie alle anderen Anwesenden auch.

Victoria war ebenso erschrocken. Sie weinte und bedeckte ihr Gesicht mit den Händen und legte ihre Flügel schützend um sich. Der König schien bei diesem Anblick für einen Moment innezuhalten. Dann wurde er aber ob der Tränen wieder wütend.

Er schalt Victoria dann ein dummes Kind. Dass sie das Gesicht ihrer Mutter vergessen habe. Dass sie der Königswürde nicht gerecht werde. Dass sie ihrem Blut nichts als Schande bringe.

Er hatte noch viele Dinge dieser Art gesagt. Zoe wollte sich gar nicht daran erinnern.

Als er schließlich gegangen war, umklammerten sich Zoe und Victoria lange Zeit. Zoes Mutter, die zuvor auch vor Angst erstarrt war, blieb die Nacht über. Sie sang den beiden Mädchen Kinderlieder der Hasen. Victoria beruhigte sich zwar, blieb die nächsten Wochen aber sehr traurig.

Obwohl Zoe zwar große Angst vor dem entsetzlichen König hatte, war sie gleichzeitig sehr wütend auf ihn. Die Königin, Victorias Mutter, war erst wenige Wochen tot und der König war ihr kein guter Vater. Er brachte sie nur zum Weinen und machte allen Angst.

Die Könige in den Geschichten waren weise und gut und schützten die Kleinen und Hilfsbedürftigen. So hatte Zoe sich das nicht vorgestellt, als sie mit in den Palast durfte.

Zoe war sich sicher, dass Victoria jedoch einst eine gute Königin sein würde, so wie die Könige aus den Legenden. Eine Königin, die die Schwachen schützt. Die die Armen nährt. Die das Böse vertreibt.

Ihr Licht würde jede Dunkelheit bannen und die Herzen aller Völker höherschlagen lassen.

Der König hatte nach dem Vorfall seiner Tochter über drei Monde keinen Besuch mehr abgestattet. Er hatte Victoria auch nicht zu sich rufen lassen. Und es schickte sich auch nicht für eine Prinzessin, den König eigenwillig aufzusuchen. Was für eine schreckliche Regel.

Victoria hatte in dieser Zeit und danach immer mehr Zeit mit Zoe verbracht, wann immer sie von ihren Schulungen durch die Meister der Geschichte und der Wissenschaften frei hatte.

Sie beide hatten damals Angst, der König könnte verfügen, dass Victoria Zoe nicht mehr sehen durfte. Aber ein derartiger Befehl wurde zum Glück nie erteilt.

Zoe schaute nun zu Victoria auf. Die mächtige Greifin überragte sie um mehr als das Doppelte.

Ach, meine arme Victoria, du wirst einst das gesamte Reich erben. Und doch hast du von manchem, das so wichtig ist, so wenig.

+

Carolon hatte gegen die arrangierte Ehe mit Sophalia nichts einzuwenden gehabt. Sie war der Spross aus dem zweitangesehensten Haus, den Sturmklauen.

Sie war nur etwas jünger als er selbst. Sie war ansehnlich, von großer Statur und festem Körper. Kleiner als er, aber er war ja auch eine Vollblut-Donnerschwinge.

Ihr Fell war von einem dunklen Braun und ihre Schwingen schwarz, mit goldenen Strähnen an den Spitzen. Einfluss vom Blute der Eisenschnäbel, das waren nichts als inzüchtige Ostkliff-Tölpel. Möge deren Blut nur dünn in Sophalias Adern fließen.

Doch ihre Augen waren golden. Das deutete auf Donnerschwingenblut in ihrer Linie hin.

Möglicherweise würde sie gute Kinder gebären können.

Sie hatten dann tatsächlich ein Kind, das, entgegen all seiner anfänglichen Bedenken, allem Anschein nach zur Krone taugen könnte.

Er fühlte das erste Mal wahre Zuneigung zu seiner Frau, als er seine Tochter in den Armen hielt. Schwarz in schwarz, mit goldenen Augen. Wie stolz er war. Gelobt sollte das Bündnis sein, das sie zusammengeführt hatte.

Victoria nannten sie ihr Kind. Ein letzter Sieg im Angesicht der drohenden Auslöschung.

Er sah sie mit Freude wachsen und stärker werden. Er kämpfte mit ihr zum Spiele: Er war der böse Drache und Victoria war Carolon der I., der Drachentöter. Wie viel Spaß sie hatten, wenn Victoria ihm den imaginären Lanzenschaft durch den Nacken trieb.

Er spielte dann Sterben und Victoria nahm sich blutige Trophäen von seinen zerschmetterten Überresten. Wie er seine Tochter dafür liebte.

Er erzählte ihr alle Legenden von den ruhmreichen Tagen. Von den Kriegen des Nordens, in denen die Bären ihre Lektionen gelehrt bekommen hatten. Oder von den Luftkämpfen gegen die grausamen Flügelunholde im Osten, die sich am Blute der Bauern nährten und kleine Kinder in der Nacht stahlen.

Er und seine liebe Frau sangen Victoria die alten Lieder, wenn sie zu dritt im Schlossgarten lustwandelten oder ausflogen, um ihre Schwingen zu stärken.

Auch das Volk jubelte ihnen von den Straßen und den Feldern zu, wenn sie über es hinwegzogen.

Carolon frohlockte – möge das Reich ewig bestehen und alle seine guten Bürger sicher und zufrieden darin leben.

Es war in Victorias zehntem Sommer, als das Glück zerbrach.

Der sogenannte Trockene Tod, ein Schnupfen, der nur den Allerschwächsten und Gebrechlichsten gefährlich wurde, zog durch das Land. Nichts, weswegen auch nur ein einzelnes Rädchen im Getriebe des Reiches hätte gestoppt werden müssen.

Die Gelehrten untersuchten die Fälle, um ein Heilmittel zu finden. Aber die Krankheit betraf nur wenige Bürger und die meisten kamen auch von selbst wieder zu Kräften. Eine Krankheit wie viele andere also, keine Seuche wie der Schwarze Tod.

Carolon selbst verfügte, dass die Krankheit zu ignorieren sei, die Universität solle die Vorgänge dennoch mit angemessen kleinem Aufwand untersuchen.

Dann aber erkrankte jemand, der nicht hätte erkranken sollen. Nicht hätte erkranken können.

Die Königin, seine Sophalia – die stärkste und edelste unter den lebenden Frauen – lag mit den Symptomen des Trockenen Todes danieder.

Der König ließ die weisesten Gelehrten und besten Heiler des Reiches an den Hofe kommen. Er lobte einhundert Goldtaler und den Titel „Großmeister der Heilenden Lehre" aus für denjenigen, der das Leben der Königin bewahren könne.

Sie alle versagten.

Carolon verzweifelte. Wie war das möglich? Eine Greifin, in der Blüte ihrer Jahre, stirbt und alles schwache Volk in Stadt und Land überlebt unbeschadet?

Es brach ihm das Herz. Er hätte dieses Gefühl nicht für möglich gehalten. Ein Schmerz, schlimmer als Brandwunden und Knochenbrüche. Viel schlimmer.

Er musste es verbergen. Er durfte nicht der einzige Greif sein, der je Trauer gezeigt hatte. Er musste stark sein. So wie es seine Väter vor ihm waren.

So nahm er seine Trauer und verbarg sie. Er musste auch seiner Tochter ein gutes Beispiel sein. Carolon hielt die Totenwache, wie es seit jeher bei den Greifen Brauch war. Da er der letzte Greif war, stand er die ganzen sieben Tage und sieben Nächte allein hindurch. In voller Rüstung samt Waffen. Er stand bei ihr und hielt das

Dunkel der Nacht und alle Schrecken, die sich darin verbargen, von ihr fern.

In dieser Zeit zermarterte er sich noch einmal mit allen Einzelheiten den Kopf. Immer und immer wieder. Was hätte er noch unternehmen können? War es vielleicht auch zum Teil seine Schuld, weil er die Krankheit auf die leichte Schulter genommen hatte?

Nein. Das war nicht die Antwort.

Es musste so sein, dass seine Frau eine Schwäche in sich gehabt hatte, die das Auge nicht erspähen konnte. Eine Schwäche, die möglicherweise auch auf ihr Kind übertragen worden war.

Er musste nach diesen Schwächen Ausschau halten, um rechtzeitig das zu richten, was an Victoria nicht stimmte.

Nur so konnte er Victoria beschützen, denn sie musste stark sein. Stärker als alle andern Greife vor ihr. Denn sie erwartete ein Leben in Einsamkeit. An ihrer Bahre würde dereinst niemand Wache stehen.

Am Morgen des achten Tages wurde Sophalias Feuer entzündet. Der Hofstaat hatte sich mit sämtlichen Dienern versammelt. Während das Feuer brannte, läuteten die Glocken des ganzen Reiches, bis Sophalias Körper nur noch Asche war.

Victoria stand an seiner Seite und weinte. Sie weinte. Ein Zeichen der Schwäche, die er zu lange ignoriert hatte? Von der Mutter an die Tochter vererbt? Carolon unterdrückte den Impuls, Victoria zur Ordnung zu rufen, es war schließlich ein Staatsbegräbnis.

Er blickte in die lodernden Flammen. Die Gestalt von Sophalia begann schon sich aufzulösen – ihre Asche stieg auf zum ewigen Himmel, zu den Geistern ihrer Ahnen.

Ich werde unsere Tochter schützen. Ihre Schwächen läutern. Egal wie hoch der Preis sein wird, egal welche Opfer nötig werden, – schwor er dann seiner toten Frau.

Der Zweifel daran, dass seine Tochter die nötige Stärke besaß, das Reich nach ihm leiten zu können, war gesät und keimte weiter.

Carolon vertiefte sich in Staatsgeschäfte und verbrachte in den Wochen nach Sophalias Bestattung nur noch wenig Zeit mit seiner Tochter. Vielleicht war es auch die Sorge, tatsächlich etwas zu entdecken, was seine Befürchtungen bestätigen würde. Sorge darüber, was er zu unternehmen gezwungen wäre, um diese Schwächen zu tilgen.

Schließlich war es einer seiner Generäle, Arco, der ihn darauf aufmerksam machte, dass er seiner Tochter mehr Aufmerksamkeit schenken sollte. Sie tranken zusammen von dem Branntwein des Nordens, der wie Rauch und Feuer schmeckte. Arco. Mutiger Hund, immer gerade heraus und dabei Grips im Kopf. Selten.

Auch wenn Carolon nie in einem richtigen Krieg gekämpft hatte oder ein echtes Duell mit einem anderen Greifen ausfechten durfte, so hatte er das Glück gehabt, sich an zwei Scharmützeln beteiligen zu dürfen.

Er war noch jung. Der Kronprinz. Es geschah an der Nordwacht in Ostkliff. Ein Rudel Wölfe, gut dreißig Mann. Sie terrorisierten das Grenzgebiet und raubten von den Bauern, was sie wollten.

Carolon und Arco, mit nur einem halben Dutzend Mann der Grenzwacht auf der anderen Seite. Das war ein Spaß. Es gab nicht viele Tote. Denn die Wölfe flohen, als Carolon zwei von ihnen mit einem einzigen Hieb seines gewaltigen, beidhändigen Schwertes in Stücke schlug. Er fühlte sich für Wochen großartig. Lebendig. Frei.

Seit diesem Tage wünschte er sich fast einen Krieg herbei, in dem er würde kämpfen können. Nicht die Staatsgeschäfte leiten müssen. In schier endlosen Besprechungen mit Wieseln und anderen Langweilern Statistiken und Jahrespläne für Wirtschaftsfragen klären.

Immer und immer wieder. Er wollte ein Kämpfer sein, der seinen Platz auf den Schlachtfeldern hatte. Aber es gab keine Feinde mehr. Seit Jahrhunderten nicht.

Die Bären hatten nie Ambitionen gezeigt, sich ihre Nachbarländer anzueignen. Auch ließen sie jeden ohne Zollgebühren durch ihre Länder ziehen. Der Handel mit den Bären war lukrativ und das Reich brauchte die fast unerschöpflichen Holzvorkommen der Nordlande, die die Bären zum Spottpreis selbst abbauten. Die Nordlande zu erobern, hätte deutlich mehr Ressourcen verschlungen als gewonnen würden. Außerdem konnten die meisten Völker dort gar nicht das Jahr hindurch leben. Der Winter war jenseits des Drachenkammgebirges sehr viel harscher als im Süden.

Das hatte man aus den Winterkriegen im Norden im Jahre eins bis zwei n. D. gelernt. Die Greife waren zu stolz, um sich zurückzuziehen, und griffen auch dann an, wenn die Winterstürme wüteten. Der Eisregen, der das Fliegen unmöglich machte, zwang sie, den Kampf am Boden zu führen, und so mancher Greif ließ dort sein Leben. Ehrenvolle Tode, gewiss. Und gegen fähige Gegner. Aber die Greife hatten schon im Kampf gegen die Drachen und ihre Knechte immense Verluste erlitten. Ihre Reihen waren inzwischen dünn, und es waren Männer wie Frauen im gleichen Maße gefallen. Kriegermut war das eine, blinde Raserei aber etwas gänzlich anderes.

Es war schließlich Carolon der I. selbst, der Verhandlungen mit den Bären aufnahm und einen für beide Seiten akzeptablen Waffenstillstand schloss. Die Wölfe wiederum waren nur Nutznießer des Kampfes der Bären. Die öden Tundren des Nordostens waren ebenfalls keinen Feldzug wert. Die Gebiete der Wölfe waren im Grunde Wüstenei.

Somit stand ein Krieg gegen die Bären nicht zur Debatte und die Wölfe wären den Truppen einfach ausgewichen. Sie hatten keine Dörfer oder Städte, sondern zogen in losen Gruppen umher. Urtümliche Strukturen. Da gab es keinen Ruhm zu gewinnen.

Die Echsen im Süden hatten sich augenscheinlich nie wieder organisiert. Es wurden in der Vergangenheit zwar regelmäßig Patrouillenflüge veranstaltet, an denen sich alle Häuser mit Begeisterung beteiligten; aber es waren im Grunde nur Jagdausflüge. Die Feinde, die im Grenzgebiet gestellt wurden, waren kaum mehr als gedankenlose Bestien. Wenige hatten Waffen. Diese waren aus einem schwarzen Stein gefertigt, dessen Kanten aber so scharf schnitten wie das feinste Messer. Ideal für den Sumpf. Diese Klingen rosteten nicht.

Carolon vermutete, dass die Schlangen dies für die anderen Echsen ersonnen hatten, denn die Alligatoren, Krokodile und Kaimane schienen kaum fähig zu sein, klare Gedanken zu fassen oder eine verständliche Sprache von sich zu geben. Nichts als nackte Wilde. Er fragte sich, ob man sie überhaupt zu den sprechenden Völkern zählen sollte.

General Arco lenkte das Gespräch auf die Kronprinzessin. Dass es wohl schrecklich für Victoria sein müsse, dass ihre Mutter nicht mehr bei ihr sei. Dass Arco sie seit Wochen nicht mehr im Palastgarten oder im Thronsaal gesehen hätte.

Carolon missfiel zuerst, dass der Hund sich anmaßte, über die Familie des Königs zu sprechen. Nachdem er aber gegangen war, musste auch Carolon an Victoria denken.

Er war tatsächlich etwas zu streng mit ihr gewesen. Fast, als hätte sie etwas mit dem Tod ihrer Mutter zu tun. Was für verrückte Gedanken ihn doch seit Wochen beschäftigten. Sein eigener Vater hatte auch immer nach Schwächen bei ihm gesucht, als er noch jung war. Und wie falsch hatte er gelegen.

So ging er, etwas trunken vom Branntwein, zu dem Flügel des Palastes, in dem sich Victorias Gemächer befanden.

In den Fluren hörte er dort Kinderlachen. Eine dünne Stimme. War das eines dieser Häschen? Das missfiel ihm. Hasen waren schwach und von allen Völkern das feigste. Ihre Legenden handelten vom Weglaufen und Verstecken.

Er betrat nun mit kraftvollen Schritten Victorias Zimmer, um den Unfug zu beenden. Was er dann sah, war schlimmer als alle seine Befürchtungen. So war es nicht Victoria, die ein Häschen suchte oder verfolgte. Nein. Die Kronprinzessin – *seine* Tochter – versteckte sich vor einem Hasenkind.

Er kochte innerlich. Nun war er sich sicher. Victoria war schwach und würde an einer lächerlichen Krankheit sterben, genau wie Sophalia. Er rief sie zu sich. Sehr laut und bestimmt. Alle Diener glotzten dumm, *wie passend für Hasen und Mäuse und all die anderen Schwächlinge. Aber sie würden mit ihrer Erbärmlichkeit sein Blut, das in Victoria floss, nicht verderben.*

Er erklärte ihr, dass sie aufhören müsse, diese *dummen Kinderspiele* zu spielen. Sie solle lieber die Lehren der Meister in ihrem Geist aufnehmen. Sie solle sich an das Gesicht ihrer Mutter erinnern, die, trotz all ihrer Schwächen, auch eine gewisse Stärke besessen hätte. Wie sollte sie Königin sein können, wenn sie Hasen nacheiferte und nicht nach den hohen Zielen der Greife strebte. Sein Blut sei doch in ihr und könne ihr Stärke verleihen, wenn sie dies nur zulasse.

Da weinte sie. Weinte und weinte. Rollte sich zusammen. In ihre Flügel. Wie ein Schlüpfling. Die Hasen glotzten und selbst seine Königswache sah ihn dämlich an.

Er spürte, wie der Zorn in ihm aufwallte. Wie eine Flamme, die aus einem Feuer schlägt, wenn man unbedacht Branntwein oder Öl in die Glut schüttete.

Er musste gehen, bevor er die Fassung verlor. Beim Verlassen des Zimmers sah er, dass der steinerne Boden Risse hatte. Ganze Bodenplatten waren geradezu zerplatzt. Auch ein Fenster war beschädigt, es hatte einen Riss. Er würde ein ernstes Wort mit dem Quartiermeister sprechen müssen. Ach verdammt, das sollte der Seneschall erledigen.

Als er am nächsten Morgen erwachte, brummte Carolon der Schädel. Er hatte vielleicht doch etwas zu viel des Branntweines gehabt. Starkes Zeug, das musste man den Bären lassen.

Er dachte jetzt an den gestrigen Tag. Wie schwach seine Tochter war. Carolon konnte es nicht fassen. Er musste etwas für seine Victoria tun, das über die Lehren von Worten hinaus ging.

Etwas Extremes, das sie von innen heraus stärkte. Aus diesem Grunde führte er in den folgenden Wochen einen alten Brauch wieder ein. Ein Brauch, von dem ihm sein Vater einst erzählte, als er ein Mann geworden war. Sein Ur-Großvater hatte dieses Ritual einst aufgehoben, nachdem die schwarze Pest keine weiteren Opfer mehr forderte. Der Brauch, von dem Vater ihm erzählte, war den Greifen zu barbarisch geworden. Vermutlich, so dachte Carolon, begann aber ab diesem Tage die Schwäche in dem edelsten aller Völker Fuß zu fassen.

Nur die Fürstenhäuser und die allerengsten Vertrauten wussten überhaupt davon. Wussten, was die Greife im Geheimen getan hatten.

Alle Völker hatten ein Gelübde abgelegt, kein Fleisch einer wissenden Kreatur zu verzehren. Das Verzehren von Angehörigen der sprechenden Völker war also verboten.

Es sollte zu einer Tat des Feindes werden. Nur Reptilien sollte diese Barbarei zugeschrieben werden.

Selbst die Stammesfürsten der Bären und Wölfe, die den Greifen trotzten, legten diesen Eid ab. So groß war die Freude über das Ende der Schreckensherrschaft. Jeder, der nicht geschuppt war, diente bis zu diesem Tage als Futter.

Es gab schließlich genug andere Quellen der Nahrung. Fisch und Hülsenfrüchte, Krabben und bestimmte Wurzeln, sogar schmackhafte Insekten für die Armen. Natürlich hielt sich nicht jeder Einzelne an das Verbot. Mörder labten sich an den Schwachen. Aber diese Verbrecher wurden gejagt und hingerichtet und die Überreste ihrer Opfer beerdigt.

Mit den Jahren nahm die Anzahl von solchen Vorfällen ab, bis es nur noch einzelne Taten waren, die von einigen wenigen Blutdürstigen begangen wurden.

Die Greife allerdings verzichteten nie auf Fleisch. Sie ermordeten niemanden dafür, nein, das nicht. Es gab genug Unfälle und natürliche Todesfälle, die abgetrennte Gliedmaßen und frische Körper produzierten. Aus diesen Ressourcen versorgten sich die Greife mithilfe einiger weniger Eingeweihter mit frischem Fleisch.

Die Helfer, die die Spitäler und Leichenbestatter der Großstädte besuchten, um den Nachschub aufrecht zu erhalten, wurden fürstlich entlohnt. Auch die Schmier- und Schweigegelder, die an die Ärzte, Beamten und Totengräber gingen, machten so manchen Bürger reich.

Die Greife hatten hierbei kein schlechtes Gewissen. Niemand der Lebenden kam zu Schaden, auch niemand, der einen bei einem Unfall verlorenen Arm oder ein Bein hätte noch gebrauchen können. Und es zirkulierte mehr Geld in den Armenvierteln. Es gab also nur Gewinner.

Victoria musste Fleisch zu essen bekommen. Wahres Fleisch. Nicht nur Fisch oder irgendwelche

Ersatznahrung aus Bohnen und Krebsen. Das würde sie stärker machen. Wie die Ahnen von einst.

Carolon ordnete also an, dass für die königliche Familie wieder Fleisch auf dem Speiseplan stand. Hierfür sollte niemand zu Schaden kommen, dennoch musste das Fleisch frisch und vorzugsweise jung sein. Ein junges, ambitioniertes Wiesel entpuppte sich als wahres Genie in dieser Angelegenheit. Der Bursche hatte ein Händchen für die Organisation von jungem, zartem Fleisch. Es gab keinen Tag, an dem er nicht etwas hatte beschaffen können. Am Anfang ließ Carolon durch einen vertrauenswürdigen Agenten nachprüfen, woher das Fleisch kam: ein Bauunfall; ein junger ertrunkener Seemann; ein Raufbold, der den Falschen traf.

Es wurde eine eigene kleine Küche eingerichtet, in der ein vertrauenswürdiger Spezialist die besonderen Gerichte zubereiten würde, fernab der Hauptküche des Palastes. Besondere Speisen, nur für den König und die Prinzessin.

+

Drei Monde, nachdem Vater sie so streng geschimpft hatte, wurde Victoria zu einem besonderen Nachtmahl eingeladen. Der König hatte einen offiziellen Gesandten beauftragt, das Schreiben zu überbringen. Früher wäre es ein großer Spaß gewesen, aber Victoria war zuerst nicht wohl dabei.

Sie hatte an diesem Tag schrecklich Angst vor ihrem Vater gehabt. Er hatte gebrüllt und getobt und schreckliche Dinge gesagt. So hatte sie ihn nicht gekannt.

Zoes Mutter war zum Glück an diesem Abend da und blieb auch für die Nacht. Sie war so lieb zu ihr. Zoe nannte ihre Mutter „Momma“ und Victoria „Momma Sue“, da die anderen sie „Sue“ riefen. Momma Sue war fast einen Kopf kürzer als Victoria, die mit ihren zehn

Jahren schon über fünf Fuß maß. Aber an diesem Tag fühlte Victoria sich klein, so klein, dass sie sich am liebsten in den Rockfalten der alten Häsin versteckt hätte. Die Kammerdienerin streichelte mit ihren kleinen Händen zuerst über die geschlossenen Flügel und als Victoria diese öffnete, auch ihren Kopf. Momma Sue summte dabei eine Melodie. Sie tat dies, bis Victoria sich wieder beruhigt hatte. Dann, als der Abend anbrach und es Zeit fürs Bett wurde, sang sie ihnen seltsame Lieder, deren Klang Victoria noch nie gehört hatte. Es waren Lieder von Regen und Sonnenschein. Vom Gras und der Erde.

Die Lieder der Greife handelten von Sturm und Donner, von Kampf und dem Tod. Victoria, die noch verzagt vom Wutausbruch ihres Vaters war, gefielen an diesem Abend die Lieder der Hasen besser.

Sie fürchtete die nächsten Tage, dass Vater Zoe verbieten würde, sie zu besuchen. Aber dies tat er nicht.

Zuerst war sie erleichtert, weil sie sich vom Schreck allmählich erholt hatte. Aber nach ein paar Wochen wünschte sie sich, dass er wieder zu ihr käme. Vielleicht könnte er ihr ihre Schwäche verzeihen und alles würde so sein wie früher. Als sie gemeinsam lachten und spielten. Als Vater mit ihr und Mutter *sang*.

Mutter. Die nun nicht mehr da war. Aber Victoria durfte keine Trauer zeigen. Trauer war Schwäche. Vater hatte ihr das gesagt. Sie musste aufhören, sich nach Mutter zu sehnen. Sie war tot und kam nicht mehr zurück. Kein dummer Kinderwunsch konnte dies ändern.

Victoria hatte begriffen. Deshalb war Vater böse mit ihr gewesen.

Sie kleidete sich für das Nachtmahl in ihr liebstes Gewand. Die Weste, in den Farben ihres Hauses, und eine schwarze Hose, nach der Art der Krieger. Ein Gürtel, bestehend aus ineinandergreifenden Segmenten, aus feinem Eisen. Stahl nannte Vater diese Art Eisen. *Veredelt.*

Victoria war sich nicht ganz sicher, was das zu bedeuten hatte, aber der Gürtel war fast wie ein Band, so beweglich und fast schon geschmeidig. Dabei aber unzerreißbar. Er lag nun, wie für sie gemacht, um ihre Taille.

Dazu wählte sie ein Barett, an dem je eine Feder von Vater und Mutter prangte. Für Victoria bezeugten die beiden stolzen Federn ihrer Eltern die Liebe, die in der Familie Donnerschwinge herrschte, auch wenn Vater so streng war. Sie hatte dieses Barett erst zu ihrem zehnten Jahrestag erhalten. Mutters Tod folgte keine zwei Wochen später. Victoria hatte seit diesem Tag das Barett nicht mehr aufgehabt oder auch nur aus dem Kleiderschrank hervorgeholt. Sie würde es aber heute Abend tragen.

Soldaten trugen diese Kopfbedeckung im hohen Sommer, wenn es für Helme zu heiß war.

Das Barett war zudem *modern.* Diese Art Hut gab es erst seit ein paar Jahren. Ihr Vater, König Carolon selbst, hatte erst vor einem Jahr die Aufnahme des Barettes in die Kleiderordnung der Armee gestattet.

„Schickes Teil", würde Zoe sagen. Sie hatte viele ältere Schwestern, die ihr so viel verrieten und erklärten. Victoria hatte durch ihre enge Beziehung zu Zoe Zugriff auf dieses Wissen. Wie zum Beispiel junge Leute in der Stadt sprachen. Das war ganz anders als bei Hofe.

Victoria zog das Barett so auf, wie sie es bei einem jungen Hauptmann der Schlosswache gesehen hatte. Seitlich über den Kopf gezogen, sodass ein Ohr frei lag und ein Auge halb verdeckt wurde. Keck, fast schon verwegen.

Victoria merkte, wie sehr sie sich auf den Abend freute. Sicherlich würde Vater ihr verzeihen. Sie würde nicht mehr weinen. Nicht mehr lachen. Kein albernes

Kind mehr sein. Victoria war sich nun sicher, dass alles wieder gut werden würde. Sie warf einen letzten Blick in den Spiegel, atmete tief durch und schritt hinaus in die Nacht.

Auf dem Weg zum Speisesaal lag ein Geruch in der Luft. Es war ein Duft wie von gebratenem Essen, aber sie konnte nicht genau sagen, was es war. Fisch oder Meeresfrüchte waren es jedenfalls nicht, obwohl es genauso gehaltvoll roch, aber dennoch anders. Auf keinen Fall handelte es sich um Gemüse oder Bohnen, die sie nämlich gar nicht mochte und nur aß, weil Vater und Mutter es wollten.

Als sie die Türen zum Speisesaal erreichte, öffneten Angehörige der Königswache die Doppelschwingtür und kündigten ihr Kommen an. Es war wie bei einem richtigen Empfang. *Vater meinte es aufrichtig.*

Er selbst stand zehn Schritt jenseits der Tür, in festliche Gewänder gekleidet, obwohl sie der einzige Gast war. Er blickte sie förmlich-distanziert, aber nicht unfreundlich an. Er verneigte sich leicht.

„Willkommen, Kronprinzessin Victoria. Es ist mir eine Freude, Euch als meinen Gast begrüßen zu dürfen. Habt dank, dass Ihr meine Einladung angenommen habt.“ So förmlich hatte sie Vater selten gesehen; sie fühlte sich wichtig, als wäre sie ein Ehrengast.

„Wenn ich Euch zu Eurem Platz an der Tafel geleiten dürfte.“

Victoria verbeugte sich ebenfalls, denn Greifinnen führten keinen Knicks aus. Er nahm ihre linke Hand in seine rechte und führte sie zur Tafel.

Es waren nur zwei Gedecke. Jeweils eines an jedem Ende der langen Tafel. Im Gegensatz zu sonst lagen nur ein silbernes Messer und eine silberne Gabel am Platz. Normalerweise war eine Anzahl von Besteck, für jede Art von Gericht fein säuberlich aufgereiht, von außen nach innen, an den Speiseplätzen zu finden. Man aß sich sozusagen durch alle Provinzen des Reiches. Kleine Portionen, fein zubereitet, wenigstens sechs Gänge.

Victoria schloss etwas irritiert daraus, dass es heute nur einen Gang geben würde.

Sie war von der Sitzordnung ein wenig enttäuscht, weil sie gehofft hatte, nah bei Vater sein zu können, damit die Kluft, die vor drei Monden durch ihre Schwäche entstanden war, sich schneller wieder schließen würde. Andererseits liebte sie auch den Aufwand, der betrieben wurde, und ließ sich auf den ihr zugewiesenen Stuhl nieder. Vater rückte ihn für sie zurecht und schritt dann zu seinem eigenen Platze. Für die Augen eines Greifen waren Distanzen auch relativ. Ob einen Fuß oder ein Dutzend Meilen, die Greife sahen jedes Detail, das sie zu sehen wünschten.

„Ein schöner Hut. Er steht Euch wohl und komplementiert Euer Erscheinungsbild“, bemerkte Carolon, als er an ihr vorüberschritt. „Und er bezeugt, dass Euch Eure Familie am Herzen liegt, Kronprinzessin.“

Er hat es bemerkt.

Vater nahm nun selbst Platz.

Mit feierlicher Stimme sprach er: „Es ist an der Zeit, dass Ihr passendere Speisen kostet, als es die Flüsse, Seen und Meere Euch bieten können, Tochter der Donnerschwingen.“

Passendere Speisen? Was meinte Vater wohl?

Victoria fiel nun auf, dass keine Diener im Saal waren. Nur sie und Vater.

Der König klingelte mit einem kleinen silbernen Glöckchen, das an seinem Platze stand. Zweimal. Ein helles Ringen, das sofort verstummte, als er die Glocke wieder auf dem Tischtuch abstellte.

Aus der Seitentür, über die die Bediensteten sonst die Speisen hereinbrachten, trat nun ein Diener, den Victoria noch nie gesehen hatte. Denn wenn sie ihn je erblickt hätte, hätte sie sich gewisslich erinnert.

Ein großer Kerl. Mit einem groben, vernarbten Gesicht. Einer von der Art, der man nicht in die Augen schaute. Wenn man kein Greif war.

Victoria hielt ihn erst für einen Gardisten der Königswache. Die Königswachen waren alles raue Burschen mit starken Körpern, die fast alle doppelt so wuchtig waren wie die anderen Hunde in der Armee. Dieser hier trug aber keine Uniform, sondern eine dreckige Schürze, wie ein Küchengehilfe.

Das Gesicht dieses Mannes war auch irgendwie anders. Da sah sie es: Er war ein Wolf, dessen Gesicht wohl einmal so verunstaltet wurde, dass seine gebrochene Schnauze ein wenig wie die eines Rottweiler-Gardisten wirkte.

Aber seine Augen unterschieden sich von denen der Soldaten. Sie glühten in einem seltsamen Grün. Sie schienen regelrecht in seinem Gesicht zu lodern. Sein Fell war von einem sehr dunklen Grau, das das Licht verschluckte. Nein, das war nicht das lebendige Schwarzbraun der Königswächter.

Der dunkle Wolf hatte einen geschmeidigeren Gang, als es zu seiner Größe und sehnigen Muskelmasse gepasst hätte. Federnd, fast schon leicht. Er war bestimmt ein fähiger Kämpfer.

Victoria war nicht ganz wohl zumute, als sie in die Augen des Wolfes sah. Irgendetwas war da, was ihn unheimlich machte. Etwas Gefährliches.

Aber sie war eine Greifin und kannte keine Angst. Außerdem war Vater hier. So groß und gefährlich der vernarbte Wolf auch war, gegen den gewaltigen König wirkte er klein, fast schon schwächlich.

Obwohl Victoria die Stärke des Wolfes nicht gerne getestet hätte.

Dann plötzlich schoss ihr ein Gedanke durch den Kopf. Vater hatte den Wolf vielleicht als Waffenmeister angeheuert. Victoria würde gegen ihn kämpfen müssen, weil Vater der Meinung war, die anderen nehmen sie wegen ihrer zehn Sommer nicht hart genug ran. Dieser sehnige, narbenüberzogene Wolf würde ihr entweder alle Schwäche austreiben oder …

Nun war ihr doch etwas mulmiger zumute, als sie sich zuerst eingestehen wollte. Der Wolf mochte gegen ihren Vater nicht bestehen können, aber Victoria war sich ziemlich sicher, dass dieser grausam aussehende Mann mit ihr verfahren könnte, wie er wollte.

Aber sie würde keine Angst zeigen. Wenn Vater es wünschte, würde sie sich ihm stellen.

„Mylord“, sagte der Wolf nun, den Blick auf den König gerichtet. Er blickte Vater in die Augen. Sekundenlang. Vater starrte zurück. War da eine Spannung? Noch eine Sekunde länger, und …

Der Wolf wandte sich dann unvermittelt zu Victoria.

„Mylady.“

Victoria hielt unwillkürlich den Atem an.

„Es ist angerichtet.“

Seine Stimme war ein tiefes Grollen, das perfekt zu dem unheimlichen Wolf passte. Sie war von einem raueren Klang als Vaters Stimme, aber ähnlich tief. In ihr schwang jedoch kein Stahlseil, sondern eine Klinge. Rostig, die Schneide, aber immer noch perfekt geschärft. Wie ein Rasiermesser. Warum musste sie jetzt an rostige Rasiermesser denken? Ein kleiner Schauer lief Victorias Rücken herunter. Mit diesem Mann wollte sie nicht allein sein.

Sie sah nun, dass der Wolf ein silbernes Tablett vor sich trug. Sie war so von dem Anblick dieses Grobians gefesselt, dass ihr dieses Detail gänzlich entgangen war. Das Tablett war mit einem Deckel bedeckt, der einer silbernen Schale glich. Eine glänzende Halbkugel, die einen kostbaren Schatz verbarg. Denn von dort musste der Duft stammen, den Victoria schon die ganze Zeit genossen hatte.

„Sehr schön, Leibkoch. Sodann, tischt auf. Meinem Ehrengast zuerst."

Der Wolf, der gar nicht wirkte wie ein Koch, der am Hofe des Königs kulinarische Wunderwerke erschaffen konnte, schritt mit dem Tablett auf Victoria zu. Seine Bewegungen waren fließend wie Wasser. Victorias Nackenfedern stellten sich auf. Dennoch zwang sie sich, den Wolf mit gelassenem Gesicht anzublicken.

Er stellte das Tablett fast sanft neben ihr ab. Mit einer gleitenden Bewegung hob er den Deckel an, sodass sich der Dampf, der sich darunter angesammelt hatte, wie eine Nebelschwade hinter der Silberschale herzog.

Victoria lief das Wasser im Mund zusammen. Wie auch immer der Kerl auf den ersten Blick wirkte – wenn er das hier gekocht hatte, musste er in der Tat ein Meister sein. Noch nie hatte etwas so gut gerochen.

Auf dem Tablett lagen gebratene Stücke … ja was genau? Victoria dachte zuerst an Fisch, auch wenn der Geruch gar nicht passte.

Sie wurde ungeduldig. Sie musste davon kosten.

Der Koch schnitt nun in einer fließenden Bewegung eine dicke Scheibe von dem braun gebratenen Gericht ab. Es war also geröstet. Sie sah, dass es innen eine zarte, rosige Farbe hatte und dass ein leicht rosiger Saft herauslief.

War es eine würzige Frucht oder eine exotische Wurzel?

Es gab keine Beilagen, was Victoria nicht störte. Was auch immer sie gleich probieren würde, sie wollte sich damit den Bauch füllen, bis nichts anderes hineinpasste.

Sie bemerkte nun, dass der Wolf sie die ganze Zeit über beobachtet hatte. Sein vernarbtes Gesicht ließ aber keinen Schluss zu, was er dachte. Vermutlich wollte sie das auch gar nicht wissen.

Der Koch nahm das Tablett auf und schritt an die Seite des Königs. Er schnitt erneut eine dicke Scheibe ab und servierte sie Vater. Den König sah er aber dabei nicht an.

Der Wolf war überraschenderweise beim Servieren nicht sonderlich elegant. Er wirkte eher wie einer der einfachen Soldaten, der sich ein Stück Brot abschnitt. Er war gewisslich nicht wegen seiner höfischen Art und Etikette zum neuen Leibkoch ernannt worden.

Vater blickte Victoria unentwegt an, als ob er etwas suchte. Was auch immer er bisher gefunden hatte, er schien damit zufrieden zu sein. So absonderlich der Abend bisher auch war, Victoria fühlte sich durch diesen Blick bestärkt.

„Mein verehrter Gast, ich wünsche Euch einen guten Appetit", sprach der König mit höflicher Stimme. Dann, etwas fester: „Auf das Leben und die Stärke, es zu führen."

„Auf das Leben", antwortete Victoria mit dem Anflug eines Lächelns. Sie riss sich schnell zusammen. Nicht, dass ein dümmliches Kindergrinsen nun alles verdarb.

Victoria musste nun schlucken. Das Essen roch so gut, wie nichts, das sie kannte. Sie fühlte sich plötzlich, als ob sie seit Wochen gehungert hätte. Sie nahm das silberne Messer und die dazu passende Gabel zur Hand und schnitt sich ein Stück von der gebratenen Scheibe ab. *Nicht zu viel auf einmal, Contenance bewahren.*

Sie nahm die zauberhaft duftende Speise in den Mund. Ihre Zunge frohlockte. Sie presste den Bissen in ihrem geschlossenen Schnabel mit der Zungenspitze an den Gaumen, sodass sich etwas von dem rosigen Saft in ihrem Mund verteilte. Nur ein wenig. Es war, als ob sie mit der Zunge Farben schmecken könnte, die noch nie zuvor erstrahlt waren.

Sie biss langsam zu. Zart und saftig. Würzig und vollmundig, wie Buttercreme und Lachspastete, aber eine andere, völlig fremde Note, die sie bisher nicht kannte. Sie schloss die Augen. Wie konnte etwas nur so köstlich sein. Warum gab es so etwas nicht schon früher?

Sie öffnete die Augen und sah, dass Vater das Mahl ebenso genoss. Er kaute ausgiebig, um jede Nuance auszukosten, und blickte dann unvermittelt in Victorias Augen. Was auch immer er in ihren Augen sah, es gefiel ihm. Der Hauch eines Lächelns. Das Erste seit Mutters Tod. Und Victoria hatte es ihm geschenkt.

Das erste Mal seit Monaten fühlte Victoria sich gut. So, als ob die Zukunft doch noch schön werden könnte. Insgeheim hatte sie Sorge, dass sie trotz all ihrer Privilegien ihre Zeit in einer Art grauem Trübsal würde fristen müssen. Nicht kalt, aber auch nie warm. Nicht dunkel, aber auch nie hell.

Aber das Leben würde wieder schön werden. Die Sonne würde auch wieder für sie erstrahlen.

+

Der Schatzmeister und der Seneschall schritten rückwärts unter vielen Verbeugungen aus dem Thronsaal. Nachdem der Tölpel von der Königswache die Türen verschlossen und sich mit seinem breiten Körper davorgestellt hatte, drehten sie sich in einer geschmeidigen Bewegung um. Hunderte Male Übung. Routine.

Sie schritten stumm den Gang hinab, zu ihren Amtsstuben.

Als sie aus dem zentralen Palastgebäude getreten waren, blickte sich der Schatzmeister verstohlen um. Als er niemanden erblicken konnte, der vielleicht mit neugierigen Ohren hätte lauschen können, sprach er den Seneschall an.

„Euer Einwurf kam zum perfekten Zeitpunkt, mein guter Seneschall. Ich fürchtete, unser Plan würde schon im Ansatz scheitern."

„Mein Plan", antwortete der Seneschall. Kleines Lächeln. Starrer Blick. Emotionslose Stimme. Er sagte immer alles in einer Eintönigkeit, als würde er einen unwichtigen Fakt feststellen.

„Ja, natürlich, *Euer* Plan, mein guter Seneschall." *Eingebildeter Gecke. Eure Überheblichkeit wird noch euer Ende sein*, dachte der Schatzmeister, während er versöhnlich lächelte.

„Es ist nun wichtig, nichts zu überstürzen, mein guter Schatzmeister. Das neue System muss langsam, aber stetig implementiert werden. Es dürfen sich vor allem zu Anfang keine Zweifler finden, die eine landesweite Einführung erschweren könnten."

Er sprach in ruhigem Ton, als ob er über das Wetter des gestrigen Tages berichtete.

„Wir haben nur ein Hindernis. Den König. Aber der wird nicht ewig leben. Bis der Tag gekommen ist, müssen wir unserem Anspruch auf die Macht Legitimität verliehen haben. Mit dem aktuellen Erbfolgerecht ist uns dies nicht möglich. Aber dieser Brauch wird mit den Greifen enden."

Die Stimme des Seneschalls wurde zu einem scharfen Flüstern.

„Die Ämter müssen die Fürstenhäuser vollumfänglich ersetzen, und wir werden diese Ämter leiten. Die Zeit des Buckelns wird dann vorüber sein, dann stellen wir die Regeln neu auf. Die Masse der Reichsbürger wird ohnehin nicht begreifen, was vor sich geht."

„Und die Prinzessin?", fragte der Meister der Münze mit gesenkter Stimme, obwohl er die Antwort kannte.

„Mein guter Schatzmeister, wenn es je einen unentschlossenen und zaghaften Greifen gab, dann ist dies das junge Mädchen, das noch immer mit Häschen in ihrem Kinderzimmer Fangen spielt."

Der Seneschall würde nichts dem Zufall überlassen. Er schien alles, was im Palast vor sich ging, zu wissen.

„König Carolon hat alle Hoffnung aufgegeben, dass seine Tochter zur Königin taugt. Seit dem Vorfall im Speisesaal ist sie nur noch dem Namen nach Kronprinzessin. Er hat ihr seit Jahren keine wirkliche Aufmerksamkeit geschenkt."

Der Seneschall nickte zufrieden.

Der Schatzmeister bemerkte es, weil der Seneschall sehr selten eine Regung zeigte.

Der Seneschall hatte es schon in jungen Jahren aufgegeben, Emotionen vorzugaukeln. Er bemerkte selbst, dass es die anderen um ihn befremdete. Bei Empfängen und ähnlichen Anlässen sah er sich jedoch gezwungen, vorzugeben, Gefühle zu haben. Wenn alle über etwas lachten, gab er vor, ebenfalls erheitert zu sein. Es war ein aufgesetztes, freudloses Lachen.

Er sah dann fast wie eine Handpuppe aus; das Lachen schien auch nicht von ihm zu kommen, sondern so, als ob es jemand im Hintergrund auf Befehl von sich gäbe. Es kam dem Schatzmeister auch so vor, als ob dann eine unsichtbare Hand den Mund des Seneschalls bewegte.

Einige Narren hatten sich hinter seinem Rücken darüber amüsiert. Dem Schatzmeister lief bei dem Anblick aber ein kalter Schauer den Rücken herunter. Vielleicht trug der Seneschall nicht nur eine metaphorische Maske, sondern er *war* selbst die Maske. Es war, also ob sich etwas der Hülle seines Körpers nur bediente. Etwas, das keinen Platz in dieser Welt hatte, aber dennoch einen Weg fand, sich an ihr festzuhalten. Sich festzukrallen. Etwas, das versuchte, sich einen Weg aus der Hülle des Seneschalls zu graben, um …

Der Schatzmeister vertrieb den Gedanken. Er dachte nun wie ein abergläubischer Narr, der Angst vor Schatten hat.

Der Seneschall fuhr derweil fort.

„Victorias starke Gestalt täuscht: Sie sieht nur aus wie ein Greif. Sie ist durch und durch unfähig, zu führen. Sie wird uns höchstens als Marionette dienen, bis alles nach unseren Wünschen in Form gebracht wurde."

Er drehte den Kopf und blickte den Schatzmeister an.

„Unser einziges Problem werden die Hunde sein. Beziehungsweise die Generäle. Diese Trottel halten an ihren Schwüren fest und werden sich Victoria in all ihrer Unfähigkeit unterordnen und ihr Folge leisten. Das könnte alles gefährden. Wir müssen also die Strukturen auflösen, sodass bis zum Tag der Wahrheit kein Hund mehr den Oberbefehl über auch nur einen Teil der Streitkräfte innehat."

Der Seneschall blickte mit seinen starren Augen wieder nach vorne.

„Die Truppen werden den Führern folgen, die man ihnen befiehlt. Und diese Führer werden dann unter unserem Kommando stehen."

Der Schatzmeister lächelte nun ebenfalls. *Möge dieser Tag bald kommen.*

Kapitel 4: Eine Wahl fürs Leben

„Die Bären kämpften mit Ebenholzwaffen. Das waren im Grunde Baumstämme, die von Ästen und Rinden befreit worden waren.

Über das dünnere Ende wurde ein schwerer Ring aus schwarzgebranntem Eisen gezogen, dessen innerer Umfang etwas kleiner war als das dickere Ende des Stabes. So rutschte dieser Ring am Stab hinunter, bis er schließlich festsaß.

Unter diesem Ring wurde einen Fingerbreit tiefer eine kleine Kuhle in das Holz geschnitzt. In diese Vertiefung wurden dann farbige Bänder gewickelt. So saß der Eisenring fest und unverrückbar am Ende des Stabes.

Jetzt stellt euch einen acht Fuß großen und über eintausend Pfund schweren Bären vor. Dieser Krieger trägt einen eisernen Helm, der einen Großteil seines Gesichts verdeckt. Er trägt zudem eine Lammellen-Rüstung aus miteinander verflochtenen, gehärteten Knochenschuppen.

In beiden Händen schwingt er einen zehn Fuß langen Baumstamm aus schwarzem Eisenholz. Am Ende dieses zweihändigen Streitkolbens sitzt ein brünierter Eisenring von gut fünfzig Pfund Eigengewicht.

Stellt euch vor, was mit einem Ziel passiert, das von dieser entfesselten Gewalt getroffen wird.

Jetzt stellt euch vor, dreitausend dieser Bären preschen in einem Schneesturm auf euch zu. Der Sturm hat alle Federn eurer Schwingen zu einer schweren Masse vereist, sodass euch schon das Laufen schwerfällt, das Fliegen aber gänzlich unmöglich ist.

Und stellt euch nun vor, dass jeder einzelne dieser Bärenkrieger sich eine Trophäe von eurem zertrümmerten Körper reißen möchte.

Ich habe mich nie lebendiger gefühlt als in jenem Augenblick.“

Jacondon der I., Kampfmeister der Sturmklauen, 19 n. D.

Der Schnee war geschmolzen und das Leben hatte wieder begonnen. Geschäftiges Treiben herrschte in Klipphaven, als die Bären nach ihrer langen Ruhezeit das neue Jahr begrüßten. Man prüfte die Dächer der Landhäuser, die Rümpfe der an Land gelagerten Schiffe und begann mit den notwendigen Instandsetzungen.

Es lag des Morgens noch immer ein kühler Hauch in der Luft, der aber in den Sonnenstrahlen des erwachenden Tages bis zum Mittag schließlich verschwunden war.

Honeymaw war guter Dinge, geradezu fröhlich. Vater bereitete den Met vor. Er hatte hierzu die übrigen Honigvorräte schon vor Wochen aus der Höhle zu seinem Schuppen gebracht und mit Hefe vermischt. Er wollte heute die Umfüllungen vornehmen, um den fertigen Met als Tauschware anzubieten.

Sie eilte aus dem nun leeren Haus, das ein wenig oberhalb des Dorfes lag, und lief hinunter zum Pier.

Sie sah von dem Weg, der von ihrem Haus zum Dorf führte, dass der Marktplatz schon freigeräumt war. Bald würden die ersten Händler eintreffen, um Waren zu tauschen und Geschäfte mit den Vertretern der Holzfäller abzuschließen.

Wenn die Händler nach dem Entladen ihrer Schiffe dann bei ihren Zelten an den Feuern saßen, würde man Met und Branntwein ausschenken und die Neuigkeiten austauschen.

Honeymaw musste alles in Erfahrung bringen, was seit letztem Herbst auf der Welt geschehen war.

Am Dorfeingang lag das Haus von Brunson, dem Fischer. Er und Vater waren seit Kindheitstagen die besten Freunde. Brunson war nur ein wenig kleiner als Vater und hatte wie die meisten Waldbären ein braunes Fell. Er trug heute seine grüne Tunika mit den kurzen Ärmeln und stand bei seinem Boot, das noch vor dem Haus lag.

Als Honeymaw noch ein kleines Kind war, ließ er sie auf seinen Knien sitzen. Sie tat dann so, als ob sein Knie ein Boot wäre, das im Sturm schaukelte. Und er erzählte von seinen Fahrten über das Meer und den Gefahren, die da lauerten. Allerlei große, gefährliche Fische, die ein Boot zum Kentern bringen konnten. Mit Zähnen wie Messer. Einige sollten so groß sein, dass sie ein Boot sogar verschlucken könnten. Brunson ahmte den Verlauf seiner Geschichten mit seinen Körperbewegungen nach und vermittelte dadurch Honeymaw die Gewalt des Meeres.

Aber seitdem sie etwas älter war, bot er seine Knie nicht mehr an. Ihm schien das im Laufe der vergangenen Sommer irgendwie unangenehm geworden zu sein. So wurden aus den abenteuerlichen Erzählungen Einweisungen in die Schifffahrt und die Holzpflege. Wie langweilig.

„Guten Morgen, Meister Brunson“, rief sie, als sie an dem Haus des Fischers vorbeieilte.

„Guten Morgen, junge Honeymaw“, rief er zurück. Immerhin sagte er nicht mehr „kleine Honeymaw“.

„Lauf nicht so schnell, es wäre doch ein Jammer, wenn du auf der schlammigen Straße stürzt und dir dein schönes blaues Kleid beschmutzt.“

Als ob sie hinfallen würde. Sie lachte nur und legte noch einen Schritt zu.

+

Brunson sah ihr einen Augenblick lang nach. Das Mädchen war ja schon fast eine Frau. Aber wenn er sie so laufen sah, dachte er noch immer an das Kind, das sie noch vor wenigen Sommern gewesen war. Dem armen Jorl musste es genauso gehen.

Der Fischer hielt einen Augenblick inne. Hatte Honeymaw Federn am Kopf gehabt? Da sie ständig den

Kopf in den Wolken hatte, würde ihn das nicht wundern. Hatte er sich das eingebildet?

Brunson lachte über sich selbst und schüttelte dabei den Kopf. Er machte sich dann wieder daran, den Rumpf seines Fischerbootes, das kieloben vor seinem Haus lag, mit dem eingekochten Harz-Teer zu kalfatern.

Er würde morgen das erste Mal dieses Jahr auslaufen. Es mussten neue Vorräte her, denn der Winter war wie immer lang gewesen. Es gab aber noch einiges zu tun. Das Boot würde sich nicht von allein abdichten.

Ja, es war also 918 n. D., Honeymaws achtzehnter Sommer. Wie doch die Zeit verging.

+

Jorl hatte die Honigtöpfe, die den Winter überstanden hatten, zu seinem Brauschuppen geschafft. Viele waren es nicht mehr, aber für ein paar Münzen, um Honeymaws Reise zu unterstützen, würde es schon reichen. Die meisten Honigtöpfe waren leergegessen.

Er hatte vor gut drei Wochen mit den Arbeiten begonnen. Er füllte einen großen Topf mit sieben Teilen warmen Wassers und fügte drei Teile Honig hinzu. Das Wasser ließ er bis auf Handwärme abkühlen und den Honig im warmen Wasser aufgelöst. Dann fügte er die Hefe hinzu. Danach noch etwas Saft einer Sauerfrucht und eine Handvoll der Gewürzmischung, deren Zusammensetzung ein Familiengeheimnis war.

Der Met schmeckte auch ohne diese Mischung gut, aber die Gewürze rundeten ihn ab. So hatte es ihm sein Vater einst gelehrt.

Derweil erwärmte Jorl an einem kleinen Feuer mittelgroße Steine, die er später in dem Schuppen, in dem er die Mettöpfe einlagerte, verteilen würde. So würde eine gleichbleibende, angenehme Wärme im Honigwasser vorherrschen. Diese Wärmsteine würde er täglich, morgens und abends, austauschen. So würde der Schuppen konstant warm bleiben.

Das wiederholte er bei fünf der großen Töpfe. Mit der gewonnene Menge Met würde er gut einhundert Flaschen abfüllen können.

Jorl machte sich an die Arbeit. Er dachte nun an Mogen, der vermutlich bald kommen würde.

Mogen der Dachs war immer ein willkommener und gern gesehener Handelspartner und Freund.

Jorl wartete immer, bis er einen Anteil bei ihm erworben hatte, ehe er den Restbestand an andere Händler verkaufte.

Dieses Jahr würde er vielleicht einen anderen Handel mit ihm abschließen. Den Preis für einen, oder auch zwei Passagiere. Abhängig davon, in welche Richtung die Reise gehen sollte.

Einen Passagier für eine Fahrt in den Norden, zwei Passagiere bei einer Reise in den Süden.

+

Honeymaw verbrachte den Tag am Hafen, in der Hoffnung, dass vielleicht einer der Händler kommen würde. Diese Hoffnung wurde zwar nicht erfüllt, aber es traf dennoch ein Schiff ein. Ein Langschiff von der Art der Frostbären. Das Segel zeigte das Symbol des Berserkers und der Rumpf war verziert mit Knotenmustern der Heldentaten der Seeschlangen-Jäger. Der Kiel endete in einer Galionsfigur, deren Haupt den grimmen Berserker darstellte. Er hatte seinen Rachen zu einem Brüllen aufgerissen und starrte wütend für alle Ewigkeiten in die Welt.

Honeymaw war außer sich vor Freude. Tante Grimhilda war gekommen.

Anscheinend waren aber auch sowohl ein paar der jungen Burschen als auch die erwachsenen Männer darauf erpicht, die Frostbärin zu begrüßen. Oder zumindest ein Auge auf sie zu werfen. Bei den Bären galt: je größer, desto besser.

Grimhilda holte das Segel ein und bugsierte das Boot mit der restlichen Kraft der Bewegung in Richtung Pier. Das Boot lag flach genug im Wasser, sodass man es bis zum Strand hätte steuern können.

Das Schiff verfügte auch über lange Ruder, die im Moment eingeholt waren. Sie lagen sicher vertäut an Deck. Mit diesen Rudern konnte man das Schiff bei Windstille bewegen. Da der Bug nicht tief im Wasser lag, war es sogar möglich, flussaufwärts zu rudern. Doch das war, selbst für Grimhilda, wirklich sehr anstrengend.

Nun sah Honeymaw, wie ihre Tante an der Stirnseite des Bootes geschickt Taue auswarf, um mit ihnen ihr Schiff an den Pier zu ziehen. Es dauerte nur wenige Momente, dann lag das Boot schon seitlich am Pier und Grimhilda vertäute es, noch bevor Honeymaw bei ihr war.

Tante trug ihre schwarze Rüstung. Es war ein aus den Schuppen von Seeschlangen gefertigter Harnisch. Grimhilda hatte die Seeschlangen selbst erlegt und sich die Rüstung selbst gefertigt. Das war ein aufwändiges Unterfangen.

Jede einzelne der zähen Hornschuppen musste von Hand poliert und mit Nahtlöchern versehen werden. Die Schuppen waren überlappend vernäht und bildeten so einen schützenden Panzer, der so fest wie Eisen, aber um ein Vielfaches leichter war. Darüber hinaus würden die Schuppen keinen Rost ansetzen. In den schneebedeckten Weiten des Nordens oder der schäumenden See des Eismeeres war dies eine sehr wichtige Eigenschaft. Ein Bär konnte in dieser leichten Rüstung sogar schwimmen, sollte es nötig sein.

Im Gegensatz zu dem Eisenkürass der Hunde war der Schuppenpanzer in sich beweglich und schmiegte sich eng an seinen Träger an. Auch die Oberschenkel wurden von einem Rock aus schwarzglänzenden Schuppen geschützt, der bis zu den Knien reichte.

Da Grimhilda im Gegensatz zu den meisten Bärinnen kein Unterkleid trug, waren ihre Unterschenkel entblößt, was sie allerdings nicht kümmerte.

„Grimhilda!,“, rief Honeymaw und rannte los. Es folgte ein weiter Sprung. Vom Pier über die Reling auf das Schiff und hoch zu ihrer Tante, die fast doppelt so groß war wie sie. Grimhilda, die ihre Nichte schon hatte kommen sehen, fing sie mit Leichtigkeit auf und zog sie an sich heran, um sie zu drücken.

„Hunny!“, lachte ihre Tante. Sie nannte Honeymaw bei einem anderen Namen, den sie ihr gegeben hatte. Sie neigte dazu, lange Namen zu kürzen. Honeymaw hatte gehört, dass das auch die jungen Leute im Reich tun würden. Ihr gefiel es sehr, einen Spitznamen zu haben. *Hunny*. Kurz und keck.

„Sind dir etwa Flügel gewachsen? Oder hast du die letzten Greife erschlagen?“, fragte Grimhilda mit gespieltem Erstaunen.

Honeymaw hatte ganz vergessen, dass sie am Morgen ihr Kopfband mit den Flügeln aufgezogen hatte. Sie kam sich jetzt ein wenig albern vor und zog sie schnell ab.

„Lass nur auf, seiner Trophäen muss man sich nicht schämen.“ Grimhilda lachte.

Sie blickte nun die Männer am Pier an, die jetzt alle plötzlich wegschauten, als gäbe es woanders deutlich interessantere Dinge zu beobachten.

Unmöglich. Honeymaw ärgerte sich, wusste aber eigentlich nicht, worüber.

Sie gingen nun zusammen zurück zum Haus. Honeymaw versuchte aus den Augenwinkeln, die Männer am Pier und Marktplatz zu beobachten. Sie war der Meinung, dass die meisten auch ihrerseits zu ihnen hinüberblickten. Zumindest, als sie an ihnen vorbei gegangen waren.

Sie war sich noch nicht ganz sicher, was sie davon halten sollte. Sie kannte hier jeden seit Jahr und Tag. Die Kerle sollten sich ihrer Tante gegenüber höflicher betragen, als sie hinterrücks anzustarren.

Sie kamen nun bei Brunson vorbei, der noch immer den Rumpf seines Bootes wasserfest machte. Der schwarze Harz, den er auf dem Holz des Bugs verteilte, roch intensiv, verbrannt und scharf, fast wie Pech. Er war fast mit der Arbeit fertig. Er blickte auf und nahm seine Lodenmütze ab.

„Hallo, schöne Grimhilda." Er hatte schon vor Jahren versucht, sie zu umgarnen, und wurde es auch nach einem Dutzend Abfuhren nicht müde, ihr zu schmeicheln.

„Hallo, kleiner Mann", antwortete Grimhilda. Der Klang ihrer Stimme war bei diesen Worten nicht unfreundlich. *Aber warum sprach sie immer so von oben herab?,* fragte Honeymaw sich selbst. Brunson war wirklich ein netter Mann.

Er schien sich nicht sonderlich an diesen Worten zu stören. Es war, als ob er nichts anderes erwartet hätte.

„Besuchst du also Jorl und die junge Honeymaw? Wie lange wirst du bleiben?"

„Was geht's dich an? Aber wenn du schon fragst", fügte Grimhilda, die stehengeblieben war, hinzu, „ich werde für eine Woche bleiben. Wieso?"

„Vielleicht kann ich dich ja auf einen Krug Met und einen oder zwei Lachse zu mir einladen."

Honeymaws Gedanken gerieten völlig durcheinander. Wovon sprachen die beiden hier? Brunson und Grimhilda? Trafen sie sich immer, wenn ihre Tante zu Besuch war? Wie, wann und wo? Hatte Grimhilda nach der Dämmerung das Haus verlassen, wenn Honeymaw zu Bett gegangen war? Was ging hier vor?

Grimhilda wandte ihren Blick zu Honeymaw, dann wieder zu Brunson.

„Mal sehen“, sagte sie betont gleichgültig.

Honeymaw wollte tausend Fragen stellen – was aber natürlich vor Brunson gänzlich unmöglich war. Aber selbst unter vier Augen mit Grimhilda würden ihr ihre Fragen nicht über die Lippen kommen.

„Bis dann vielleicht“, sagte Brunson mit einem kleinen Lächeln.

Tante und Nichte gingen ein Stück weiter den Hügel hinauf.

„Frag nicht“, sagte Grimhilda plötzlich. Honeymaw sah zu ihr auf. Die große Bärin grinste. „Der Winter war lang und kalt. Ich würde mich über ein wenig Abwechslung freuen.“

„Sind wir nicht Abwechslung genug?“, fragte Honeymaw fast beleidigt. *Verdammt, das klang ja wie das Motzen eines kleinen Kindes.*

„Haha, Hunny, bist du eifersüchtig?“

„Nie und nimmer, was soll denn diese Frage?“ War sie eifersüchtig? Sie wollte, dass Grimhilda die kurze Woche bei ihr verbrachte, das stimmte schon. Aber eifersüchtig?

„Das könnten doch nur Liebhaber auf Nebenbuhler sein.“

„Weißt du denn, was ein Liebhaber ist?“, fragte Grimhilda und sah Honeymaw direkt in die Augen.

„Ja, nun, wenn jemand einen anderen liebhat“, sagte Honeymaw nun etwas verlegen und richtete ihre Augen auf den Weg vor sich.

Grimhilda lachte nun herzhaft. „Das sieht Jorl ähnlich.“

Was meinte sie nur?

„Ich glaube, ich werde die Woche nutzen, um dir mehr beizubringen als Speere zu werfen oder Knoten zu binden. Ich hatte schon geahnt, dass dein Vater die

Zähne bei diesem Thema nicht auseinanderkriegt. Dein achtzehnter Sommer, und du hast keine Ahnung."

Honeymaw fühlte sich auf einmal leicht und ein kleines Schwummern lief ihr durch den Bauch. Sie spürte, dass Grimhilda ihr etwas erzählen würde, über das man sich nicht unterhält. Ein Geheimnis, das jeder kennt, aber niemand ausspricht. Geheimnisse zwischen Mann und Frau. Sie freute sich, aber irgendwie ahnte sie, dass es mit Peinlichkeiten verbunden sein würde.

Oh Mutter.

+

Jorl war mit allem fertig. Er hatte den ganzen Tag unter großer Behutsamkeit allen Met umgefüllt und die tönernen Flaschen versiegelt. Einhundert und sechs Flaschen. Nicht schlecht.

Er hatte einhundert in den Schuppen gestellt und nahm sechs mit. Er würde heute ein wenig vorkosten, auch wenn er beim Umfüllen schon ein wenig aus jedem der großen Töpfe probiert hatte. Er konnte ja keine ungetestete Ware verkaufen.

So schritt er guten Mutes zu seinem Haus zurück. Es war später Nachmittag und Honeymaw würde bestimmt noch am Pier nach Schiffen Ausschau halten.

Jorl machte dann einen kleinen Umweg, am Apfelhain vorbei zu den Klippen, um von oben auf den Hafen herab zu sehen. Es lag tatsächlich ein Boot vertäut im Wasser, aber keines der Boote der Südländer. Es war ein Langschiff, wie sie die Nordstämme bauten. Die Frostbären, um genau zu sein. Und es war ein ungewöhnlich kleines Schiff. Eines, das man allein steuern konnte, wenn man fähig war. Jorl kannte persönlich nur einen Frostbären, der das konnte: seine Schwägerin.

Grimhilda war gekommen. Vermutlich waren sie und seine Tochter also schon zu Hause.

Jorl ging nun direkt zu seinem Haus. In einigen Minuten erreichte er es und hörte noch aus einiger Entfernung bereits Grimhildas Lachen. Es war nicht das raue Lachen, das sie von sich gab, wenn sie ihre von Kampf durchwobenen Geschichten erzählte, bei denen sich Honeymaw oft gruselte. Nein, es hatte etwas Mädchenhaftes. Ein fast verlegen klingendes Kichern. Nun wurde Jorl doch neugierig, was Grimhilda wohl zu berichten wusste, dass es ihre Wesensart so veränderte.

+

Honeymaw wünschte sich, der Boden würde sich unter ihren Füßen auftun und sie für alle Zeit verschlingen. So sehr schämte sie sich. Kein Wunder, dass sie nie jemanden darüber sprechen hörte. Was Tante Grimhilda ihr da erzählte, durfte nicht die Wahrheit sein. Wieso dachte sie sich so schlimme Unanständigkeiten aus? Oder war es doch wahr? Wie *peinlich*. Wie würde sie jemals wieder – auch nur irgendjemandem – in die Augen sehen können?

Grimhilda lachte und kicherte, als sie Honeymaws Reaktionen beobachtete. Freute sie sich, dass sie sich so verlegen fühlte, sich sogar schämte?

Oh Mutter. Wie unangenehm das alles war.

Grimhilda fing dann an, mehr in die Details zu gehen. Über Männer zu sprechen. Nicht nur über die Unterschiede zwischen Mann und Frau, oder wie ein Kind gezeugt und geboren wurde. Grimhilda nannte es „schlüpfrige Details“. Sie sagte es mit einem frechen Grinsen. Honeymaws Kopf wurde ganz heiß und sie hatte das Gefühl, dass er mit jedem Herzschlag anschwoll. Wie eine überreife Tomate im Sommer.

+

Jorl kam zur offenen Tür herein, ein freundliches Lächeln auf dem Gesicht. Seine Begrüßung blieb ihm aber im Halse stecken.

Seine Tochter saß vor Grimhilda und hielt sich die Hände vor das Gesicht. Sie schaute nur durch die winzigen Schlitze, die ihre Finger freigaben, auf die große Bärin vor ihr. Seine Schwägerin kniete vor seiner Tochter und machte gerade eine obszöne Bewegung mit den Händen: mit dem Zeigefinger und dem Daumen der linken Hand hatte sie ein „O" gebildet. Den Zeigefinger der rechten Hand schob sie nun durch diesen Kreis und sagte, „… dann schiebt der Mann seinen …"

Grimhilda verstummte und drehte ihren Kopf zu Jorl. Sie sah in diesem Moment aus wie ein kleines Mädchen, das beim Honigstehlen erwischt wurde. Winziger Mund, große Augen. Honeymaw erblickte ihren Vater und gab ein quiekendes Geräusch von sich. Sie verschloss ihre Hände nun vollständig vor den Augen und rollte sich zusammen.

Jorl stand in der Tür, die Metflaschen in der Hand, das „Hallo" war ihm immer noch im Mund gefroren.

Für drei Herzschläge verharrten sie so in absoluter Stille.

Dann sagte Jorl, so schnell, dass die Worte kaum zu verstehen waren: „HalloGrimhildaschöndassdudabist.HieristeinwenigMet.Vielvergnügen."

Er stellte bei diesen Worten hastig zwei Metflaschen am Eingang ab. Eigentlich ließ er sie eher fallen. Dabei drehte er sich auf einem Bein auf der Stelle um und war verschwunden.

Oh Mutter, Oh Mutter, Oh Mutter.

Jorl hoffte, dass Brunson Lust auf etwas Met hatte. Er hatte nämlich nicht vor, diesen Abend nach Hause zurückzukehren.

+

Honeymaw wollte aufhören zu existieren. Nun wusste Vater, dass sie es wusste, und beide wussten voneinander, dass sie es wussten.

Dann lachte Grimhilda, laut und lang. Honeymaw hatte wütende Gedanken und ihr rannen ein paar Tränen aus den Augen. *Wie peinlich. Nein, nein, nein, das war gerade nicht passiert.*

Grimhilda lachte noch eine Weile. Sie knuffte und knuddelte Honeymaw und sagte ihr, dass das alles nicht schlimm sei.

Als sie sie so weit beruhigt hatte, dass sie wieder die Hände vom Gesicht nahm, stand ihre Tante auf und ging zur Tür. Sie hatte nun zwei Tonflaschen in den Händen und sah verschmitzt zu ihrer Nichte.

„Dein achtzehnter Sommer, richtig mein Schatz?"

Honeymaw nickte stumm, ihr Schädel pochte noch vor Scham.

Die große Frostbärin hob eine Augenbraue an.

„Na dann, ich habe noch viel zu erzählen. Und es erzählt sich besser bei etwas Met."

+

Es stellte sich heraus, dass Brunson in der Tat Lust auf Met hatte. Jorl hatte vier Flaschen dabei und wollte diese mit ihm teilen. Er sagte, dass seine Schwägerin überraschenderweise gekommen sei und Honeymaw einige „Dinge" erklären würde. Brunson hatte da so eine Ahnung, was das sein müsste, wenn Jorl an einem

Nachmittag aus seinem Haus floh. Er grinste nur und schenkte ihnen beiden ein.

Im Hause von Jorl und Honeymaw brannte in dieser Nacht noch lange das Licht. Jorl und Brunson glaubten auch, hin und wieder schrilles Lachen zu vernehmen, das durch die kühle Abendluft bis zu ihnen getragen wurde.

+

Honeymaw wachte mit einem seltsamen Gefühl auf. Ihr Kopf war schwer und die Glieder fühlten sich an, als hätte sie den gestrigen Tag im Meer verbracht. Als hätte sie versucht, gegen die Wellen anzuschwimmen.

Ihr Mund war seltsam trocken und das wenige Licht, das zu ihr in die Höhle drang, war viel zu hell. Fast schon grell.

Sie hörte Vater und Grimhilda vor dem Haus. Sie unterhielten sich.

Langsam sammelten sich die ersten Gedanken. Die Erinnerungen an den gestrigen Abend. Was ihre Tante ihr erzählt hatte. Wie Vater hereinplatzte. Wie peinlich es ihr war. An ihren ersten Met. An den zweiten und wie dann alles anfing, nicht mehr peinlich, sondern lustig zu sein. Die Geschichten, die Grimhilda zu erzählen hatte. Sie wurde hierbei sehr andeutungsvoll, aber bei weitem nicht so explizit wie in ihren ersten Erklärungen.

Grimhilda schenkte ihr irgendwann nicht mehr ein – wogegen sie protestierte –, aber nun war sie froh, dass die Tante ihr Einhalt geboten hatte. Sie wollte sich gar nicht vorstellen, wie sie sich fühlen würde, wenn sie weiter getrunken hätte.

Der Met war süß, mit einem kleinen Biss. Das musste der Alkohol sein. Der Honigwein war fein würzig und mild im Mund. Er schmeckte wie ein Nachtisch. Und wie fröhlich sie davon wurde. Was immer Grimhilda auch sagte und erzählte, sie musste über alles lachen. Wo

Honeymaw zuvor verlegen oder sogar beschämt war, wurde sie keck und fast schon vorlaut. Sie hätte beide Flaschen allein trinken können und hätte es vermutlich auch getan. Aber Tante behielt den Überblick und wusste, wann es genug war.

So stand sie mit etwas zittrigen Beinen auf. Ihr war nicht wirklich schlecht, aber ihr Magen fühlte sich auch nicht richtig an. Vielleicht würde ein Frühstück helfen.

Sie wechselte schnell ihr Unterkleid von gestern gegen ein frisches und zog sich dann ihr blaues Oberkleid an. Sie hatte heute etwas Probleme mit dem Befestigen der Fibeln. Ihren leichten schwarzen Gürtel legte sie nur locker um, um ihren schwummrigen Magen zu schonen.

Als sie vor das Haus trat, bemerkte sie, dass schon heller Tag war. Sie musste sehr lange geschlafen haben. Andererseits waren ihre Tante und sie lange wach geblieben.

Grimhilda saß auf der kleinen Bank vor dem Haus und grinste ihre Nichte an. Vater stand unweit daneben. Er war mit dem Aufhängen von Fischen beschäftigt, die er wohl würde räuchern wollen. Hierfür band er die toten Fische mit Garn an der Schwanzflosse an einen Stock, den er über ein qualmendes Feuer mit geringer Hitze hängen würde.

Brunson hatte sich eine richtige Räucherkammer gebaut, aber das erschien Vater, der immer nur Fisch zum eigenen Verbrauch fing, zu übertrieben.

„Guten Morgen, Sonnenschein“, sagte Grimhilda nun. Das Grinsen blieb. „Gut geschlafen?“

Honeymaw wollte antworten, aber es kam im ersten Moment nur ein leises Krächzen aus ihrem Hals. Sie kam sich etwas dumm vor, räusperte sich und antwortete: „Guten Morgen. Ja, habe ich. Und selbst?“ Sie blickte nur Grimhilda an, denn sie traute sich nicht, in Richtung ihres Vaters zu schauen.

„Nun, für mich war es eine kurze Nacht. Dein Vater kam kurz nach Sonnenaufgang mit seinem Fisch und machte Radau."

Jorl, der sich angesprochen fühlte, warf sofort ein: „Radau? Ich habe zusammen mit Brunson noch vor dem Morgengrauen sein Boot zu Wasser getragen und wir haben im ersten Rot des Tages diesen Fisch hier gefangen. Wenn ich dann nach einer Nacht des Arbeitens Essen mitbringe, ist das also Radau?"

„Immer ruhig Blut, mein Lieber, hab' dich nicht so. Ich habe nun mal einen leichten Schlaf und du bist halt etwas schwerfüßig." Grimhilda sagte dies mit ernster Stimme, zwinkerte Honeymaw aber zu. Sie liebte es, Jorl mit harmlosen Sticheleien zu reizen. Sie meinte, er sei viel zu ruhig und führe auch ein zu eintöniges Leben. Nicht, dass das noch auf seine Tochter abfärben würde.

„Nun auch noch schwerfüßig." Jorls Stimme war ein ärgerliches Brummeln, so als spräche er zu sich selbst.

Honeymaw musste nun glucksen. Vater ließ sich von Grimhilda wirklich schnell reizen.

Jorl schien dies auch zu bemerken und wechselte abrupt das Thema.

„So, mein Liebling. Wollen wir dann morgen zusammen in den Ebenholzhain? Wir werden wohl vor Ort übernachten müssen. Vielleicht möchtest du auch mit, Hilda? Wenn dir mein Radau nichts ausmacht, natürlich."

Grimhilda lächelte, winkte aber ab und sagte „Nein, nein, geht ihr zwei nur allein. Ich werde den Tag nutzen, um Vorräte zu besorgen. Das solltet ihr als Tochter und Vater zusammen machen."

Honeymaw wollte aber so viel Zeit wie möglich mit Tante Grimhilda verbringen. „Ach Hilda, lass uns doch zusammen in ein paar Tagen deine Vorräte auffrischen. Komm mit uns zum Ebenholzhain. Wir nehmen auch was Leckeres zum Abendbrot und für das Frühstück mit.“

„Hilda?“ Grimhilda sah auf. „Hunny, nun wirst du doch etwas zu frech. Du bist noch ein Kind und solltest Erwachsene gebührlich ansprechen.“

Sie sah ihre Tante etwas erschrocken an und auch Jorl blickte ungläubig auf Grimhilda. Da brach sie in schallendes Gelächter aus. „Hahaha, Hunny, du bist ja genauso leicht dranzukriegen wie dein alter Vater.“

„Alt? Du bist genauso alt wie ich.“

Das Grinsen der Bärin wurde breiter.

Das „*Verdammt*“ stand Jorl ins Gesicht geschrieben.

„Aber wenn euch beiden so viel daran liegt, komme ich natürlich mit.“

Grimhilda hatte sich bei den fast gleichgültig klingenden Worten zurückgelehnt und die Arme hinter dem Kopf verschränkt. Ihre Augen waren zu Schlitzen verengt, aus denen ihr helles Eisblau leuchtete. Spitzbübisch grinsend beobachtete sie Honeymaw und Jorl.

Grimhilda. So war sie nun mal. So, oder grimmig. Spitzbübisch gefiel Honeymaw aber deutlich besser.

Sie brachen am nächsten Tag kurz nach Sonnenaufgang auf. Der Ebenholzhain war einige Stunden Fußmarsch entfernt und sie wollten nicht zu spät dort eintreffen. Es sollte noch lange genug Tageslicht herrschen, damit sie einen geeigneten Baum finden konnten, aus dessen Holz sich ein passender Stab für Honeymaw fertigen ließe.

Jorl hatte Vorräte gepackt und jeder nahm eine Wolldecke für das Nachtlager mit. Keiner der drei, insbesondere nicht Grimhilda, brauchte die Decke als Kälteschutz. Die Decken sollten im Lager für Gemütlichkeit sorgen und Nadeln und Laub aus der Kleidung und dem Fell der Bären fernhalten.

Die Reise verlief ereignislos, aber Honeymaw nutzte die Zeit, um mit Grimhilda die Einzelheiten zu den neuen Erkenntnissen der vergangenen Nacht zu besprechen.

Jorl lief ein gutes Stück voraus, weil ihm das alles noch unangenehmer war als Honeymaw. Er wollte nichts davon hören.

Am frühen Nachmittag kamen sie zu dem Tal, in dem die Ebenholzbäume wuchsen. Der Weg stieg zuerst ein wenig an und führte schließlich entlang einiger Felsen, die den Rand zum Ebenholztal markierten. Honeymaw blickte hinab. Die Bäume standen schon in voller Blüte. Die Sonne schien direkt von oben auf dieses Blütenmeer hinab. Ein leuchtend rosafarbener Wald breitete sich unter ihnen aus. Die Blätter der Bäume hatten eine lila-rote Färbung, die das rosa Leuchten der Blüten noch verstärkte.

Von der Anhöhe aus, auf der sie standen, wirkte es für sie so, als würde sie von einem Berg auf ein Wolkenmeer blicken, das die Farben eines Bergglühens einfing.

Das war ein Anblick, den sonst nur Greife genießen konnten. Sie holte nun ihren Kopfschmuck heraus und zog ihn auf. Sie stellte sich dann vor, wie es wäre, selbst richtige Flügel zu haben. Mit ausgeweiteten Armen rannte sie den Weg in das Tal hinunter und tat so, als ob sie von einem Berg hinab in die rosa glühenden Wolken unter ihr glitte.

Sie überholte Vater, der schon ein Stück vorausgegangen war, und kam erst zum Stehen, als sie die Talsohle erreichte.

Vor ihr standen nun also die sagenumwobenen Eisenholzbäume. Der Kern war schwarz wie gebrannter Teer mit dunkelbraunen Maserungen und das Holz fast so hart wie Eisen, aber um ein Vielfaches leichter.

Die Bären fertigten seit ehedem ihre Waffen aus diesem Holz an. Ein Stab, der sie ein ganzes Leben lang begleitete.

Dieser Stab war nicht nur zum Kämpfen gedacht, er fand für vielerlei Dinge Verwendung.

Vater nutzte ihn gerade als Wanderstab, an den er ein Paket mit Vorräten gebunden hatte. Der Stab lag über seiner rechten Schulter und am Ende war ein großes Tuch geknotet, in dem Kochgeschirr und verschiedene Lebensmittel eingewickelt waren. Seinen Eisenring hatte er nicht dabei. Der lag seit vielen Jahren, in einem Öltuch eingeschlagen, im hinteren Teil der Höhle.

Grimhilda hatte weder Stab noch Speer dabei. Unabhängig davon, dass hier keine Gefahren drohten, brauchte sie ohnehin keine Waffen. Sie war nicht nur gewaltig groß und stark, sondern übte sich auch in den Lehren des „Waffenlosen Kampfes“. Praktiken, die von Krieger zu Krieger über die Jahrhunderte hinweg weitergegeben wurden. Eine wahre Geweihte des Berserkers.

Grimhilda erwähnte einmal ihre Reise, die sie zu den Ländern der Wölfe geführt hatte, berichtete aber ungewöhnlich wenig darüber. Honeymaw hatte einmal versucht nachzubohren. Aber Grimhilda wich ihren Fragen aus und wurde dann auch etwas mürrisch. Daher hatte Honeymaw das Fragen eingestellt. Irgendetwas musste dort geschehen sein, über das Grimhilda nicht sprechen, sich nicht einmal daran erinnern wollte.

Die meisten Bären praktizierten die alten Kampfkünste kaum noch. Selbst Vater hatte nur drei Schlagtechniken und einen Wurf, die er beherrschte. Grimhilda erzählte Honeymaw einst, dass es dutzende verschiedene Arten des Zuschlagens gab. Einige erhöhten durch geschickten Einsatz des Körpergewichts um ein Vielfaches die Kraft des Treffers. Man musste zum Beispiel die Hüfte drehen. Angeblich kam die Kraft des Schlages dann aus den Beinen. Andere Techniken konnten so schnell ausgeführt werden, dass man die Angriffe praktisch nicht kommen sah. Man konnte mit der flachen Hand zuschlagen, mit der geschlossenen Faust, oder mit den Handflächen stoßen.

Es gab auch andere Arten von Angriffen und Verteidigungen. Darunter Griffe, die es dem Gegner unmöglich machten, sich zu bewegen, oder Würfe, die den Gegner mit seinem eigenen Gewicht am Boden zerschmettern konnten.

Grimhilda kannte selbst nur einige wenige davon. Sie hatte Honeymaw einen Griff gezeigt, der dazu diente, sich selbst zu befreien, wenn jemand einen von vorn mit Gewalt packte.

Auch einen anderen Griff hatte sie ihr gezeigt. Einen, mit dem man sogar einen stärkeren Gegner so festhalten konnte, dass er sich nur mit viel Übung daraus zu befreien vermochte. Der Arm des Gegners wurde dabei durch Verdrehen der Hand auf den Rücken gezwungen, sodass der gesamte Arm nicht mehr nutzbar war. Das hatte zur Folge, dass der Gegner wehrlos und somit dem Anwender des Griffes hilflos ausgeliefert war.

Mit Grimhilda war es müßig, zu üben, da sie so viel Kraft besaß, dass sie sich auch ohne Techniken aus Honeymaws Griffen leicht befreien konnte.

Aber sie meinte, es wäre gut, wenn Honeymaw diese Griffe beherrschte. Wenn sie ins Reich reiste, wären die meisten potenziellen Gegner von ihrer Größe. Da würden die gelernten Griffe Wunder wirken.

Aber heute sollte sie einen Kampfstab wählen und keine Griffe oder Würfe üben.

Vater suchte als Erstes einen Lagerplatz für die Nacht. Er beschloss, eine der Feuerstellen zu nutzen, die schon angelegt waren. Schließlich kamen alle Bären aus dem Gebiet zu diesem Hain, um hier für ihre jungen Männer und Frauen einen Stab zu finden.

Man musste nicht jedes Mal ein komplett neues Lager herrichten. Dies schonte den Hain und sparte obendrein Zeit.

Sie legten also ihr Gepäck ab. Vater erklärte, dass sie auf der Suche nach einem passenden jungen Baum nebenher altes Holz suchen würden, das am Waldboden lag. Dieses war zum einen trocken, zum anderen war es gegen die Art der Bären, lebenden Bäumen ohne Notwendigkeit die Äste abzubrechen.

Er nahm ein kurzes Seil mit. Damit würde er das Brennholz zusammenbinden, um es als Bündel auf dem Rücken zu tragen. Das war leichter, als die teilweise sperrigen Äste und Scheite lose auf den Armen zu tragen. Auch wenn man aus irgendeinem Grund das Brennholz absetzen musste, konnte man es im Anschluss mit einem einzelnen Griff schnell wieder aufnehmen.

Grimhilda schloss sich wortlos an. Sie blickte erfreut auf die Farbenpracht der Blüten über ihr. Das verwunderte Honeymaw ein wenig. Zum einen hätte sie nicht gedacht, dass Grimhilda so etwas überhaupt bemerken würde, zum anderen hatte sie ja doch im hohen Norden den brennenden Himmel, der in vielerlei Farben erstrahlen sollte.

Vielleicht war es aber auch einfach der Ort selbst. In diesen Hain kamen die Bären schon seit der Zeit vor der Zeit. Genau hier fanden sie ihre Stäbe und pflanzten für jeden gefällten Ebenholzbaum mindestens einen neuen Baum.

Honeymaw war zusammen mit Vater vergangenen Sommer schon einmal hier. Sie hatte eine der schwarzen Samenschalen mitgenommen, in denen sich die Saat der Bäume befand. Die Samen selbst waren rot wie Blut. Diese würde sie einsäen, nachdem sie ihren Baum gefunden und gefällt hatte.

Sie gingen in den Hain hinein. Es war still. Das Tal war windgeschützt. Es ging kein Luftzug. Dennoch war die Luft frisch und das Atmen fiel Honeymaw ausgesprochen leicht; es war, als wollte sich ihre Lunge mit der reinen Luft des Hains füllen.

So wanderten sie eine Zeit lang durch den Hain. Schließlich blieb Honeymaw bei einem jungen Baum stehen. Sie legte prüfend ihre Hände um ihn, konnte ihn fast umschließen, aber nicht ganz. Vater nickte.

„Gute Wahl. Du musst später noch die Rinde abziehen und auch etwas vom Kernholz selbst abschaben. Es werden noch einige Muster und Runen in das Holz geschnitzt werden, da darf der Stamm nicht zu dünn sein."

Er sah Honeymaw nun in die Augen. Er sprach mit feierlicher Stimme. Beinahe wie die weise Gertala es tat, wenn sie etwas zu verkünden hatte.

„Ein Bär schlägt nur ein Mal in seinem Leben einen Ebenholzbaum. Und diesen führt er für immer mit sich. So ist es Brauch."

Honeymaw nickte. Es war eine ernste Angelegenheit. Der richtige Baum musste gewählt werden. Laut den Überlieferungen wuchs für jeden Bären ein spezieller Baum in einem Hain und der Bär musste, im Jahr seines achtzehnten Sommers, genau diesen einen Baum finden. Wählte er den richtigen Baum, würde der daraus geschnitzte Stab nie zerbrechen. Er würde auch nie verloren gehen. Sollten Bär und Stab durch Kampf, Flut oder andere Not voneinander getrennt werden, würde der Stab irgendwann den Weg zurück zu seinem Besitzer finden.

Grimhilda sah nun zu den Blüten hinauf. Sie leuchteten, von oben von der Sonne angestrahlt, und warfen so ein sanftes Licht auf die drei Bären. Grimhilda, deren Fell weiß wie der Schnee war, erschien nun fast rosa.

„Ich habe meinen ersten Stab verloren – er kam nie zu mir zurück. Manche Legenden sind eben nur wohlklingende Geschichten“, sinnierte sie laut.

Vater blickte etwas verärgert, weil Grimhilda die Magie des Augenblicks mit ihrem Einwurf zunichte zu machen drohte.

Honeymaw dachte kurz darüber nach und sagte: „Dann ist dein Stab *noch* nicht zu dir zurückgekehrt. Wo lag denn der Ort, an dem du ihn verloren hast?“

Nun war es an Grimhilda, überrascht zu schauen. Da sie keine schlagfertige Antwort gab, kam Honeymaw zu dem Schluss, dass sie vielleicht einen Gedanken ausgesprochen hatte, den ihre Tante selbst hegte. Aber für einen kurzen Moment erschien dann ein seltsamer Ausdruck von Bestürzung im Gesicht ihrer Tante. *Wollte* sie sich nicht erinnern?

Jorl hatte es ebenfalls erkannt, sparte sich aber einen Kommentar. Honeymaw entschied, hierzu besser nichts mehr zu sagen.

Sie wandte sich wieder dem jungen Baum zu. Sie umfasste ihn erneut. Sie legte nun ihre Stirn an ihn, schloss ihre Augen und atmete tief durch. Atmete aus. Und wieder ein.

So stand sie einige Herzschläge lang und wartete auf ein Zeichen.

Es geschah aber nichts.

„Und?“, fragte Vater. „Ist es der richtige?“

„Ich weiß nicht“, antwortete Honeymaw. „Ich habe auf eine Eingebung oder ein Omen gehofft, aber es scheint nur ein Baum zu sein.“

„Es waren einige Bäume von gleicher Größe auf unserem Weg. Warum bist du denn genau bei diesem stehengeblieben?“, fragte Vater sie.

„Ich weiß nicht“, wiederholte Honeymaw, aber es klang, als redete sie zu sich selbst. „Ich habe ihn gesehen und …“, sie verstummte kurz, „… ich dachte: der da.“

„Du hattest deine Eingebung. Dies ist dein Baum.“

Vater holte nun seine Axt aus dem Gürtel. Es war eher ein Beil. Das Beil war für Arbeiten am Haus gedacht, nicht zum Fällen von großen Bäumen. Aber für den jungen Baum würde es ausreichen.

Das Fällen war Honeymaws Aufgabe. In alten Zeiten, bevor Erz zu Metall geschmolzen wurde, sollen die Bären mit ihren Fingernägeln und Zähnen das Ebenholz geerntet haben. Honeymaw war froh, dass es nun Werkzeuge aus Eisen gab. So hart das Ebenholz auch war, unbearbeitet war es doch spürbar weicher als Eisen. Aber einen Baum durchnagen? *Nein, danke.*

Sie trennte den Stamm dicht über den Wurzeln ab, so wie es Vater ihr erklärt hatte. Es war wichtig, dass das untere Ende des Stabes breiter war. Nur so würde ein Ring fest auf dem Stab sitzen können.

Sie stellte den Stamm jetzt neben sich. So hoch wie sie selbst, plus drei Handbreit. So war es Brauch.

Dort, wo ihre Hand beim dritten Überschlag endete, machte Honeymaw eine Markierung in die Rinde.

Sie nahm nun ihr kleines, scharfes Messer aus ihrem Beutel und fing an, das Holz ab der Markierung mit Schnitten einzukerben. Nach jedem Schnitt drehte sie den Stamm ein kleines Stück und schnitt erneut, immer von der Markierung nach außen.

Es hob sich jedes Mal ein kleiner Span vom Holz ab. Langsam wurde der Stamm an der Stelle dünner und würde bald durchtrennt sein. Die Klinge biss nicht leicht in das Ebenholz. Es erforderte viel Kraft. Dieses Holz war definitiv härter als die Kiefern, die es beim Dorf gab.

Nachdem sie auf diese Weise einmal rund um das Ende des künftigen Stabes das Holz weggeschält hatte, war der Stamm an der Stelle so dünn geworden, dass sie ihn hätte abbrechen können. Die Stelle war kaum dicker als ihr kleiner Finger, aber es brauchte immer noch die gesamte Kraft ihres Rückens, um ihn zu brechen.

Honeymaw hielt nun den Rohling ihres Ebenholzstabes in den Händen. Etwas über sechs Fuß lang. Er reichte Vater zwar nicht einmal bis zur Schulter – aber es war *ihr* Stab.

„Sehr schön, gute Arbeit“, sagte Vater und auch Grimhilda nickte anerkennend. „Entrinden kannst du das Holz auch im Lager.“ Vater schaute nach oben. „Die Sonne ist noch nicht über den Bergkamm. Lasst uns das letzte Licht des Tages nutzen.“

Vater blickte nun wieder zu ihr.

„Aber zuerst …“ Er nickte ihr andeutungsvoll zu.

Ach ja richtig, die Saat.

Honeymaw legte den Stab ab und holte die schwarze Schote mit den Samen heraus. Sie brach die inzwischen trockene Kapsel zwischen Daumen und Zeigefinger auf und schüttete die Samen in ihre linke Hand. Wie schön sie leuchteten. Honeymaw dachte nicht an Blut, sondern an kleine Rubine. Oder an die reifsten Himbeeren, die man je erblickt hatte.

Honeymaw grub mit der rechten Hand drei flache Löcher in den Boden, streute in jedes ein paar der Samen und bedeckte diese wieder mit der frischen Erde.

„Nun spende ihnen Leben. Ich warte im Lager und mache schon mal Feuer.“ Bei diesen Worten wandte sich Vater um und verschwand schnellen Schrittes zwischen den Bäumen.

„Ja, spende mal schön Leben“, lachte Grimhilda und wandte sich ebenfalls zum Gehen. „Ich hoffe, du hast ordentlich getrunken.“

Warum muss dieser schöne Brauch mit so etwas Peinlichem enden.

Honeymaw seufzte, zog sich dann aber den Rock hoch und schenkte den von ihr gesäten Ebenholzsamen Leben, wie es die Bären schon seit der Zeit vor der Zeit taten.

+

Dreistädten lag an dem Zusammenfluss der beiden größten Flüsse des Reiches. Hier mündete der Fluss Mollmn in den größeren Strom des Flusses Grun. Ursprünglich waren es nur drei kleine Dörfer. Eines auf dem Nord-, ein zweites auf dem Südufer des Mollmn und ein drittes, welches am Westufer des Grun lag.

Der Grun entsprang dem Silberspiegelsee, der am südlichen Fuße des Drachenkammgebirges lag. Er war der längste Strom im Reich und floss von der Nordgrenze durch die Hochlande nach Süden und dann nach Westen zur Azurküste.

Der Grun bildete auch die natürliche Grenze zwischen mehreren Provinzen. Praktisch war jede Provinz mit ihm verbunden. Der große Strom war somit die Haupthandelsroute und die Lebensader des Reiches.

Der Fluss Mollmn wiederum entsprang dem Hochland von Ostkliff, wo sich eine Anzahl kleinerer Flüsse zu dem Strom vereinten. Dieser Fluss wand sich wie eine Schlange von Ost nach West, bis er schließlich in den Grun mündete.

Aufgrund der strategischen Lage wählten die Greife vor über neunhundert Jahren diesen Zusammenfluss der beiden großen Flüsse als Stützpunkt. Die Greife hatten ihre Heimat in den Gipfeln des Drachenkammgebirges und hatten selbst keine Verwendung für Festungen. Wer, außer den Drachen selbst, konnte sie dort erreichen? Nun hatten sie aber keine Drachen mehr zum Feind, sondern nur noch deren Fußtruppen. Und sie hatten ein ganzes Reich, das es zu halten galt.

Und die Völker, die es besiedelten, waren an die Erde gebunden.

So ließen die Greife auf einem natürlichen Felsen, der sich am westlichen Ufer des Grun über die Wasser erhob, eine mächtige Festung aus Stein errichten.

Vorbild waren die Pyramiden der Echsen. Aber im Gegensatz zu diesen Opferstätten, die als Orte der Anbetung der Drachen und des blutigen Gelages dienten, war die Festung eine robuste Verteidigungsanlage.

Sollte es dazu kommen, dass sich die Heere der Echsen unter den Schlangen erneut organisierten, so würde die Festung den Völkern Schutz und den Reptilien Trutz bieten können.

Die Dörfer um die Festung profitierten maßgeblich von der gewaltigen Anlage, da allerlei Ressourcen herbeigebracht wurden. So entstand das erste Versorgungsnetzwerk des Reiches.

Die Pfade wurden zu Straßen. Erst aus gestampfter Erde, dann mit Schotter befestigt und schließlich mit Stein gepflastert. Logistik für zehntausende Arbeiter musste gesichert werden. Es wurden die umliegenden Wälder für Unterkünfte und Feuerholz gerodet. Die so gewonnenen Flächen wurden als Farmland erschlossen.

Innerhalb eines halben Jahrhunderts waren aus den drei kleinen Dörfern drei große Städte geworden, mit jeweils Zehntausenden von Einwohnern.

Die Arbeiten an der Festung hörten nie auf. Als die als „Greifenfels“ bekannt gewordene Anlage fertiggestellt war, fing man an, die kruden Steinmauern zu verzieren, das kalte Bauwerk wohnlicher zu machen, die Türme noch höher zu bauen.

Die ursprünglichen Holzverschläge, die den Dorfbewohnern und Arbeitern als Schutz vor den Elementen dienten, wurden abgerissen und mit fachwerklichen Häusern ersetzt.

Es fand auch immer mehr Stein beim Bau der zivilen Häuser Verwendung. Obwohl die Echsen keine Anstalten machten, aus ihren Sümpfen hervorzukriechen, fing man an, die Städte zu ummauern. Denn die Greife hielten es für klug, auch die Städte zu schützen. Im Falle eines Angriffes wären so die Bürger geschützt und könnten ins Hinterland fliehen, während wenige Truppen eine große Armee abwehren oder zumindest binden könnten, bis die Greife gezielt aus den Himmeln zuschlagen würden.

Das ursprüngliche Fährschiffgeschäft, das die Reise zwischen den drei Städten erlaubte, wurde mit der Zeit zugunsten von großen, die Flüsse überspannenden Brücken eingestellt. Der Bau war extrem aufwendig und es dauerte Generationen, bis alle Stadtteile verbunden waren.

Aber nach Jahrhunderten der ununterbrochenen Expansion war Dreistädten ein Ort, der seinesgleichen suchte.

Aus den drei bescheidenen Schaf- und Kuh-Dörfern, aus windschiefen Holzschuppen, deren ursprüngliche Namen vergessen waren, war die schillerndste Metropole der Welt erwachsen. Zentrum des Wissens und der Macht. Über eine Million Einwohner aller Völker des Reiches und darüber hinaus nannten die Hauptstadt ihr Zuhause.

Die Festung Greifenfels barg den Königspalast, Sitz des Hauses Donnerschwinge, das Hauptquartier der Reichsgarde und die zentralen Büros jedes Amtes und jeder Behörde des Reiches.

Es gab aber auch eine Anzahl Tavernen und Gasthäuser, in denen man jede Art des Vergnügens finden konnte. Jede Art. Vermutlich konnte man nur noch in Telkar eine ähnliche Palette an „Freuden“ finden.

Vom lokalen Apfelmost über die Biere und Weine aller Provinzen und die Branntweine des Nordens bis zu den fleischlichen Lockungen der Freudenmädchen und -Jungen eines jeden Volkes. Alle verruchten Gelüste nach derberen Begierden konnten dort befriedigt werden.

Auch verbotene Genüsse waren erhältlich, wie der Purpurstaub, eine Droge, die jeden Traum wie Realität erscheinen lassen konnte.

Es gingen aber Gerüchte um, dass es noch finstere Angebote gebe, die nur von den verderbtesten Kunden gewünscht und von den gewissenlosesten Verbrechern erfüllt würden. Allerdings taten die Männer der Stadtwache und auch die Betreiber der Freudenhäuser diese als Schauermärchen besorgter Eltern ab, um junge Burschen und Mädchen aus den Spelunken der Stadt zu halten. Wie alle Geschichten wuchsen auch diese mit jeder Erzählung und jeder Generation derart an, dass in ihnen die ganze Stadt zu einem einzigen Sündenpfuhl verkommen war.

Sergeant Borsk, ein Mann der Stadtwache, kannte alle Geschichten. Von Kannibalen, die für das Fleisch junger Kinder mit purem Gold bezahlten, über Leichendiebe, die aus dem gleichen Grunde frische Gräber öffneten, bis hin zu bösen Geistern, die nachts aus der Kanalisation hinaufstiegen, um die Feiernden am Ende der Nacht in die Tiefe zu holen.

Was für ein Blödsinn.

Die vom Übergenuss des Weins Betrunkenen fielen besinnungslos in die Wasser und ertranken schlicht und ergreifend. Er hatte schon genug dieser Narren mit eigenen Händen aus den Kanälen gefischt.

Kein böser Geist mordete in den Gassen; es waren Räuber, die Silber wollten, oder Raufbolde, die sich gegenseitig die Köpfe einschlugen.

Die jungen Mädchen und Burschen, die über die Jahre verloren gingen? Er seufzte innerlich. Meist traurige Geschichten, aber so gut wie nie ein Mord dabei. Einige liefen schlicht von Zuhause weg, um ihr Glück in der Stadt zu suchen. Aber die Wenigsten fanden es. Wer kehrte schon nach Hause zurück, um seinen Eltern von seinem Leben als Hure oder Purpurstaub schnüffelnde Rotnase zu berichten.

Die meisten endeten in den Freuden- und Badehäusern, oder starben früh an den Lastern der Nacht.

Einige der kräftigeren Jungs heuerten zuweilen auch bei den Schiffern als Gehilfen an, um die Welt zu sehen. Da gab es deutlich schlimmere Schicksale.

Borsk machte sich für seine Schicht bereit. Er war ein großer Hund mit einem kurzen, dunkelbraunen Fell. Sein Gesicht war breit geschnitten, mit einem ausgesprochen starken Kiefer. Das Fell um Auge und Mund war schwarz. Seine schmal geschnittenen Augen waren von einem bleichen Grau. Seine Ohren waren spitz. Ein Terrier von der Art, die einst als Grubenkämpfer zur Belustigung der Schlangen dienten, als das alte Drachenimperium noch die Welt beherrschte.

Sein Bauch war weiß, aber das wusste kaum jemand. Er lebte allein und mied die Freudenhäuser.

Er war wuchtig genug, um als Königswache durchzugehen, aber nicht ganz so hochgewachsen. *Gedrungen*, würden manche sagen, aber lieber nicht zu ihm. Wenn er zu einer Kneipenschlägerei kam, hörte sie oftmals mit seinem Erscheinen von selbst auf.

Er war kein grausamer Mann, aber er konnte brutal sein – wenn es erforderlich wurde. Wenn es Ärger gab und Worte nicht halfen, schlug er, ohne zu zögern, zu.

Er hatte wie alle Gardisten ein kurzes Schwert. Statt einer Pike jedoch hatte die Stadtwache schwere Holzknüppel. Sie sollten schließlich die Bürger schützen, manchmal auch vor sich selbst. Und da war es besser, einem Trunkenbold eine Beule zu verpassen, als ihm den Körper aufzutrennen.

Borsk diente seit über fünfundzwanzig Jahren in der Stadtwache und hatte noch nie jemanden töten müssen.

Nun, einige, die er verprügelt hatte, wünschten sich am nächsten Tag, sie *wären* tot. *Hah!*

Er grinste nun. Es war aber schon eine Weile her, dass er ernsthaft Gewalt anwenden musste. Sein Ruf sorgte wohl dafür, dass das immer seltener nötig wurde.

Er hatte seine Uniform angelegt. Die Landsknechtstracht, rot-blau gestreift. Dann seinen Eisenharnisch, frisch poliert. Er hatte zwei tiefe Dellen, die Borsk nie hatte ausbessern lassen. Dolchstöße, mit Kraft ausgeführt. Der Harnisch war nicht nur zur Zierde da.

Sodann das rote Halsband mit dem Messingschild, auf dem seine Dienstnummer eingeprägt war.

Nun sein Amtszeichen, ebenfalls aus Messing. Es war ein Ringkragen, der an einer Kette um den Hals hing. Auf der halbmondförmigen, leicht gewölbten Messingplatte war das Zeichen der Stadt eingeprägt: ein Greif, das zweihändige Schwert über sich erhoben. Das Zeichen der Donnerschwingen. Unter dem Greifen ein einzelner Stern, der ihn als Sergeanten auswies. Fünfundzwanzig gestanzte Kerben am Rand – fünfundzwanzig Jahre im Dienste des Königs. Im Dienste der Stadt.

Er hatte sich schon als junger Hund entschieden, der Stadtwache beizutreten. Die Stadt und ihre Bürger zu schützen, die er trotz aller Dunkelheit in ihren Gassen liebte. Das war seine Wahl und er hatte sie nie bereut.

Er legte sich nun den Waffengurt mit dem kurzen Schwert um und bereitete sich Schlagstock, Helm und Laterne vor.

Im Vorraum sammelten sich nun seine Männer. Die Sonne würde in Kürze untergehen.

Nachtschicht.

Borsk trat in die Wachstube. Er inspizierte seine Mannschaft. Saß die Uniform? Hatte jemand seine Ausrüstung nicht in Schuss? Die Hälfte der Jungs war noch grün hinter den Ohren. Kaum Erfahrung. Schmale Körper.

Erneut seufzte er innerlich.

Sie standen im Halbkreis um ihn herum. Er blickte einem nach dem anderen in die Augen und sagte, wie zu jeder Nachtschicht:

„So, meine Schäfchen.“ Seine Stimme war rau und etwas tiefer als bei den meisten Hunden.

„Dann führe ich euch mal auf die Weide.“

Kapitel 5: Die Weissagung

So stand sie entschlossen zwischen ihren Kindern und der gesichtslosen Bestie, welche der dunkelsten Finsternis des Abgrunds entstiegen war, um sie alle zu verschlingen.

Ihr rechtes Auge war ihr von dem Seelentrinker aus dem Schädel gerissen worden, doch kannte sie weder Furcht noch Pein.

Sie richtete sich drohend vor dem Höhleneingang zu ihrer vollen Größe auf. Aus der rechten Augenhöhle, die soeben noch leer klaffte, sprudelte anstatt des roten Blutes nun ein lebendiger Schatten. Ihr verbliebenes Auge entflammte in einem heißen, weißen Feuer.

Die entsetzliche Bestie wich vor dem Gleißen dieses hellen Scheins zurück.

„Du kannst sie nicht haben!", brüllte die Höhlenmutter.

Ihre Stimme war wie der Donner, der die Himmel zerriss und unter dessen Gewalt die Erde in ihren Grundfesten erbebte.

„Hinfort mit dir."

„ZURÜCK IN DEN ABGRUND."

Geschichten von der Höhlenmutter, überliefert aus der Zeit vor der Zeit

Der Frühling wurde zum Sommer und selbst die Graue See hatte zur Mittagszeit ein bläuliches Schimmern angenommen.

Honeymaw stand auf einem Felsen der Steilküste und ließ sich den Wind durch Haar und Fell brausen. Sie war allein und hatte sich das blaue Oberkleid ausgezogen, sodass sie nur mit ihrem weißen Unterkleid bekleidet war. Dieses saß so locker, dass der Wind es aufblähen konnte.

So trocknete sie sich, wenn sie ein Bad im kühlenden Pfuhl hinter dem Haus genommen hatte.

Die kühlen Böen strömten vom Meer über die Klippen hinweg. Eine Wohltat an so einem heißen Tag.

Sie hatte ihr Oberkleid um ihren Stab gewickelt, damit es nicht weggeweht werden konnte. Der Stab lag nur zwei Schritte weit entfernt im Leimkraut, das überall an den Klippen wuchs. Ein ausdauerndes Gewächs, das anspruchslos war und dessen weiße Blüten den Stürmen standhielten.

Ihre beiden Messingfibeln lagen nun auf dem blauen Wollstoff. Sie blitzten aus dem grau-grünen Kraut wie geheime Schätze, die sich nur beim höchsten Stand der Sonne offenbarten.

Honeymaw schloss die Augen und stellte sich wie so oft vor, dass sie flog. So musste es sich anfühlen, in den Himmeln zu sein. Hoch über allem, was die Völker bedrückte.

Sie stand noch eine Weile dort und lauschte der Brandung und dem Wind.

Schließlich, als Kleid und Fell von den Böen komplett getrocknet waren, atmete sie ein letztes Mal tief durch und wandte sich landeinwärts. Sie nahm ihren Stab auf und entwickelte wieder ihr blaues Oberkleid. Vater hatte es ihr vor einem Jahr gekauft. Sie lächelte. Er mochte Blau.

Sie griff nun ihren Stab mit beiden Händen und schwang ihn spielerisch über ihrem Kopf, zweimal im Kreis. Wie richtig er sich anfühlte. Sie betrachtete ihn jetzt, wie so oft in den letzten Wochen.

Sie konnte sich gar nicht an ihm sattsehen.

Sie hatte nicht erwartet, dass ihr der Stab so wichtig sein könnte. Nun, da sie ihn hatte, wollte sie ihn kaum beiseitelegen. Sie konnte gar nicht verstehen, wie die anderen Bären ihre Stäbe zuhause lassen konnten.

Vater meinte, dass der Zauber mit der Zeit nachlasse. Auch er sei schon einmal ohne Stab verreist. Und er war froh, dass er es getan hatte. Er meinte, dass die Reise vielleicht ein noch schlimmeres Ende genommen hätte, hätte er seinen Kampfstab dabeigehabt.

Er sprach von seiner Reise nach Telkar vor über zehn Jahren. Er soll mächtigen Ärger bekommen haben, so viel wusste Honeymaw. Er wurde sogar eingesperrt. Deshalb war er damals nicht da, als Mutter starb. Vater grämte das noch heute und er umging das Thema.

Sie sah nun wieder ihren Stab an. Das dunkle Holz war glattpoliert. Es war nicht wirklich schwarz, obwohl es im ersten Moment so wirkte. Das dunkelste Braun, durchzogen mit etwas helleren Maserungen. Sie dachte bei dem Anblick an den dunklen Teig, den Mutter, als sie noch lebte, aus Bitterbohnen für das Gebäck der Winterzeit machte. Diesen Teig rührte sie, bis er feinsämig, fast cremig war. Schließlich gab sie Honig für die nötige Süße hinzu. Die Mischung aus süß und bitter zauberte einen einzigartigen, wunderbaren Geschmack.

Sie erinnerte sich nun an Mutters Mittwinter-Kekse, die trotz der Bitterbohnen süß schmeckten. Und wie die letzten Anteile des reinen Honigs wie Gold aus dem Dunkel des Teiges leuchteten, bevor er gänzlich verrührt war. Wie Bernstein, der in feuchter Asche verborgen lag, bis ein Strahl der Morgensonne auf ihn fiel.

Honeymaw hatte ihren Stab, als sie abends im Lager im Ebenholzhain beisammensaßen, von seiner Rinde befreit. Im Anschluss hatte sie noch etwas an den Enden abgeschnitzt, damit sie ebenmäßiger waren. Sie hätte gerne noch mehr daran gearbeitet, aber Vater riet ihr, mit der richtigen Bearbeitung zu warten, bis sie zuhause waren und ausreichend Licht und Werkzeug vorhanden sei.

Sie konnte es kaum erwarten, den Ebenholzstab in Form zu bringen, und Vater kannte die Prozeduren, die nötig waren, um das Holz zu formen und zu härten. Er würde ihr mit Rat beiseitestehen.

Der Stab wurde zuallererst mit einem scharfen Messer vorsichtig abgezogen. Immer rund herum, bis er eine Dicke erreicht hatte, die perfekt auf Honeymaws Hände passte. Sie rundete auch die Enden ab.

Sie schnitzte noch keine Knotenmuster oder Runen hinein. Das geschah erst, nachdem man seine Weissagung erhalten hatte, manchmal aber auch erst nach der Reise.

Das nun zurechtgestutzte Holz wurde einen Tag in reinstes Quellwasser gelegt. Im Anschluss wurde der Stab zwischen schweren Steinen so verkeilt, dass jegliche Krümmung begradigt war. So fixiert, wurde er mit heißen Steinen, die neben den Keil-Steinen abgelegt wurden, über fünf Tage hinweg getrocknet. Zum Schluss wurde der nun gänzlich gerade Stab über einer offenen Flamme nachgehärtet.

Der Stab war nun sehr viel leichter und auch deutlich härter als zu Beginn.

Vater überreichte Honeymaw das Haselnussöl, das er für diesen Anlass im vergangenen Jahr erstanden hatte. Es war von goldener Farbe und roch nach diesen reifen Nüssen. Als Honeymaw das Eisenholz damit einrieb, drang das Öl in die offenen Poren des trockenen Holzes und versiegelte es.

Danach ließ sie das Werk erneut für einen Tag ruhen.

Schließlich wurde das Holz vom überschüssigen Öl gereinigt. Mit einem weißen Leinentuch rieb Honeymaw ihn trocken. Das so polierte Holz glänzte mit dem Messing ihrer Fibeln um die Wette. Noch fühlte sich der Stab ein wenig glitschig in ihren Händen an. Vater meinte, das lege sich innerhalb kurzer Zeit, bis der allerletzte Rest des Öls von der Oberfläche des Eisenholzes verschwunden war.

Honeymaw band sich einen bunten Streifen Stoff an die Spitze des Stabes, der den Eisenring ersetzte. Es waren ein blaues und ein gelbes Band, die sie ineinander verflochten hatte. Das waren die Farben ihres Lieblingsschmetterlings, wie er im Sommer auf allen Wiesen zu finden war.

Die Farbe des Himmels und der Sonne. Besser als schwarzes Eisen.

Honeymaw schwang den Stab noch einmal vor und zurück. Die losen Enden der bunten Bänder flatterten dem Schlag hinterher.

Ein Gruß an den Sommer.

+

Jorl hatte alle Metflaschen verkauft und wünschte sich jetzt, er hätte doch noch ein paar zurückgelegt.

Er hatte mit Grimhilda die kleine Reserve ausgetrunken, in den Tagen, die sie bei ihnen zu Besuch war. Jorl müsste nun eigentlich neuen Met ansetzten, aber dafür fehlte es an Honig. Er hatte nur noch zwei volle Töpfe, die waren jedoch für den Verzehr gedacht.

Sie hatten dieses Jahr nicht viel Honig gesammelt. Honeymaw übte viel mit dem Stab und Jorl überwachte die Kampfübungen. Er wollte, dass seine Tochter für ihre Reise wehrhaft war. Ihr Vater würde nicht immer für sie da sein können.

Sie verbrachten auch viel Zeit mit dem Perfektionieren des Stabes. Dieser sollte schließlich makellos sein. Gerade weil er so dünn war, musste er mit Behutsamkeit bearbeitet werden. Das machte sein Mädchen aber wirklich gut. Sie brachte hierfür die nötige Geduld mit, die ihr anderswo fehlte.

Der Stab war am Ende gut gelungen. Genau richtig für sie.

Honeymaw fragte nicht mehr nach einem Eisenring. Vermutlich war das damals nur eine Finte, um ihn aus der Reserve zu locken. Heutzutage war es nicht ungewöhnlich, dass Bären nie einen Ring fertigten. Nach

Jahrhunderten des Friedens zwischen den Völkern schien es selbst Jorl manchmal wie ein Relikt aus einem anderen Zeitalter.

Die wenigen Kämpfe, die es zu schlagen gab, waren weit davon entfernt, Kriege zu sein. Und nahezu alle Gegner, auf die ein Bär treffen konnte, würden schon von einem Treffer des blanken Stabes zu Boden gehen, Helm und Harnisch hin oder her.

Jorl seufzte, war aber nicht unglücklich. Möge niemand jemals wieder einen Eisenring gebrauchen müssen.

Es war schon später Nachmittag, doch noch nicht zu spät, um ein bisschen Honig zu ernten. Er trat nun vor das Haus. Dort hatte er seinen Weidenkorb, mit dem er Honig sammelte, bereitgestellt. Darin waren einzelne leere Honigtöpfe, die es nun zu füllen galt. Am Korb waren Tragegurte angebracht. So konnte er ihn auf dem Rücken tragen und hatte gleichzeitig die Hände frei. Sein Räucherwerkzeug war in einem Tuch verstaut, das an seinem Stab fest verknotet war.

Er schläferte die Bienen mit dem Rauch ein und nahm einen Teil des Honigs mit. Immer nur einen Teil. Er wollte die Bienen, die ihn und seine Familie so lange und so gut versorgten, nicht um alle Früchte ihrer Mühen bringen. Der Sommer war noch lang genug, sodass sie ihre Vorräte wieder würden füllen können.

Er wollte gerade losgehen, als er eine Gestalt vom Waldrand her auf das Haus zukommen sah. Jorl kniff die Augen zusammen und legte eine Hand über die Brauen, um im hellen Sonnenlicht besser zu spähen. Er erkannte nun, wer da kam: die weise Gertala. Die alte Schamanin aus dem Runenwald. Er hatte sie seit gut drei Monden nicht mehr gesehen.

Er wusste, weshalb sie kam.

Honeymaws Weissagung.

Jorl setzte den Korb mit den Honigtöpfen ab. Er ging ins Haus, um für die Schamanin eine Brotzeit zu bereiten. Die Runensteine, bei denen sie allein wohnte, lagen über zwölf Wegstunden entfernt. Gertala würde bestimmt hungrig und durstig sein.

+

Honeymaw erreichte ihr Haus kurz nach der Ankunft der Schamanin. Sie hörte ihre Stimme, bevor sie sie sah, und lief gleich einen Schritt schneller. Sie liebte Gertala, die immer so nett zu ihr gewesen war. Sie hatte stets guten Rat und wusste spannende Geschichten zu erzählen.

Meist waren diese Geschichten aus der Zeit vor der Zeit, als die Großen Geister auf der Erde wandelten und die Bären noch keine Schiffe oder Häuser bauten.

Aus der Zeit, in der die Großen Geister – als lebendige Helden – unglaubliche Taten vollbrachten:

Von der Sonne stahlen sie das Geheimnis des Feuers und brachten es den Stämmen, die bis dahin in Dunkelheit lebten.

Sie trieben die widernatürliche Finsternis, die alles Leben verschlingen wollte, in den Abgrund zurück.

Sie speisten die Stämme aus einem einzelnen Netz mit Fisch, als im tiefsten Winter alles Leben zu enden drohte.

Sie errichteten ein Langhaus, das jedem Sturm trotzte. Es war zudem so groß, dass *jeder* darin Platz fand.

Sie sangen ein Lied, mit einer Melodie, so schön, dass jedem, der es hörte, alle Angst und Zweifel aus der Seele wichen.

Taten, die jenseits der Macht aller heute lebenden Kreaturen lag. Selbst die Drachen konnten zu ihrer Zeit solche Werke nicht vollbringen.

Nun waren aber die uralten Helden die Großen Geister, die sich nicht mehr in die Geschicke der

Sterblichen einmischten. Auch die mächtigen Drachen gab es nicht mehr.

Von ihren Heldentaten blieb den Völkern nur das Feuer, das sie von der Sonne aus den Himmeln zur Erde gebracht hatten.

Das aber sollte auch genügen. Denn es lag jetzt an den einfachen Sterblichen, die Geschichte dieser Welt weiterzuschreiben.

Nun, die Großen Geister hatten ihre Kinder nicht verlassen oder gar vergessen. Sie sandten Omen und Träume, um ihre Kinder zu leiten oder um sie zu warnen.

Aber sie würden nicht mehr ihre Bürden für sie tragen.

Gertala saß auf der Bank vor dem Haus und aß gerade eine Honigschnitte. Vater hatte ihr ein Mahl zubereitet und kühles, frisches Wasser eingeschenkt.

Sie hatten die Regentonne an der linken Seite des Hauses. Vater stellte sie stets im Frühjahr auf, wenn der Schnee geschmolzen war. Zusätzlich kochten sie sich regelmäßig Wasser aus dem Bach ab und lagerten es in Frischwasserfässern im Schatten des Langhauses. Das war ein alter Brauch, der mit der Schifffahrt einherging, erklärte Vater einst. Denn auch frisches Wasser aus einem klaren Bach konnte verderben oder gar Krankheit in sich tragen.

Sauberes Wasser konnte man gar nicht genug haben, meinte Vater. Honeymaw stimmte dem zu. Sie würde ungern das Wasser direkt aus dem kleinen Pfuhl trinken, den Vater vor Jahren als Wasser- und Badestelle unterhalb des Hauses in Richtung der Klippen gegraben hatte. Er hatte ihn damals mit Wackersteinen ausgelegt, um ihn zu befestigen. So hielt der Rand bis heute beim Ein- und Ausstieg.

Der Bach floss oben in das Becken und unten wieder heraus. So wurde also immer frisches Wasser nachgefüllt.

Das Wasser floss dann Richtung Klippen und mündete dort als kleiner Wasserfall im Meer.

„Gertala!“, rief Honeymaw erfreut. Die alte Schamanin sah auf.

„Honeymaw, mein liebes Kind. Wie groß du geworden bist. Eine richtige Frau.“

Gertalas Stimme war wie das Rauschen des Herbstwindes, der durch die Äste der Buchen wehte. Doch die Blätter an diesen Buchen waren nicht braun und verdorrt, sie waren gelb und rot. Sie leuchteten gemeinsam in einem orangen Schein durch die Nebel, die der Wind durch diese Äste trieb. Honeymaw konnte dieser Stimme stundenlang zuhören.

Sie war sich heute aber nicht sicher, ob Gertala scherzte, weil sie seit dem Frühjahr nicht gewachsen war. Auch ihre Brüste waren ihrer Meinung nach nicht sonderlich ausgeprägt. Die meisten Dörfler schienen sie daher immer noch nicht als Frau zu sehen.

Aber ihr gefiel, dass die Schamanin sie als eine Erwachsene betrachtete. Sie war bestimmt gekommen, um sie zu ihrer Weissagung in den Runenwald zu rufen.

Gertala stand auf und umarmte Honeymaw. Diese drückte sich fest an die Schamanin.

„Wie ich sehe, hast du auch schon deinen Stab. Darf ich ihn einmal in die Hand nehmen?“, fragte Gertala.

„Ja, sicher.“ Honeymaw übergab den Stab, ohne zu zögern. Wenn nicht Gertala, wem dann? Für sie war sie mehr als „nur“ die Schamanin des Dorfes. Sie war fast wie eine Großmutter. Sie war so oft, nachdem Mutter von ihnen gegangen war, bei ihr gewesen und hatte oft ein tröstendes Wort gehabt.

Gertala betrachtete den Stab, prüfte ihn mit ihren Händen und hielt ihn auch an ihr Ohr, als ob er ein Geheimnis zu erzählen hätte. Die Schamanin war zwar kleiner als Vater, aber immer noch weit über sechs Fuß groß, auch wenn sie leicht gebeugt stand. Der

Ebenholzstab reichte ihr bis zum Hals und er sah auch in ihren Händen klein aus.

Honeymaw betrachtete jetzt Gertalas Stab, der am Haus lehnte. Er war dunkel wie alle Ebenholzstäbe, aber deutlich länger und dicker als ihrer. Was ihn aber wirklich auffällig machte, waren die mannigfaltigen Verzierungen. Es gab nicht einen Fingerbreit, auf dem nicht eine Rune oder ein Knotenmuster zu sehen war. Jeder der Großen Geister war eingeschnitzt. Die wichtigsten ihrer Taten waren auf dem Holz verewigt.

Am Ende ihres Stabes sah Honeymaw keine Kerbe, die auf die Nutzung eines Eisenringes hinwies. Es schien so, als ob Gertala nie einen für sich hatte machen lassen. Statt des Ringes hatte sie dutzende farbige Bänder um das Ende ihres Stabes geknotet. In diesen Bändern waren allerlei kleine Talismane eingeflochten.

An diese Bänder hatte Honeymaw gedacht, als sie ihr bescheidenes, doppelfarbig geflochtenes Band um die Spitze ihres Stabes geknotet hatte. Nicht, dass sie eine Schamanin werden wollte. Sie fand es einfach nur hübsch und es widersprach keinem Brauch, so etwas zu tun.

Die Schamanin reichte nun Honeymaws Stab an sie zurück. Sie bestätigte ebenfalls, dass er wie für sie gemacht sei.

Gertala eröffnete dann, dass die Zeit der Weissagung für Honeymaw gekommen sei. Beim nächsten Vollmond solle sie zum Runenwald kommen. Also schon in vier Tagen.

Während Vater dreinschaute, als hätte man ihm mitgeteilt, dass es für die nächsten drei Jahre keinen Met mehr gäbe, freute sie sich über die Nachricht. Es war auch Zeit.

+

Heute Nacht war es so weit. *Oh Mutter.*

Honeymaw war schon früh auf den Beinen, obwohl sie in der Nacht kaum Schlaf gefunden hatte. Vater schlief noch, aber das war ihr nur recht.

Sie würde alles vorbereiten. Marschgepäck für die Übernachtung im Runenwald, die traditionellen Geschenke für die Schamanin und die drei persönlichen Dinge, die Teil des Runenwurfs sein würden.

Der kleine Krieger: eine nicht einmal drei Zoll große Holzfigur eines Bären, der mit dem Helm der Krieger ausgestattet war und entschlossen unter diesem Helm hervor sah. Er hatte seinen Holzstab eng vor den Körper gepresst. Honeymaw stellte sich immer vor, dass dies eine Verteidigungsstellung sei. Die Spielzeugfigur kam ihr als Kind nie so klein vor, doch nun lag sie geradezu winzig in ihrer Hand.

Den kleinen Krieger kümmerte dies nicht. Er schaute sie entschlossen an. Er würde immer seine Stellung halten.

Eine Strähne von Mutters Haar, in ein blaues Band eingewickelt. Ihr Haupthaar war heller als Honeymaws. Es war ebenfalls von einer gelben Tönung, aber so hell, dass es fast wie Silber wirkte, auf das ein warmes Licht fiel.

Ihre Haarspange. Die hatte sie von Mutter geerbt. Vater hatte sie Mutter einst als Liebesbeweis gekauft, noch bevor Honeymaw geboren war. So romantisch.

Die Spange war aus feinem Silber gefertigt und hatte die angedeutete Form eines Schmetterlings, der seine Flügel entfaltet hatte. Zwei fein polierte flache Onyxsteine waren kunstvoll in den Flügeln eingesetzt. Sie waren nicht von reinem Schwarz, sondern hatten feinste weiße Maserungen, die dem Stein Lebendigkeit verliehen. Honeymaw rätselte oft, wie der Onyx auf dem glatten Silber hielt.

Die Spange hatte auch einen praktischen und durchdachten Verschluss. Sie öffnete sich auf Druck und konnte auch wieder mit Druck verschlossen werden, ohne dass sich ihr Haar darin verfing. Auch das Herumnesteln wie bei den Fibeln entfiel.

Honeymaw wusste zwar, wie sie die Mechanik bedienen musste, aber nicht, warum der Verschluss funktionierte, wie er es tat. Selbst Vater hatte hierauf keine rechte Antwort. Er meinte, er wolle nicht riskieren, dass die Spange kaputt gehe, wenn er es genauer untersuchen würde. Die Gold- und Silberschmiede des Reiches hatten viele sonderbare Mechaniken ersonnen, die sich in den Gehäusen ihrer Kreationen verbargen.

Honeymaw trug die Spange praktisch nie. Sie hatte Angst, dass sie sie verlieren könnte, wenn sie durch die Wälder streifte oder in die Wasser sprang. Nur zu seltenen Anlässen holte sie dieses Kleinod hervor und trug es in ihrem strohblonden Haar.

Sie wickelte ihre drei Schätze zum Schutz in kleine Tücher ein und verstaute sie in ihrer Tasche. Sie steckte auch noch ihr kleines scharfes Messer ein, das sie zum Schnitzen brauchte. Sie würde heute das Lager beim Runenwald allein aufbauen. Das Wichtigste war die Feuerstelle, die wohlüberlegt und sorgsam hergerichtet werden musste. Zum einen, um einen Waldbrand auszuschließen, zum anderen, um für jede Art von Essen die richtige Art Feuer oder die nötige Glut parat zu haben. Nicht jedes Mahl benötigte die gleiche Hitze für seine Zubereitung. Hier kamen auch verschiedene Arten von Gestellen aus Holz zum Einsatz. Die konnte man aber schnell aus Ästen zusammenbauen. Hierfür packte sie einige kurze, dünne Seile zum Kochgeschirr, die kaum mehr als Bänder waren.

Ein Dreibein aus langen Stöcken war hier der Klassiker. An den drei zusammengebunden Stöcken konnte man einen Topf an eine Schnur hängen. Diese hatte eine Anzahl Knoten, die dazu dienten, die Höhe des Topfes am Dreibein zu regulieren. Die Höhe wiederum regulierte die Hitze im Topf. Denn wenn etwas eingekocht war, bestand die Gefahr, dass es verbrannte. Und wenn man nicht ständig rühren wollte, war das Höherhängen eine einfache Methode, die Hitze im Topf zu senken.

Honeymaw suchte nun einige Lebensmittel aus, die sie heute Abend essen würden. Aber sie dachte auch daran, Frühstück einzupacken. Kräftiges, dunkles Brot, aus Roggen. Zwei Laibe würden für sie und Vater zum Abend reichen und auch noch genug für Gertala lassen, wenn sie alle zusammen frühstückten.

Ein Viertel Rad Käse, den man auf dem Brot schmelzen konnte. Die Bären selbst hatten keinen Käse, dieser kam aus dem Reich. Honeymaw hatte von den Seefahrern gehört, dass die Kühe den Käse herstellen.

Sie packte dann noch einen ganzen geräucherten Lachs ein. Besser zwei, Vater war ein großer Mann.

Ein Topf mit Honig, den sie aber nicht aufbrauchen würden. Honeymaw plante, den Topf Gertala zu überlassen, wenn sie wieder nach Hause gingen. Vater hatte bestimmt nichts dagegen.

Ein Säckchen mit verschiedenen Nüssen, die sie mit ein wenig Salz in der Pfanne rösten würde. Walnüsse, Haselnüsse, Pinienkerne und Bucheckern, alle schon geschält. Die gerösteten Nüsse würde sie dann mit Honig beträufeln und so lange wälzen, bis eine knusprige Karamellschicht die Salznüsse umhüllte.

Von den Nüssen würde nach dem Frühstück nichts mehr übrig sein, da war sich Honeymaw sicher.

Ein kleines Säckchen mit Salz. Sie hatte einmal vergessen, Salz auf eine Wanderung mitzunehmen. Einmal.

Honeymaw nahm ein Bad im Pfuhl, während die Sonne hinter dem Haus aufging. Sie wusch heute ausgiebig ihr Haar, denn sie hatte dazu ausreichend Zeit. Im Anschluss lief sie zu den Klippen, um sich vom Winde trocknen zu lassen. Mit ihrem kleinen Holzkamm kämmte sie sich im warmen Licht des Vormittags die Haare und flocht sie zu einzelnen Zöpfen. Diese band Sie dann im Nacken mit einem schwarzen Wollband zusammen.

+

Jorl war schon auf, als Honeymaw zurückkehrte. Er machte sich gerade für den Weg zum Runenwald fertig.

Er schwieg, als seine Tochter hereinkam, und schaute prüfend auf die Bündel, die sie vorbereitet hatte.

Er betrachtete seine Tochter von oben bis unten. Dann nickte er wohlwollend. Der Tag war also gekommen.

+

Vater sah etwas unglücklich aus, aber er schien es überspielen zu wollen. Er nickte Honeymaw zu und nahm sich eines der Bündel, um es an seinen Stab zu binden.

Sie tat es ihm gleich, legte ihre kleine Tasche mit den persönlichen Dingen um und schulterte ihren Stab mit den Vorräten. Vater hatte das Kochgeschirr und das Zunderkästchen aufgenommen. Der Ausflug würde nur einen Tag dauern, daher waren die Bündel leicht.

Als sie eine Zeit lang schweigend nebeneinander hergegangen waren, fing Vater an zu sprechen.

„Du hast deine Haare heute hübsch geflochten.“

Honeymaw sah zu ihm auf. Er hatte etwas anderes sagen wollen, aber das Kompliment war ein guter Einstieg in ein Gespräch.

„Danke Vater. Ich wollte zuerst auch die silberne Spange anlegen, aber ich habe sie als eines meiner drei persönlichen Dinge für den Runenwurf ausgewählt."

„Ah ja, der Runenwurf", antwortete Vater, „ich hatte damals mein Schnitzmesser, meinen Mondstein und meinen ersten Angelhaken gewählt. Ich habe nur noch den Mondstein, aber das ist schon in Ordnung." Vaters Blick war in die Ferne gerichtet, als er das erzählte.

„Den Angelhaken habe ich ein paar Jahre später an einen großen Fisch verloren. Und das Messer hast ja nun du." Vater machte eine kleine Pause und sprach dann weiter. „Was hast du noch ausgewählt?"

„Meinen kleinen Holzkrieger und die Haarsträhne von Mutter."

Vater blickte wieder in die Ferne. Dachte er nun an Mutter? An ihr Haar? Wie er ihr die silberne Spange schenkte, als sie beide kaum älter waren als seine Tochter heute?

„Gute Wahl", sagte Vater nach einigen Momenten. Seine Stimme war nun leise, fast weich.

„Vater, bitte erzähle mir nochmals von deiner Weissagung. Ich muss zugeben, ich bin schon etwas aufgeregt."

Jetzt schmunzelte Vater und blickte Honeymaw an.

„Dafür gibt es keinen Grund, mein Schatz. Jede Weissagung ist anders. Manche sehen nur einen Ort oder eine Landschaft und reisen dann dort hin. Manchmal haben sie eine kurze Vision von Dingen, die in der Zukunft liegen. Wie sie auf einem Boot Fisch fangen oder wie sie ein Dach errichten." Vater machte dabei Handbewegungen, die an die jeweiligen Arbeiten erinnerten.

„Der Runenwurf gibt oftmals Hinweise auf die Reise. Manchmal aber auch nur darauf, ob es gutes oder auch schlechtes Wetter geben wird. Ob man deswegen sofort losziehen oder noch eine Weile warten sollte. Aber manchmal warnt er auch vor Gefahren und rät zu anderen Pfaden." Hierbei hatte Vater nun die Hände ausgebreitet und machte eine Halbkreis-Bewegung. Das war seine „Man-weiß-ja-nie"-Geste.

„In wenigen Fällen werden die Visionen konkret oder der Runenwurf eindeutig. Ich selbst sah die brennenden Himmel des Nordens und dichten Nebeldunst, der über dem Schnee lag." Vater blickte kurz zum Himmel auf, der durch die hohen Kiefern blau hindurch schien.

„Die Vision hat mich zu deiner Mutter geführt."

„Und dein Runenwurf?", fragte Honeymaw, obwohl Vater schon oft davon erzählt hatte.

„Na ja, der sagte im Grunde nur ‚Nach Norden' und ‚Es wird kalt'. Nicht sonderlich mystisch." Vater hatte die Brauen hochgezogen und lächelte. Ihn erheiterte die Banalität seines Runenwurfes immer wieder aufs Neue.

Honeymaw hoffte, dass ihr Runenwurf nicht banal sein und die Vision ihr mehr zeigen würde als eine Bergspitze in der Ferne oder einen Hackklotz, an dem sie Holz spaltete.

Die beiden sammelten auf ihrem Weg jeden essbaren Pilz, den sie entdeckten. Auch verschiedene Kräuter und würzige Blätter, von denen sie wussten, dass sie zum Aroma der Pilze passten, wurden mitgenommen.

Nach sechs Wegstunden erreichten sie die große Lichtung, die den Runenwald umgab. Dieser Wald stand praktisch für sich allein, inmitten der großen Kiefernwälder. Er bestand, im Gegensatz zu den umliegenden Wäldern, aus Laubbäumen. Vornehmlich Eichen und Buchen, aber es gab auch einige Linden, Erlen, Ulmen und vereinzelte Kastanien.

Die Lichtung, die den Runenwald wie ein Ring umschloss, war groß. Gut eine halbe Meile breit. Sie wirkte unnatürlich. Fast so, als hätte man sie von Hand geschaffen. Der mystische Forst maß vielleicht zwei

Meilen im Durchmesser. In seiner Mitte standen die Runensteine.

Die Bäume wirkten alt und irgendwie dunkel, aber nicht bedrohlich. Honeymaw schoss das Wort *wissend* durch den Kopf, als sie die Bäume sah.

Der Pfad führte aus dem Kiefernwald, über die Wiesen der Lichtung, weiter zum dunklen Waldrand. Das Gras stand hoch. Es war leuchtend grün und durchwachsen mit einigen Kräutern und Sträuchern. Über den mannigfaltigen Blumen summten Bienen und es flatterten Schmetterlinge im Sonnenlicht.

Honeymaw sah auch ihre Lieblingsschmetterlinge. Gelbe Flügel mit blauen Zeichnungen. Sie pflückte eine der vielen Blumen, die auf der Wiese blühten, und hoffte, dass einer der Schmetterlinge sich zu ihr gesellen würde.

+

Jorl beobachtete sie dabei. Sie war zuweilen wirklich noch wie ein Kind. Das war auch seine Schuld. Vermutlich hatte er sie zu behütet aufgezogen. Er hatte immer Sorge um sie und traute ihr manches nicht zu. Andererseits – er und Ulvna waren bei ihrem Kennenlernen im selben Alter, wie jetzt Honeymaw war. Aber Ulvna kam ihm damals nicht kindisch oder hilflos vor. Im Gegenteil. Sie wusste schon ganz genau, was sie wollte.

Jorl verstand, dass man sich oftmals anders an Dinge erinnert, als sie tatsächlich waren. Aber ja, er war zwar jung und hatte von vielen Dingen keine Ahnung. Schlicht keine Erfahrung. Aber er war auch kein Tölpel, der hundert Schritt vom Hause verloren ging oder innerhalb eines Tages in der Wildnis verhungerte. Und seine Tochter würde ebenfalls nicht verloren oder zugrunde gehen.

Jorl fühlte sich bei diesen Gedanken etwas besser. Ja, seine Tochter war klug und fähig.

Für ihre kindliche Unschuld trug er einen Teil der Verantwortung. Er war im Nachhinein sehr froh, dass Grimhilda das Gespräch mit Honeymaw geführt hatte. Das wäre schon Jahre früher fällig gewesen.

Jorl stoppte am Waldeingang und legte sein Bündel ab.

„Lass uns hier am Rande des Runenwaldes lagern. Es ist Brauch, erst zum Einbruch der Nacht zu den Runensteinen zu ziehen. Sie sind auch gar nicht weit entfernt, vielleicht eine halbe Stunde über den alten Dämmerlichtpfad."

+

Der Dämmerlichtpfad. Vater hatte Honeymaw schon davon erzählt. Wenn die Dunkelheit anbrach, sollte der Pfad, der durch den Runenwald führte, in seinem eigenen sanften Licht erstrahlen. Gerade hell genug, dass der Weg erkennbar war.

Es war eines der Mysterien, die diese Runensteine umgaben. Uralte Bildnisse der großen Bärengeister, die aus der Zeit vor der Zeit stammten. Bei solchen Runensteinen lebten die Schamanen oder Schamaninnen der Bären, um von den Großen Geistern Visionen zu empfangen oder um Omen zu erbitten.

Gertala war die Schamanin, die sich um die Bären in diesem Teil der Nordlande kümmerte. Es gab noch andere Siedlungen in der Region. Klipphaven jedoch war die größte.

Sie wollte gar nicht daran denken, wie ihr Leben wohl gewesen wäre, wenn sie in einem Weiler mit zwei oder drei Familien aufgewachsen wäre. Wo es keinen Hafen gab, an dem Reisende anlegten. Weiler mit ein paar

Langhütten – machte man ein Wortspiel, käme *Langeweile* heraus. Wie passend.

Honeymaw machte sich daran, das Lager zu errichten. Da in den vergangenen Jahrzehnten, oder gar Jahrhunderten, viele Bären hier gewesen waren, die auf die Nacht gewartet hatten, gab es ein paar gut ausgebaute Feuerstellen. Windgeschützt, aber dennoch fern von den Ästen der Bäume. Sie besorgte drei gerade Äste aus dem Waldrand.

Sie schälte die Rinde mit ihrem kleinen Messer von den Ästen ab und stutzte sie noch ein wenig zurecht. Nun hatten alle die gleiche Länge. Sie verknotete die drei Stöcke an deren dicken Enden, sodass ein Dreibein entstand. Sie nahm dann ein dünnes Seil, das in gleichmäßigen Abständen Knoten hatte. An einem Ende befand sich ein kleiner, einfacher Bronzehaken. Es war im Grunde nur ein kleiner Bronzestab, der an einem Ende zu einem runden Haken gebogen war. Das andere Ende war zu einem Ring geschmiedet worden. Durch diesen Ring wurde das Seil geknotet.

Vater hatte derweil etwas Feuerholz gesammelt. Hiervon war reichlich zwischen den Bäumen am Waldrand vorhanden.

Honeymaw entfachte das Feuer und ließ es erst einmal herunterbrennen. Zu hohe Flammen konnten Dreibein und Seil versengen. Die Stöcke hätte man leicht ersetzen können, ein gutes Seil war aber in der Wildnis zu wertvoll. Da ging man besser kein Risiko ein.

Als das Feuer heruntergebrannt war und sich gute Glut gebildet hatte, stellte sie das Dreibein über der Feuerstelle auf. Sie schüttete etwas von dem mitgebrachten Haselnussöl in den Topf und hängte ihn direkt in die Glut, damit es schneller heiß wurde. Zufrieden schlang sie das Seil um einen der drei Holzstöcke des Dreibeins. Das lose baumelnde Restseil wickelte sie dann, nachdem sie die Windrichtung überprüft hatte, um das Fußende des entsprechenden Stocks, damit es nicht versengt wurde.

Man konnte auch jederzeit den Stock wechseln, sollte der Wind sich drehen. Brennte jedoch das Seil wegen Unachtsamkeit durch, würde der Topf herunterfallen. Dann hätte man kein Abendessen mehr, das Feuer wäre aus und auch das Seil wäre verloren.

Nachdem das Öl die richtige Temperatur erreicht hatte – sie erkannte es an den aufsteigenden Bläschen – gab sie die gesammelten Pilze hinein, würzte sie mit ihrem Salz und gab noch die Kräuter hinzu. Sodann briet sie unter ständigem Rühren, bis die Pilze braun gebraten waren. Sie gab dann noch etwas Lorbeer dazu und löschte mit einem Teil des mitgebrachten Wassers das Ganze ab.

Wie das duftete.

Umrühren. Deckel drauf. Aufkochen lassen. Fertig.

+

Der Nachmittag zog dahin, während die Suppe kochte. Vater und Tochter unterhielten sich nun über belanglose Dinge und scherzten sogar. Die Anspannung des Morgens schien von beiden abgefallen zu sein.

Schließlich wurde der Dampf aus dem Topf zu einem Duft, und das Bärenmädchen zog den Topf etwas höher und rührte die Pilzsuppe gewissenhaft um. Ihr Vater schnitt einige Scheiben des herzhaften dunklen Brotes ab. Er klapperte mit den kleinen Schüsseln, die er aus seinem Wanderbeutel holte, welcher zuvor an seinem Stab geknotet war. Es war ein rhythmisches Klappern. Das Mädchen summte hierzu eine Melodie und wiegte sich zu dem namenlosen Lied.

Als sich schließlich das Rot des Abends über die Lichtung legte, aßen sie zusammen und warteten auf den Einbruch der Dunkelheit.

+

Als der erste Abendstern am Himmel erstrahlte, sprang Honeymaw auf. Der rote Schein war einem violetten Glühen gewichen, das nun über den westlichen Kiefernwäldern langsam verblasste.

In ihr baute sich eine bislang ihr unbekannte Aufregung auf. Würden ihre vagen Erwartungen erfüllt werden? Welche Enthüllungen würden sich ihr offenbaren?

Vater seinerseits war gelassen und hatte die Suppenschälchen mit Brot ausgewischt. Er verspeiste gerade die letzten Bissen und schien geradezu entspannt. Irgendetwas war in den letzten Stunden geschehen. Honeymaw war sich nicht sicher, was das genau war, aber es gefiel ihr.

„Dann mal los, Frau Honeymaw", sagte Vater. Das erste Mal, dass er sie so nannte. *Frau Honeymaw.* Es klang irgendwie merkwürdig, so erwachsen. Auf jeden Fall klang es viel besser als *Kleine* oder *Purzelbär.*

Wehe dem, der sie heute, am Tage ihrer Weissagung, so zu nennen wagte.

Sie schritt auf dem Pfad in Richtung des Runenwalds. Sie konnte jetzt tatsächlich ein fahles Leuchten sehen, das grünlich aus dem Wald glomm.

Sie trat selbstsicher in den Wald. Der Sternenhimmel über ihr verschwand, aber sie tauchte nicht wirklich in die Dunkelheit. Ein grünes Leuchten erhellte den Pfad vor ihr. Es kam von den Bäumen, die den Weg säumten.

War es Magie? Honeymaw wollte nicht die Mysterien hinterfragen, dafür war sie nun zu aufgeregt. Was, wenn die Großen Geister ihr ihre Zweifel übelnähmen? Aber da war auch die Neugier, die sie zwang, auf den Schein zuzugehen.

Sie näherte sich dem nächsten Baum. Es war, als würde er in ihrer Kopfhöhe aus sich selbst heraus leuchten. Gleichzeitig umspielten ihn kleine Lichter, die wie träge Funken das Leuchten des Stammes umkreisten.

Sie stand dicht am Baum. Sie hörte, dass Vater hinter ihr zum Stehen kam.

Nun erkannte sie, was da im Dunkeln so zauberhaft schien. Das Glimmen des Baumes waren Leuchtflechten. Nicht, wie normalerweise, einzelne Flechten des Mooses, sondern ganze Bündel, die jemand bewusst, in der gleichen Höhe, an den Bäumen entlang des Pfades platziert hatte. Dieses Leuchten hatte Glühwürmchen angelockt, die nun die Flechten und auch sich gegenseitig umkreisten.

Vater lachte leise.

„Na, soviel zum Mysterium. Ich hatte mir schon gedacht, dass deine Neugier es sofort zunichtemachen würde. Ich selbst hatte damals darüber gestaunt und es als Zauberei hingenommen."

„Es ist trotzdem hübsch. Auch ohne echte Magie", antwortete Honeymaw. Gertala musste sich viel Mühe gegeben haben, all die Flechten an den Bäumen anzubringen. Vermutlich machten das die Schamanen aber schon seit Ewigkeiten so. Die Moose wuchsen fest und man musste vermutlich nur noch selten neue Flechten nachpflanzen.

Honeymaw wusste nun, dass es kein Zauber oder die Macht der Großen Geister war, die den Pfad in der Nacht erhellte. Dennoch gefiel ihr, wie verwunschen das alles wirkte. Es war wie ein Geisterpfad in die Andernwelt. Wer aber vom Weg abkam, wäre für immer zwischen den Welten verloren. Weder lebendig noch tot, für eine Ewigkeit in der dunklen Lautlosigkeit verirrt. Kein Licht würde ihm je den Weg zur Erlösung leuchten.

Honeymaw standen bei dieser Vorstellung plötzlich die Nackenhaare ab und sie lenkte ihre Gedanken schnell in eine andere Richtung. Typisch – sie löste ein mystisches Rätsel, um sich Augenblicke später mit Kinderängsten selbst in Furcht zu versetzen.

Tochter und Vater schritten still durch den dunklen Forst, aber sicher geleitet vom grünen Schimmern des Pfades.

Nach kurzer Zeit erreichten sie eine Lichtung. Honeymaw sah den Nachthimmel durch die letzten Bäume des Pfades scheinen. Die Sterne funkelten hell am wolkenfreien Firmament und der Vollmond leuchtete auf sie herab.

Sie wusste, das war das Zentrum des Runenwaldes. Hier standen die Statuen der Fünf Großen Geister – schon seit Jahrtausenden. Gehauen aus Stein, noch bevor das erste Erz von den Völkern zu Metall geschmolzen war. Noch bevor die Drachen sich das erste Mal in die Lüfte erhoben.

Als Honeymaw das kühle Gras der Lichtung betrat, spürte sie bei diesen Gedanken einen wohligen Schauer über ihren ganzen Körper ziehen, der von ihren Füßen bis zum Hals und dann zurück zum Bauch wanderte.

Vor ihr standen die Fünf Großen Geister im Halbkreis.

Links der Schreiner, rechts die Fröhliche Schwester. Dem Schreiner stand der Fischer zur Linken, und der grimme Berserker der Fröhlichen Schwester zur Rechten. In der Mitte, den Blick direkt auf Honeymaw gerichtet, stand die Höhlenmutter.

Ihr rechtes Auge war nur ein Loch im Kopf. Die Legenden berichten, wie sie es im Kampf gegen die schreckliche Bestie der Finsternis, den Lebenstrinker, verlor.

Das andere Auge schaute nun als Vollmond vom Himmel auf sie herab.

Die Statuen waren grob gearbeitet, aber die Gesichter klar erkennbar. Das Bildnis der Höhlenmutter war über zwanzig Fuß hoch. Der Berserker war kaum kürzer. Selbst die Fröhliche Schwester, die normalerweise als Kind oder Jugendliche dargestellt wurde, maß über zwölf Fuß.

In der Mitte des Halbkreises brannten kleine Kerzen. Vor diesen Kerzen, direkt zu den Füßen der Höhlenmutter, saß im Schneidersitz die weise Gertala.

„Wer tritt in den Kreis der Geister?“ Die Stimme der Schamanin klang bestimmt, stark und jung.

„Honeymaw Jorltochter, vom Stamme der Wealdbjoern“, antwortete Honeymaw in der Art der alten Sprache. Ihre Stimme war laut und klar.

„Und was willst du hier, Tochter des Waldes?“

„Ich suche meine Bestimmung. Ich trete vor die Großen Geister und bitte um Rat und Führung.“

„Dann setze dich an mein Feuer und höre.“

Die Formeln waren gesprochen.

+

Jorl blieb am Rand der Lichtung zurück. Er setzte sich an das Ende des Dämmerlichtpfads und beobachtete die zwei von dort aus.

Nur die Suchende und die Schamanin waren in dieser Nacht im Kreis der Geister erlaubt. Alle anderen Lebenden waren nicht willkommen.

Jorl hatte nicht vor, die Geister zu verärgern.

+

Honeymaw setzte sich Gertala gegenüber, ebenfalls im Schneidersitz, ins Gras der Lichtung.

Der Schein der Kerzen ließ Schatten über die Gesichter der Großen Geister wandern und schien ihnen Leben einzuhauchen.

Die Fröhliche Schwester schmunzelte keck und schien ihr zuzuzwinkern. Der Schreiner blickte nachdenklich auf sie herab. Den Mund des Fischers umspielte ein kleines Lächeln, sein Blick war in die Ferne gerichtet. Der Berserker starrte sie an, als wolle er sie gleich verschlingen. Honeymaw hatte sich schon immer ein wenig vor ihm gegruselt. Er soll es zwar mit den Bären gut meinen, aber sein Schutz war furchteinflößend. In den alten Tagen wurden seine Hände immer in roter Farbe dargestellt. Das Blut der erschlagenen Feinde, die er mit seinen Klauen zerriss. Denn wenn er in Wut geriet, griff er zu keiner Waffe. Nein. Er tötete mit bloßen Händen. Und kein lebendes Wesen konnte seiner Gewalt widerstehen.

Die Höhlenmutter blickte mit ihrem linken Auge ernst auf Honeymaw hinunter. Ihr fehlendes Auge schien dennoch mit Bewegung erfüllt. Als ob das Dunkel darin lebendig wäre.

Sie war die Beschützerin, aber sie rief auch die Seelen der Verstorbenen zu sich. Das Auge, das ihr im Kampf mit der lebenstrinkenden Leere entrissen wurde, füllte sich damals mit den Schatten der Andernwelt. Diese Schatten waren der gerechte Zorn, der richtend in die Seelen blickte. So sah sie mit diesem Unlicht den Schatten auf den Seelen aller Wesen.

Das alles hatte ihr Gertala einmal erzählt.

Das Totenauge.

Mit der Macht des Totenauges konnte sie, laut den Legenden, auch *die Bestie* in der Dunkelheit erkennen. Und so schleuderte sie die Bestie in den Abgrund, aus dem sie sich dann nie wieder hervorwagte.

Die Bestie. Die gierende Finsternis. Der Trinker der Seelen. Die hungernde Leere. *Der Feind.*

Dagegen waren die Drachen, trotz der Schrecken, die sie verbreitet haben sollen, geradezu harmlos.

Honeymaw fröstelte es, trotz der warmen Sommernacht. Sie blickte hinauf zur Höhlenmutter. Und sprach in Gedanken ein Dankgebet.

+

Gertala beobachtete Honeymaw, sah, wie ihr kurz das Fell auf den Armen und den Schultern zu Berge stand. Sie ahnte, dass das Mädchen, hier im Kreise der Geister, der Taten der Fünf gedachte. Und die Taten waren sehr wohl großmächtig gewesen. Zu Recht verneigte man sich auch heute noch vor ihnen. Doch die Geister liebten ihre Kinder und deshalb musste Honeymaw kein Leid fürchten. Selbst der Berserker fühlte Zuneigung zu jedem einzelnen Bären, auch wenn seine Liebe die raueste war.

Gertala wartete noch eine Zeit lang. Ließ die junge Frau ankommen. Sie hatten die ganze Nacht Zeit und die Nacht war jung.

+

Honeymaw sammelte sich. Sie richtete ihren Blick auf Gertala, die ruhig und aufrecht vor ihr saß.

„Ich erbitte Einsicht in die Zukunft. Ich erbitte den Segen der Fünf. Ich erbitte eine Vision."

Honeymaw holte das Paket mit Geschenken für Gertala hervor. Die Schamanin nahm es dankend entgegen und legte es ungeöffnet beiseite.

„Drei Dinge brauche ich, die nur dir gehören, um einen Schatten deiner Zukunft zu erblicken."

Honeymaw übergab ihren kleinen Krieger, die Spange und die Haarsträhne.

Gertala nahm die Kleinode entgegen und legte sie vor sich ab. Dann zog sie einen kleinen Beutel aus ihren

Roben hervor und schüttete den Inhalt in ihre offene Hand.

Es waren fünf kleine Steine, jeder mit der Rune eines der großen Geister verziert. Ein grüner Stein für die Fröhliche Schwester, ein blauer für den Fischer, ein brauner für den Schreiner, ein roter für den Berserker und ein schwarz-weißer Stein für die Höhlenmutter.

Gertala zeichnete jetzt einige mystische Zeichen auf den lockeren Boden vor sich. Dann nahm sie die Steine und Honeymaws Schätze in beide Hände. Sie umschlossen jetzt alle acht Teile des Runenwurfes. Gertala blies hinein und vollzog dann den Wurf.

In verlangsamter Zeit sah Honeymaw ihre drei Schätze und die fünf Steine fallen. Sie drehten sich schimmernd im Licht der Sterne. Ihr war, als ob die Runen nun von innen heraus leuchteten.

Dann berührten sie den Boden und die Illusion war vorbei. Die Steine rollten oder sprangen ein Stück weit in alle Richtungen. Honeymaws Spange und Mutters Haarsträhne blieben direkt liegen. Nur der kleine Krieger drehte sich noch einmal und kam mit dem Gesicht nach unten zur Ruhe.

Gertala studierte den Wurf. Sah sich genau die Position jedes Teiles an. Die Entfernung zueinander, die Ausrichtung der Runen auf den Steinen. In welchem Verhältnis zu den Statuen der Großen Geister lag jeder einzelne Runenstein? Wo war welches der drei Dinge von Honeymaw?

Honeymaw schaute zuerst gebannt auf den Wurf. Dann sah sie in Gertalas Gesicht, versuchte herauszulesen, ob die Zukunft ihr Gutes oder Schlechtes bringen würde.

Gertala sah sie so unvermittelt an, dass Honeymaw erschrak. Die Augen der Schamanin waren derart verdreht, dass nur noch das Weiße in ihnen sichtbar war.

Gertala sprach jetzt mit einer unheimlichen, tonlosen Stimme.

„Deine Reise wird dich nach Süden führen. Du wirst nicht allein reisen. Auf deinem Weg wirst du Glück und Unglück erfahren, Freude und Schmerz. Augen, wie gelbes Licht – hüte dich vor ihnen."

Honeymaw starrte auf Gertala. Das klang wie eine Warnung vor Gefahr, anstatt nach einer glücklichen Reise.

Gertala blinzelte. Sie erkannte wohl die Besorgnis in Honeymaws jungem Gesicht und sagte sogleich:

„Oh, meine liebe Honeymaw, nur keine Angst. Auf jeder Reise werden Gefahren lauern, aber mit Umsicht kann man fast allen aus dem Wege gehen. Auch bedeutet Unglück nicht zwangsläufig etwas Entsetzliches. Fast keine Weissagung ist frei von Warnungen."

Sie legte lächelnd ihre Hände auf Honeymaws Schultern, der es sogleich ein wenig besser ging.

„Nun, es gab eigentlich nur zwei wirklich klare Hinweise, mein Liebling. Die Reise geht nach Süden und hüte dich vor gelben Augen. Das könnte ein Schuft sein, der dir dein Geld stehlen will, oder aber auch zwei Gläser Branntwein, die im gedämmten Licht einer Taverne golden funkeln. Das Letztere könnte sogar zu mehr Verdruss führen als ein Dieb."

Honeymaw lächelte erleichtert und nickte. Sie hatte natürlich schon gehört, dass der Runenwurf selten etwas Konkretes offenbarte. Wenn man aber bei seinem eigenen Runenwurf durch den Schamanen mit einer unheimlichen Stimme gewarnt wurde, ging das schon unter die Haut.

Gertala drückte noch einmal ihre Schulter und stand dann auf. Sie nahm hierfür ihren Stab zu Hilfe, an dem sie sich ein wenig hochzog.

Sie verschwand nun hinter der Statue der Höhlenmutter. Honeymaw hörte, wie eine Flüssigkeit in einen Becher gegossen wurde.

Der Pilztee.

Von diesem tranken die suchenden Bären, um eine Vision der Geister zu empfangen. Das genaue Rezept des Tees war ein Geheimnis der Schamanen. Es wurde von Schamane zu Schamane weitergegeben, vom Meister zum Lehrling.

Gertala kehrte mit einer kleinen tönernen Schale zurück. Sie ging wieder in den Schneidersitz und reichte Honeymaw die Schale mit beiden Händen.

Honeymaw nahm sie, ebenfalls mit beiden Händen, entgegen. Der Ton war überraschenderweise kalt. Der Tee wurde also gekühlt serviert.

„Trink nun mit einem Zug, dann wird dir deine Bestimmung offenbar."

Honeymaw blickte in das irdene Gefäß und sah den grünlich schimmernden Tee. Der Geruch war seltsam, ein klein wenig stechend und modrig. Sie zögerte aber nicht und leerte die Schale mit einem Zug.

Der Tee schmeckte abscheulich. Gertala sah es wohl in ihrem Gesicht und lachte leise.

„Ja, ich weiß. Aber der Sud ist wirkstark und erlaubt dir, deinen Körper zu verlassen, um mit den Geistern zu sprechen. Nur keine Angst, das Band zwischen Körper und Seele ist stark und wird auf keinen Fall getrennt. Das ist noch nie vorgekommen."

Honeymaw schluckte noch einmal und wünschte sich einen Apfel, in den sie nun beißen könnte. Ihrem Magen schien der Tee aber, trotz des unangenehmen Geschmackes, nicht schlecht zu bekommen. Sie hatte im ersten Moment mit dem Einsetzen von Übelkeit gerechnet.

Sie schaute nun auf Gertala, die vor ihr saß und ihr ermutigend zulächelte. Ihr Lächeln wurde breiter und breiter. Das Leuchten der Kerzen schien nun heller. Veränderte sich die Farbe des Lichts?

Gertala saß weiterhin im Schneidersitz unbeweglich vor ihr, schien sich aber von Honeymaw zu entfernen. Wie ein Spielzeugboot, das man in einem träge fließenden Fluss zu Wasser lässt und dann beobachtet, wie es seine Reise antritt.

Auch die Statuen der Großen Geister schienen sich entfernt zu haben. Sie waren aber mit jedem Schritt, mit dem sie sich dem Waldrand näherten, gewachsen. Der Berserker war inzwischen hundert Fuß hoch und die Fröhliche Schwester beugte sich über Honeymaw und grinste von oben auf sie herab.

Honeymaw staunte mit offenem Mund über die Wunder, derer sie Zeuge wurde. Sie wollte sich an Gertala wenden und fragen, ob sie dies auch sehen könne. Aber die Schamanin war inzwischen eine Meile weit entfernt, nur ihr rechtes Knie schien noch nah zu sein.

Honeymaw wollte nach Gertalas Knie greifen, doch ihre Arme waren zu zähflüssig für eine gezielte Bewegung. Beide Arme waren wie Honig im Winter, während sich ihre Finger langzogen wie Harz im Sommer. Sie war nicht in der Lage, eine kontrollierte Bewegung auszuführen.

Sie blickte hinunter, zu den Kerzen und den Symbolen auf dem Boden. Die Lichter der Kerzen änderten mit jedem Flackern ihre Farbe. Rot, grün, violett und blau.

Statt Gertalas Symbolen sah sie ein Knotenmuster unter sich. Es waren zuerst nur feine Linien im Boden, wie zufällige Risse im Erdreich. Dann aber schien ein fahles, bläuliches Licht zwischen den Rissen aus der Erde empor. Es war ganz sicher ein Knotenmuster. Und Honeymaw saß genau in der Mitte und zerfloss wie Butter in der Sommersonne.

Es war ein angenehmes Gefühl, aber doch sehr befremdlich.

Die Großen Geister standen jetzt am Horizont, hunderte Meilen entfernt und ebenfalls hunderte Meilen hoch. Sie sahen nicht mehr wie Statuen aus. Ihre Gesichter und Körper waren die von mächtigen Bären. Der Kopf der Höhlenmutter hatte sich vor den Mond geschoben. Sie öffnete ihr linkes Auge, das nun genau an der Stelle, wo zuvor der Vollmond stand, hell erleuchtete.

Honeymaw blickte zum Auge der Höhlenmutter empor. Ihr Gesicht schien sich dabei, wie weiches Wachs, bis zum Himmel hinaufzustrecken.

Die Höhlenmutter starrte ihr in die Augen und sprach:

„KOMM."

Ihre Stimme erfüllte den Himmel und rollte über die Erde.

Honeymaw blickte zu Boden und sah, dass das Licht des Knotenmusters unter ihr nun feste Form angenommen hatte. Es war, als säße sie auf einem Teppich, der aus Fäden puren Lichts gewebt worden war. Es waren die Fäden ihres Lebens.

Diese Schicksalsfäden knoteten sich jetzt von selbst zu einem fortlaufenden Muster.

Das Knotenmuster setzte sich in Bewegung. Nach oben, hoch zum Nachthimmel. Direkt auf das Auge der Höhlenmutter zu. Es war aber nicht furchteinflößend, sondern zauberhaft. Sie flog zu den Sternen.

Honeymaw saß schwebend auf dem Knotenmuster. Stets auf der Stelle, an der sich die einzelnen Fäden des Schicksals zu neuen Mustern formten. Ihre Vergangenheit war der geknotete Teil. Alle Momente ihres Lebens flogen an ihr vorüber.

Sie wurde hierbei immer schneller und schneller, verspürte aber keinen Windhauch, oder die Kälte der Höhen, in die sie getragen wurde.

Schließlich durchstieß sie mit dem Knotenmuster das Tuch der Nacht. Als sie nach unten blickte, sah sie die Welt, wie sie sie einmal auf einer Landkarte von Mogen, dem Dachs, gesehen hatte. Aber sie sah auch Länder, die nicht auf dieser Karte verzeichnet waren: große Inseln, weit jenseits ihrer Heimat. Alles wurde kleiner und kleiner, bevor sie es richtig erkennen konnte.

Dann stieg sie weiter empor und die Welt wurde so klein, dass sie nicht mehr zu sehen war. Honeymaw raste nun zwischen den Sternen, so schnell, dass die Lichter zu hellen Streifen wurden.

Immer weiter auf das Auge der Höhlenmutter zu.

Das Auge wurde nicht größer, obwohl sie sehr viele Meilen zurückgelegt haben musste. Eine Anzahl Meilen, für die es keine Zahl gab, die sie kannte.

Schließlich stoppte sie in der Dunkelheit zwischen den Sternen. Stille umfing sie. In der Ferne drehten sich vielfarbige Feuerräder. Diese drehenden Spiralen waren in jeder Richtung, in die sie blickte, zu erkennen. Sie fühlte, dass diese Feuerräder weiter von ihr entfernt waren, als sie je begreifen könnte.

Das Knotenmuster war unter ihr zu Ruhe gekommen und strahlte in seinem blauen Licht.

Honeymaw fühlte sich nicht mehr wie zerronnener Honig und stand auf. Obwohl sie hier in der Ewigkeit der Nacht stand, weit, so weit weg von zuhause, fühlte sie sich sicher.

Die Enden der nicht im Knotenmuster versponnenen Schicksalsfäden glitten vor ihr durch die Ewigkeit, wie silberne Fäden im Wind. Diese freien, unverwebten Schicksalsfäden waren ihre Zukunft.

Das helle Auge der Höhlenmutter schien sich ihr nun zu nähern. Sie erkannte jetzt auch wieder die Kopfform einer Bärin, die sich aus dem Schwarz der Nacht auf sie zubewegte. Sie war gewaltig, mindestens hundert Fuß hoch.

So erschreckend ihre Gestalt auch war, ihr Gesicht war gütig und das Licht des linken Auges leuchtete voller Leben. Dort wo ihr rechtes Auge war, loderte ein lebendiger Schatten, der für sie aber nichts Bedrohliches hatte.

Ein Teil von ihr fühlte, dass nicht ihr Körper in den Himmeln war, sondern nur ihr Geist, der aber von der Höhlenmutter behütet wurde.

„HONEYMAW."

Sie vernahm diesen Ruf in ihrem tiefsten Inneren. Es war ausgeschlossen, dass jemand anderes als sie gemeint sein könnte. Etwas, das über den Klang ihres Namens hinaus ging, ließ sie wissen, dass sie, und nur *sie* gemeint war.

Die Höhlenmutter *sprach* nicht den Namen aus, den ihr einst die Mutter gab.

Die Höhlenmutter *dachte* an das Licht, das Honeymaws Seele war.

Sie hatte plötzlich das Wissen: Ihre Seele war ein Licht, das in einem einzigartigen Farbton erstrahlte. Sie wusste, jede Seele jedes lebenden Wesens hatte einen einzigartigen Farbton. Jede Seele pulsierte in einer einzigartigen Schwingung, die nur sie allein hatte. Egal, ob Bär, Greif, Fisch, Käfer, Halm und Baum.

Alles kam aus einer einzigen großen Quelle und würde nach dem Tode dorthin zurückkehren.

Honeymaw war ein Teil des Ganzen, so klein sie auch in der endlosen Weite der Existenz und der Ewigkeit der ungezählten Äonen erschien. Ihr Licht war einzigartig und konnte nie verlöschen.

Der eine Farbton, an den der Große Geist nun dachte, das war *sie*. Sie wusste es mit aller Bestimmtheit.

Die Höhlenmutter war jetzt direkt vor ihr. Sie hatte ihre gewaltigen Hände ausgebreitet. Die losen Enden von Honeymaws Schicksalsfäden schwebten über ihnen, als wehten sie in einem sanften Wind.

„DEINE ZUKUNFT IST NOCH UNGEWISS, MEIN KIND. ZWEI PFADE KÖNNTEN SICH FORMEN. WELCHEN WEG DU BESCHREITEN WIRST, LIEGT ALLEIN BEI DIR. WIRST DU HÜTERIN DER HÖHLE ODER ZIEHST DU AUS, DEN FEIND ZU BEKÄMPFEN?"

Ihre Bestimmung. Höhlenmutter oder Berserker? Honeymaw hatte nicht damit gerechnet. Sie dachte, die Fröhliche Schwester würde sie rufen, oder vielleicht der Fischer.

„NEIN, DEIN WEG WIRD ENTWEDER DEM PFAD DES ZORNES ODER DEM DER HÜTERIN FOLGEN."

Die Höhlenmutter hörte, was sie dachte. *Wusste*, was sie fühlte.

„DU WIRST GEPRÜFT WERDEN, SCHWERER ALS DIE MEISTEN. ICH WERDE DIE LAST DIESER PRÜFUNGEN NICHT VON DIR NEHMEN KÖNNEN. DER FEIND HAT SICH GEREGT UND WIRKT ERNEUT DURCH LEBENDIGE HANDPUPPEN AUF DEINER WELT."

Der Feind? Die hungernde Leere. Der Verschlinger des Lebens. Der Seelentrinker.

„ER LAUERT IN DER FINSTERNIS ZWISCHEN DEN STERNEN. IMMER SCHON, SEITDEM DAS ERSTE LICHT ERSTRAHLTE. SEIN ZIEL IST ES, ALLES LICHT WIEDER ZUM ERLÖSCHEN ZU BRINGEN. ERST WENN NICHTS MEHR IST, WIRD ER RUHE FINDEN.

DENN ER IST DIE LEERE, DIE ALLE EXISTENZ VERSCHLINGT.“

Ihre Seele erschauderte. Das durfte nicht wahr sein.

„DU WIRST NICHT *IHM* GEGENÜBERTRETEN MÜSSEN. ER SELBST KANN IN DEINER WELT KEINE GESTALT ANNEHMEN. NOCH NICHT. DOCH AUCH SEINE UNWISSENDEN VASALLEN WERDEN ENTSETZLICHE GEGNER SEIN, DENN ER HAT SEINE WAHL GUT GETROFFEN.“

Honeymaw spürte trotz der tröstenden Präsenz der Höhlenmutter Panik in sich aufsteigen. *Sie* sollte den Feind besiegen?

„NEIN, DER FEIND IST NICHT ZU BESIEGEN. ABER MAN KANN IHN AUFHALTEN, SEINE PLÄNE VEREITELN, SEIN WIRKEN EINSCHRÄNKEN. AUF DEINER WELT UND ALLEN ANDEREN.“

Honeymaw war nun verwirrt. Dann blickte sie auf die sich in der Ferne drehenden Feuerräder und wusste, dass sie nicht allein war. In der scheinbaren Leere jenseits der Sterne war mehr, als sie erfassen konnte. Das gab ihr Trost, denn sie stand nicht allein gegen die Finsternis.

„JA, MEIN KIND, DU STEHST NICHT ALLEIN.“

Dann wiederholte die Höhlenmutter ihre erste Weissagung:

„ZWEI PFADE. DIE ENTSCHEIDUNG LIEGT BEI DIR.“

Sie schlug die Augen auf. Sie hatte das Gefühl, als wäre sie gefallen. Von einer unglaublichen Höhe herabgefallen. Ihr war schwindelig und sie wusste nicht, wo sie war. Sie hörte Stimmen und fühlte das Rütteln sanfter Hände an ihren Schultern.

Es war dunkel. Nacht. Es war warm. Sommer. Dämmerlicht. Kerzenschein. Eine Frauenstimme: Gertala. Eine Männerstimme: Vater.

Sie lag auf dem Rücken und ihr war schlecht. Was war geschehen?

Sie hörte die beiden etwas rufen, das sie ständig wiederholten. Ein Wort. Das Wort war ihr vertraut, dennoch schien es irgendwie falsch zu sein.

„Honeymaw."

Dann fiel es ihr wieder ein. Das war ja ihr Name. Die Erinnerungen an die Weissagung fingen schon an zu verblassen. Sie fühlte sich schwindelig. Nun erkannte sie Schemen im Dunkeln, nahe bei ihr.

„Honeymaw, so sag doch etwas." Gertalas Stimme war voller Besorgnis. Vater kniete neben ihr. Er hatte den Kreis der Geister betreten, obwohl dies in dieser Nacht nicht gestattet war.

„Liebling, komm zu dir." Vaters Stimme war ebenfalls von Sorge erfüllt. Er hielt ihre rechte Hand in seinen beiden großen Händen.

„Uuuuh, mir geht's nicht so gut", stöhnte sie. Das war nicht gelogen.

„Ah, den Geistern sei Dank. Du warst für Stunden weggetreten und hast von der ‚Finsternis zwischen den Sternen' gesprochen. Wir hatten solche Angst um dich. Was hast du denn in deiner Vision gesehen?", fragte Gertala.

„Ich … ich weiß nicht mehr genau. Meine Bestimmung ist nicht ganz klar. Ich werde mich entweder der Höhlenmutter oder dem Berserker zuwenden."

Gertala und Jorl sahen sie nun etwas erleichterter an.

„Ein Scheideweg also. Das ist zwar selten, aber nicht gänzlich unbekannt. Aber dass jemand so lange im Geisterreich verweilt wie du heute, das habe ich noch nie gehört. Normalerweise verbleibt man nur eine kurze Zeit zwischen den Welten. Du warst fast sechs Stunden dort. Die Sonne wird in Kürze aufgehen."

Gertala sah Honeymaw ins Gesicht. Dann wanderte ihr Blick zu ihren Augen.

„Hast du etwas gesehen, oder eine Stimme gehört?"

„Ich … ich sah etwas. Jemanden. Wir sprachen …" Honeymaw hörte auf, zu reden. Ihre Erinnerung war inzwischen so verschwommen, dass sie sich nicht sicher war, was sie gesehen hatte oder woüber gesprochen worden war.

„Hm, nun gut, beruhigen wir erst einmal deinen Magen mit etwas mildem Kräutertee. Vielleicht fällt es dir wieder ein, vielleicht auch nicht. Mach dir jetzt darum keine Sorgen."

Gertala stand auf und ging zu dem Kessel, der auf einem kleinen Kohlenfeuer stand. Sie streute getrocknete Kräuter in eine Tonschale und goss heißes Wasser darüber. Der feine und würzige Duft des Tees erfüllte die Luft.

„Alles ist gut. Du hast deinen Runenwurf, der dir eine klare Richtung vorgegeben hat. Und du weißt, dass du wirst entscheiden müssen. Wie ich dich kenne, weißt du jetzt schon, welchen der beiden Wege du gehen wirst."

Vater saß immer noch an Honeymaws Seite und wirkte weiterhin besorgt.

Ihr Magen fühlte sich immer noch etwas durcheinander an, aber es kehrte langsam Kraft in ihren Körper zurück.

Sie dachte nun über die Worte von Gertala nach. Ihr Gefühl sagte ihr, dass sie den Weg der Höhlenmutter gehen würde und nicht den des Berserkers. Er war der Einzige der Geister, dem sie, wenn nur möglich, aus dem Weg ging.

„Vater", flüsterte sie. „Halt mich fest."

Jorl hob Honeymaw sanft an und zog sie an sich. So hielt er sie eine Weile in seinem Schoß. Er hatte sie seit

Jahren nicht mehr so gehalten, das erschien beiden unpassend, aber jetzt fühlte es sich richtig an.

Nach wenigen Minuten fühlte sie sich erheblich besser. Zeit für einen Schluck von Gertalas Kräutertee.

Kapitel 6: Eierdiebe

„Die Drachen wurden von den Greifen vernichtet. Jeder Feuerwurm und jedes Ei. Von den Drachen ist nichts geblieben, außer bösen Erinnerungen. Das weiß doch jeder."

Mogen, 918 n. D.

Die Straßen von Dreistädten waren, wie jeden Tag, gefüllt mit geschäftigem Volk. Es drängten sich die schweren Karren der Lieferdienste der Bauern, die ihre mannigfaltigen Feldfrüchte zu den verschiedenen Marktplätzen der Stadt brachten. Sie zogen ihre schwer beladenen Wagen durch die engen Gassen. Hierbei verursachten die breit gebauten Rinder, die sie zogen, Stauungen, wie jeden Tag. Und wie jeden Tag schimpften alle anderen, die festsaßen, auf die Dummheit der Rinder. Allerdings taten es nur die, die weit genug weg waren, sodass der Bescholtene nicht erkennen konnte, wer ihn da mit Schandnamen betitelte.

Aus den mehrstöckigen Häusern und den Werkstätten schimpften oder lachten Anwohner und Handwerker über die alltäglichen Unsinnigkeiten, was die Stimmung auf den Straßen stets aufs Neue anheizte.

Die Blumenmädchen, die in der Regel den vielen Stämmen der Mäuse und der Hasen entstammten, huschten hiervon unbeeinträchtigt zu ihren Ständen. Sie waren flink und klein genug, um an den schwerfälligen Lieferanten und den korpulenten Händlern vorbeizuflitzen.

Victoria lächelte. Auf die kleinsten Völker wurde oft herabgesehen. Doch auch sie leisteten ihren Anteil an der Gesellschaft und waren dabei erfolgreicher, als ihnen zugestanden wurde.

Sie flog heute in großer Höhe. Ihr war danach. Die Luft war dünn und eiskalt. Die meisten Bewohner der Stadt hätten sie nicht sehen können, auch wenn die Sonne nicht über ihr gestanden hätte.

Victoria konnte jedoch auch aus den acht Höhenmeilen jedes Gesicht erkennen, wenn sie sich auf den jeweiligen Bürger konzentrierte.

Sie sah die Boote und Schiffe auf den Flüssen Grun und Mollmn, wie sie hin zur Hauptstadt und von ihr weg segelten. Sie beobachtete, wie die Schiffer ihre Ladungen in den Häfen der Stadt löschten und wie die Arbeiter die Waren von den Docks zu den Lagerhäusern schafften. Auch wie die Beamten die Waren in ihren Büchern erfassten. Die Gesten, wenn sie die Gebühren von den Händlern erhoben, die ihrerseits akribisch die Lieferungen prüften.

Victoria wandte sich durch eine sachte Verlagerung ihres Körpers nach Westen, in Richtung der Festung Greifenfels, und folgte dann dem Lauf des Grun. Sie hatte einige Meilen vor der Stadt ein Erdbeerfeld erspäht, dessen Früchte herrlich rot leuchteten. Sie würde Zoe ein paar dieser Beeren mitbringen. Für sie waren es nur ein paar Minuten bis zu der kleinen Farm. Zoe hätte den ganzen Tag aufwenden müssen, um durch die Stadt zum Bauernhof und wieder zurück zu gelangen.

Da weder Vater noch Victoria Erdbeeren aßen, wurde der Hof auch nicht damit beliefert. Zoe aber liebte diese roten Früchte. Die Erdbeeren würden zudem kühl wie Eis sein, wenn sie zurückkehrte. Die Luft in dieser Höhe war so kalt, dass Wasser fast gefror. Eine erlesene Köstlichkeit an einem heißen Sommertag. Niemand sonst im Reich würde heute etwas Vergleichbares genießen können.

Aber Victoria freute sich auch schon auf Zoes glücklichen Gesichtsausdruck, wenn sie ihr die Erdbeeren überreichte, und auf das Juchzen, das Zoe von sich geben würde, wenn sie ihr eine der eiskalten Beeren überraschend den Rücken herunterkullern ließe. Auch das würde an diesem heißen Sommertag niemand anderer genießen können.

Victoria grinste vor spitzbübischer Vorfreude. Sie setzte zum Sturzflug an und raste dann, unvermittelt wie ein schwarzer Blitz, aus dem blauen Himmel zur Erde.

+

Der Schatzmeister war zuversichtlich. Die ersten Schuldscheine waren schon im Umlauf. Die großen Handelsgilden konnten sich überraschend schnell mit der Idee des goldlosen Handels anfreunden. Natürlich war es vermutlich dem Verständnis der Gildenmeister geschuldet, die selbst seit Jahren keine Goldtaler mehr in den Händen hielten, sondern alle Geschäfte über ihre Bücher abwickelten. Der Gedanke, den Wert von Gold zu verbriefen, war für sie logisch.

Es war für sie wie die Seite eines der Register der Buchhaltung, in denen sie ihre Handelswerte eintrugen. Nur, dass sie diese Seiten verschicken konnten, ohne sie aus einem der Finanzbücher herauszutrennen.

Diese alten Narren dachten natürlich nur an die Logik der Finanzbuchführung. Die Fragen, die Carolon gestellt hatte, kamen nicht zur Sprache. Für die Meister mussten nur die Zahlen in den Büchern stimmen. Nach Jahren der Konzessionsstreitigkeiten und der dazugehörigen Buchhaltungsfragen, waren sie dem realen Handel auf den Märkten teilweise entrückt und erkannten auch nicht die allumfassende politische Tragweite der neuen Währung.

Das war geradezu perfekt. Wenn nun also die großen Gilden die Schuldscheine als Währung akzeptierten, würden dies irgendwann auch die kleinen Gilden und Handelshäuser tun. Danach wäre es nur noch ein kleiner

Schritt, bis auch die einfachen Händler und die Käufer auf den Märkten die Schuldscheine als Zahlungsmittel annehmen würden.

Wenn dies geschähe, wäre es ein leichtes, die Märkte neu zu ordnen. Den Wert von Arbeit neu festzulegen. Die richtigen Geschäftsfelder zu fördern. *Die richtigen Leute zu fördern.*

Wenn die Greife der Vergangenheit angehörten, würden nicht mehr die Starken und Gewalttätigen, sondern die Klugen und Vernünftigen herrschen. Die die Massen mit Intelligenz leiteten, nicht durch selbstherrliches Machtgebaren.

Oh, wie sehr er die Greife dafür hasste, was sie waren.

Allein ihre Selbstverliebtheit. Im ganzen Reich fand man Statuen von ihnen. Die Hauptstadt war geradezu vollgestopft mit Bildnissen dieser Egomanen. Nicht ein Brunnen, an dem kein Greifenkopf prangte. Jedes Dienstsiegel beinhaltete einen Greifenkopf, eine Greifenklaue oder gleich einen ganzen Greif.

Der Schatzmeister selbst trug einen Greifen auf der Brust. Sein goldenes Amtssiegel erinnerte ihn täglich daran, wem er diente. *Diente.* Aber nicht für immer. Die schwertschwingenden Narren würden vom Thron verschwinden. Und am besten gleich der vermaledeite Thron mit ihnen. Stattdessen würde ein weiser Rat der klügsten Köpfe die Geschicke der Welt lenken.

Der Schatzmeister erlaubte sich ein Grinsen. Natürlich war es da nur gut und recht, wenn diese klugen Ratgeber für ihre gute und gerechte Führung auch gut und gerecht entlohnt würden.

+

Carolon der III. hatte seinen Schatzmeister und Kronprinzessin Victoria rufen lassen. Es war Zeit, dass die Thronerbin sich mit dem neuen Zahlungsmittel vertraut machte. Sie mochte keine starke Königin werden, wie die Ahnen vor ihr. Dennoch war sie ein Greif, und somit das höchste Wesen dieser Welt, wenn er einst gegangen war.

Sie würde das Reich in Ordnung halten, bis die Abläufe in fähigere Hände übergeben werden konnten. Das Erbe der Greife würde in den Annalen der Geschichte überdauern. Man würde sich noch in tausend Jahren ihrer Taten erinnern.

Es stimmte ihn fast traurig, dass es so würde enden müssen. Dass die Greife einfach verblassten wie der Morgennebel. Sie hätten in einen Strom aus Heldenblut untergehen sollen. Die gesamte Welt sollte beim Tod des letzten Greifen in ihren Grundfesten erzittern. So sehr, dass alle Völker spürten, nein, *wussten*, wer sie gewesen waren.

Diese Entwicklung war nicht sein Verschulden. Doch er grollte seinen Ahnen nicht. Er hätte ebenfalls jeden herausgefordert, der auf dem Thron saß. Doch da er selbst König war, gab es niemanden, den er herausfordern konnte.

Victoria schien hier gänzlich anders zu sein. Sie war körperlich vortrefflich gereift. Groß und stark, wie die Donnerschwingen von ehedem. Er sollte eigentlich nur Stolz fühlen. Aber in ihr war Schwäche. Sie dachte an die bedeutungslosen Bürger. Nun, nicht das Wohlergehen der Gesamtheit aller Völker, sondern tatsächlich an den Einzelnen. Carolon wusste, dass jeden Tag Opfer gebracht werden mussten. Dass die Maschine nicht nur großzügig gibt, sondern auch unbarmherzig nimmt.

Was waren die Leben von einigen Tausend gegen das Wohlergehen von Zigmillionen?

Victoria begriff dies zwar, jedoch wusste er, dass sie Mitleid mit den Geschundenen hatte. *Mitleid.* Sie *litt* mit ihnen. Wie sollte solch eine Königin herrschen? Sie wäre stets zaghaft, und diese Schwäche würde schließlich das gesamte Reich erfassen und von innen heraus zerfressen. Am Ende würde sie nicht Tausende retten, sondern Millionen verdammen.

Führen konnte nur der Starke. Wenn seine Tochter zu weichherzig war, musste jemand anderes die Fäden in der Hand halten. Er wusste schon den richtigen Mann für diese Aufgabe. Einer, der stets treu gedient hatte, aber auch die Fähigkeiten besaß, zu führen. Nicht wie ein Greif es könnte, nein, aber wer könnte das schon. Aber er konnte der beratende Wille hinter Victorias Stimme sein, der die schweren Entscheidungen übernahm, wo sie wahrscheinlich zögern würde.

Keine schöne Lösung, aber besser als der Zusammenbruch von allem, was die Greife in Jahrhunderten aufgebaut hatten. Wenn Victoria einst von dieser Welt würde gehen müssen, hätte das Reich tausend Jahre bestanden. Es sollte noch weitere tausend Jahre überdauern, nachdem die Asche des letzten Greifen zu den Himmeln aufgestiegen war. Ein Beweis für die Vortrefflichkeit seines Volkes, das niemals seinesgleichen finden würde.

+

Der Seneschall stand im Schatten des Thrones. Seine schwarzen Roben ließen ihn fast mit diesem Schatten verschmelzen. Er beobachtete Carolon mit seinen starren Augen. Wie der König in Gedanken versunken war. Wie er aus dem Fenster des Kuppeldaches in den Himmel blickte, als ob da oben mehr zu sehen war als das ewige Blau. Wie sich seine Klauen öffneten und schlossen. Der König hatte Gedanken, die ihn emotional bewegten.

Dieses Problem hatte der Seneschall nicht. Er wusste natürlich um Emotionen. Er hatte selbst nur wenige, und diese waren meist nur Echos. In der Regel Wut oder Abscheu. Aber auch hier waren es nur dünne Farben von Rot und einem kränklichen Grün, die kaum aus dem Dunkel aufblitzten. Auch die Belohnungen, die sein Amt mit sich brachte, erzeugten nur einen blassen Schatten der Freude.

Aber er hatte gewaltige Ambitionen. Bei dem Erreichen seiner gesetzten Ziele empfand er etwas. Keine wirkliche Freude oder Glück. Genugtuung. Ja, das war es. Und er spürte, dass alles bisher Erreichte nur Zwischenschritte waren. Er würde nie aufhören, seine Fäden zu spinnen. Er brauchte kein Gold oder glitzernde Edelsteine. Ihn reizten keine Genüsse wie teurer Wein, erlesene Speisen oder die Lockungen schöner Frauen – oder Jünglinge. Es gab genug junge Wiesel am Hofe, die versuchten, seine Aufmerksamkeit zu erregen. Aber er hatte kein Interesse.

All das waren nur langweilige Ablenkungen, für die er kein Verständnis hatte. Er wusste aber, dass die Gier nach diesen Dingen alle anderen um ihn herum antrieb. Und er wusste diese Erkenntnis zu nutzen.

Er hatte sich schon als junger Mann, fast noch ein Knabe, dem König angedient. Sein nutzloser Onkel hatte eine Position unter dem Kastellan und war für die Versorgung des Haushaltes und die Küche zuständig. Hauswirtschaft und Lebensmittel. Die Aufgabe war geradezu eine Beleidigung, wenn man den Seneschall hätte beleidigen können. Schmähungen bedeuteten ihm nichts. Schlicht, weil ihm die Meinungen und die Gefühle aller anderen Wesen vollkommen egal waren. Er reagierte zwar auf Spott, aber nur weil er wusste, dass es seinem Ansehen geschadet hätte, bliebe er untätig. Und Ansehen war wichtig, um aufzusteigen. Aufstieg war wichtig, um an die Schalthebel zu gelangen. Und das war wichtig, um …

Der Seneschall unterbrach den Gedankengang. Er fand keine rechte Antwort auf die Frage, weshalb er sich ganz und gar dem Aufstieg verschrieben hatte. Vielleicht, weil es das Einzige war, was ihm dieses eine Gefühl geben konnte, das mehr war als ein flüchtiger Schatten: Genugtuung.

Nun, als Gehilfe seines Onkels war er schließlich für die Versorgung der Vorratskammern und der täglich frischen Speisen zuständig. Eine leichte Aufgabe. Er kümmerte sich persönlich um alle Abläufe, bis sie optimiert waren. Er ging zu den Docks und wählte die Fische des Königs aus. Auf den Märkten prüfte er die Waren und organisierte auch die Anlieferung. Für die frischen Waren nutzte er Mäuse und Ratten, die schnell durch die Stadt kamen. Auf dem Obst war noch der Morgentau, wenn es im Palast auf einem silbernen Teller serviert wurde. Dauer- und Trockenwaren hielten sich länger und wurden kostengünstig en gros geliefert. So wurden die Kosten schnell gesenkt. Auch, weil er nie etwas vom Haushaltsgeld für sich abzweigte.

Schließlich hatte der König bei seinem Onkel einen Wunsch geäußert, der diesen in Panik versetzte. Das war nun gut zehn Jahre her. Sein unfähiger Onkel saß schweißgebadet in seiner Amtsstube und hatte sein Gesicht in den Händen vergraben. Der spätere Seneschall witterte sofort, dass sich hier große Möglichkeiten verbargen. Er fragte den Onkel, ob er helfen könne. Er legte sogar einen Schwur zur Verschwiegenheit ab. In seiner Verzweiflung erzählte der Tölpel vom Wunsch des Königs.

Was für eine Chance. Welche Aufstiegsmöglichkeiten sich hieraus ergaben. Für so eine leichte Aufgabe. Frisches Fleisch gab es zuhauf in der Hauptstadt.

Er besorgte, wonach es dem König verlangte, und fand auch den richtigen Gehilfen, der das Zeug dazu hatte, der Aufgabe langfristig gewachsen zu sein.

Sein Onkel empfahl seinen Neffen dem König, der sofort Gefallen an ihm zu finden schien. Der folgende Aufstieg war kometenhaft. Vor zwei Jahren wurde ein neues Amt geschaffen. Seneschall. Höchster Beamter des Reiches und persönlicher Vertreter des Königs.

Er hatte gespielt und aller Neider und Zweifler zum Trotz gewonnen.

+

Der Schatzmeister traf kurz, nachdem der König ihn rufen ließ, im Thronsaal ein. Carolon warf ihm nur einen flüchtigen Blick zu. Aber wo blieb seine Tochter? Victoria war doch dutzende Male schneller als dieser stummelbeinige Speichellecker.

Der Bote, der gesandt wurde, sie aufzusuchen, kehrte schließlich unverrichteter Dinge zurück. Er teilte mit zitternder Stimme mit, dass die Prinzessin nicht in ihren Gemächern oder dem gesamten Palastflügel, den diese beherbergten, zu finden war.

Die Stimmung des Königs verfinsterte sich. Nun gut. Wenn seine Tochter lieber Ausflüge unternahm, anstatt zu lernen, wie man das Reich führte, dann sei es so.

Sie hatte auch dem Fleischessen entsagt, nachdem er ihr zu ihrem achtzehnten Jahrestag eröffnete, was sie in all den Jahren verspeisten. Er erinnerte sich nun an den Blick, mit dem Victoria ihn in jenem Moment ansah. Sie war entsetzt. Sie übergab sich, weinte, schrie ihn an. Er versicherte ihr, dass niemand hatte sterben müssen, um ihre Teller zu füllen. Doch es half nichts.

Carolon hatte nicht mit einer positiven Reaktion gerechnet. Ihm war klar, dass es Victoria im ersten Augenblick erschrecken würde. Doch er hatte gehofft, dass sie der Wahrheit ins Gesicht sehen und sie annehmen würde. Doch nun war offenbart, dass sie niemals wie er sein konnte.

Es war ihr letztes gemeinsames Abendessen. Die Erinnerungen betrübten ihn und seine Stimmung sank noch tiefer.

Der Leibkoch hatte im Vorfeld eine anmaßende Idee geäußert. Man könnte Victoria zu ihrem achtzehnten Jahrestag vielleicht etwas Besonderes servieren. Einen jungen Hasen. Oder doch eine junge Häsin. Nicht aus den Leichenhäusern, sondern wahrhaft *frisch*.

Carolon wusste sofort, welchen Gedanken der Schuft bei ihm pflanzen wollte. Er sollte diese einfältige, dreimal verfluchte Magd schlachten und braten lassen, um Victoria mit einem Schock zu härten, so wie man eine heiße Klinge im kalten Öl härtete.

Doch Carolon hatte in diesem Moment nur Zorn gefühlt. Eine solch grausame Tat hätte das Band zwischen ihm und seiner Tochter unwiderruflich zerrissen. Und auch wenn er sich noch so sehr über die Freundschaft zwischen seiner Tochter und der kleinmütigen Häsin ärgerte – ein unschuldiges Mädchen töten und essen? Das wäre nichts als eine Barbarei, die zu Recht seit der Gründung des Reiches mit dem Tode bestraft wurde.

An diesem Abend hätte er dem verkommenen Wolf fast in einer Welle aus schier unkontrollierbarer Wut den hässlichen Schädel vom Leib gerissen. Der Schurke erkannte das sofort und wich geschmeidig vor Carolon bis zum Ende des Raumes zurück. An diesem Abend wagte er es nicht, dem König in die Augen zu blicken.

Nur die klugen Worte des zufällig anwesenden Seneschalls konnten in dieser Nacht die Klauen des Sohnes des Hauses Donnerschwinge zurückhalten. Doch Carolon sprach Bann und Fluch über den impertinenten Wolf aus. Diesen Halunken hatte Carolon seitdem nie wieder gesehen und das war auch besser so.

Seine Gedanken schweiften nun weiter ab. Er erinnerte sich an seine Tage an der Grenzwacht. Wie großartig er sich fühlte, als er wahrhaftig gekämpft hatte. Wie er zum ersten Mal in seinem Leben einen Gegner auf dem Feld der Ehre erschlug. Das war kein Mord, sondern ein heldenhafter Tod, gewährt in der glorreichen Schlacht.

Victoria ließe sich gewiss zu einem Kampfe rufen, der der Verteidigung und dem Schutze der Bürger diente. Denn König und Königin waren nicht nur das Schwert, sondern auch der Schild des Reiches.

Vielleicht könnte er im Herzen seines Kindes den einen letzten Funken entfachen. Einen Funken, der dann zu einem lodernden Feuer würde. Wenn dies gelänge, wäre es jedes Wagnis und jeden Preis wert.

„Seneschall." Carolons Stimme war hart und bestimmt.

„Ja, mein Herrscher?"

„Gebt mir einen Krieg."

+

Während der Schatzmeister bei diesen überraschenden Worten sichtlich erschrak, frohlockte etwas in dem Seneschall. Ein Gefühl, das er selten zuvor erfahren hatte, vor allem nicht so ausgeprägt wie in jenem Moment. Es fühlte sich fast wie ein Sieg an, obwohl er nichts dazu beigetragen hatte.

Der Seneschall blickte Carolon kurz an. „Und gegen wen, Eure königliche Majestät?"

„Das ist mir gleich. Bringt nur den zukünftigen Feind dazu, die Grenzen unseres Reiches zu überschreiten. Es darf aber nicht wie ein provozierter Angriff aussehen."

„Wie ihr gebietet, Euer Gnaden. Ich werde mich darum kümmern."

Die Gedanken des Seneschalls rasten jetzt. Er fragte sich, was den König zu solch einem Schritt bewog. Sie wollten heute eigentlich nur die erfolgreiche Einführung der Schuldscheine besprechen. Und die Prinzessin in das Thema einführen. Welchen Sinn hatte ein Krieg? Die Bären waren im Grunde friedlich und das Verhältnis zwischen den Ländern inzwischen fast freundschaftlich. Die Wölfe waren hinterwäldlerische Habenichtse und die Echsen waren nichts als barbarische Wilde. Die Vampire waren vermutlich nur eine düstere Legende, niemand hatte je verlässliche Berichte geliefert, die über die Sagen von vor neunhundert Jahren hinausgingen. Wenn es sie je gegeben hatte, waren sie wohl ausgestorben, wie manch anderes Volk auch.

Aber ein dunkler, verborgener Teil des Seneschalls ahnte, dass die Vampire keine Truggestalten waren. Ihre schwarzen, ledrigen Schwingen erfüllten einst den Nachthimmel. Er konnte den Flügelschlag fast hören. Wie das Flattern von zerfetzten Fahnen im kalten Wind. Doch dieser Wind brachte keine Erfrischung, sondern lange, scharfe Zähne und tote Augen, die durch jede Dunkelheit sehen konnten.

Der Seneschall lachte innerlich kurz auf. Ließ er sich jetzt durch dumme Ammenmärchen von seiner Aufgabe ablenken? Nein.

Er schob die kindischen Gedanken beiseite.

Der Seneschall entschied, dass ein Krieg mit den Wölfen die logische Entscheidung sei. Man könnte sicherlich eine kleine Kriegsmeute dieser einfältigen Tunichtgute dazu aufhetzen, ein paar Bauerndörfer in Ostkliff zu plündern.

Die Grenzwache müsste man unter einem Vorwand im Vorfeld gezielt reduzieren. Es den Wölfen leicht machen. Dann einen Anreiz setzen, sodass sie ohne großen Widerstand ins Reich einfallen konnten.

Vielleicht würde es auch nötig werden, einige Morde in Auftrag zu geben. Einige ihrer verehrten Schamanen oder Ältesten. Wenn die Gier auf leichte Beute sie nicht lockte, würde man die Wölfe eben zu einem Racheakt verführen.

Wenn die angegriffene Provinz um Hilfe rief, würde die Krone eine Strafexpedition aussenden. Ein kurzer Feldzug, ein paar tausend tote Wölfe … Alles leicht zu organisieren und innerhalb weniger Wochen umsetzbar.

Die Armee des Reiches war die bei weitem stärkste und am besten organisierteste Streitmacht auf dem Kontinent. Auch wenn sich Bären und Wölfe verbünden würden, könnten sie zusammen das Reich nicht erobern. Die Armee würde die Gesamtheit der Streitkräfte beider Völker innerhalb weniger Wochen aufreiben und dann die Dörfer niederbrennen, aus denen sie kamen.

Der Seneschall sah nun die einfachen Häuser der Bären und die primitiven Zelte der Wölfe in tosenden Flammen brennen. In ihnen sah er die verzweifelten Schatten ihrer Frauen und Kinder, die in der Feuersbrunst eingeschlossen waren. Stille würde sich über die Nordlande legen.

Aber plötzlich stahl sich ein anderer Gedanke in sein Bewusstsein: Er hatte eine Vision.

Zuerst war es nur ein Bild. Eine Art Gebäude. Er erkannte es. Er hatte es zuvor in den Geschichtsbüchern gesehen, die er einst als Kind las. Ein rechtwinkliges Bauwerk mit abgesetzten Ebenen, über zweihundert Fuß hoch. Eine Pyramide. Die „Spitze“ war eigentlich ein Podest und bildete eine Plattform. Dort standen die sogenannten „Altare der Schuppen“, wo man den Drachen blutige Opfer darbrachte.

Wie sollte er das deuten? Sollte er einen Krieg mit den Echsen anfangen? Aber wie sollte man diese Wilden dazu bringen, in so großen Scharen einzufallen, dass man daraus einen Krieg stricken könnte? Sie waren unorganisiert, geradezu unzivilisiert. Ohne die Leitung der Drachen waren sie kaum mehr als Tiere.

Es gab immer wieder mal den einen oder anderen Bauern, aber auch einen Soldaten der Grenzwacht, der in der Nähe der Sümpfe verschwand. Vermutlich wurden sie in einem unachtsamen Moment von den dort lauernden Alligatoren geholt und dann gefressen. Unter den Vermissten waren aber bestimmt auch Narren, die einfach im tückischen Moor versanken.

Doch die Entsendung einer Streitmacht wegen drei oder vier Morden im Jahr … Absurd.

Das Bild ließ ihn jedoch nicht los. War es eine Eingebung? Dann sah er ein zweites Bild vor seinem inneren Auge. Es war etwas, dass er in dieser Form noch nie in seinem Leben gesehen hatte.

Seltsam.

Der Seneschall musste darüber nachdenken. Der Auftrag des Königs war eine einmalige Chance, das wusste er. Ein kleiner Krieg würde auch die Implementierung der Schuldscheine beschleunigen. Man könnte Schuldscheine in der Höhe von zehn Goldtalern für den Gegenwert von acht echten Goldtalern herausgeben. Kurzfristig die Kriegskasse füllen. Später würden die Schulden mit dem Drucken einer beliebigen Anzahl weiterer dieser kostengünstigen Entgelt-Scheine ausgeglichen werden, während das wirkliche Gold in den Schatzkammern des Palastes verblieb.

Krieg bot extrem viele Möglichkeiten für Dinge, die in den Zeiten des Friedens unmöglich waren. Neue Gesetze konnten geschaffen und eingeführt werden. Unter dem Druck der Angst gab es selten Fragen und wenig Widerstand. Und auf den Schlachtfeldern eines solchen Krieges konnten sogar Könige fallen.

+

Der Assassine war einer der fähigsten Meuchelmörder von Dreistädten. Heute wartete er ungesehen in dem Schatten des Lagerhauses, zu dem er gerufen worden war.

Er war geduldig. Eine wichtige Eigenschaft in seinem Beruf. Er wusste aber, dass sein Auftraggeber immer pünktlich war.

Der Mann, der regelrecht mit den Schatten des Lagerhauses verschmolzen ausharrte, war eine Ratte. Er maß nicht ganz sechs Fuß. Für eine Ratte war dies groß. Sein Fell war von einem dunklen Grau, die Augen waren von einem dunklen Braun. So dunkel, dass sie selbst im Licht fast schwarz wirkten. Er trug eine dunkelgraue Kapuze, eine Gugel. Diese hatte er sich über den Kopf gezogen, sodass sie sein Gesicht verbarg. Zusätzlich hatte er jetzt ein schwarzes, grob gewebtes Leinentuch vor sein Gesicht gebunden. Nur noch die harten Augen waren frei.

Er trug weit geschnittene Kleidung aus dem gleichen dunkelgrauen Wollstoff, aus dem auch die Gugel gefertigt war. Diese weiten Kleidungstücke konnte er durch eingenähte Bänder fest um seinen Körper ziehen. Es brauchte nur wenige Bewegungen, dann lagen Wams, Hose und Gugel fast wie angegossen an. Sein Körper wirkte mager, fast dürr. Aber man konnte erkennen, dass die Muskeln unter dem Fell ausgeprägt waren. Er hatte ungewöhnlich lange Arme, das einzige körperliche Merkmal, das auf den ersten Blick auffällig war. Er wirkte unbewaffnet, denn er trug seine Klingen, Schlingen und giftigen Wurfpfeile verdeckt. Man hätte ihn auf den ersten Blick für einen heruntergekommenen Hafenarbeiter mittleren Alters halten können. Auf dem zweiten Blick wäre man ihm aus dem Weg gegangen und hätte keinen dritten Blick mehr gewagt.

Er stand dieser Tage in den Diensten des Seneschalls höchstselbst. Dieser zahlte gut, selbst für harmlose Botengänge. Aber in der Regel erteilte das Wiesel ihm delikatere Aufträge.

Die beiden Zauberworte waren Zuverlässigkeit und Verschwiegenheit. Das waren seine wichtigsten Eigenschaften, noch vor seiner Fähigkeit, Personen für immer verschwinden zu lassen. Außer ihm wusste niemand, woher die Aufträge und das Gold, das gezahlt wurde, stammten. Und so sollte es auch bleiben.

Der Seneschall trat nun aus der Seitentür des Lagerhauses. Riegel und Scharniere waren gepflegt und frisch geölt, fast lautlos. Pünktlich wie immer.

Er hatte es geschafft, dass das Lagerhaus nicht von der Stadtwache überwacht wurde. Der Mann war der durchtriebenste Kerl, den der Assassine kannte. Und er kannte eine Menge solcher verschlagenen Kerle.

Ihm war natürlich klar, dass einem Mann in der Position des Seneschalls deutlich mehr Möglichkeiten zur Verfügung standen als einem gewöhnlichen Verbrecher oder einem korrupten Richter. Aber er hatte das Gefühl, dass der Seneschall fast niemanden in seine geheimen Umtriebe einband. Warum sonst sollte sich der zweitmächtigste Mann im Reich persönlich mit einem wie ihm treffen?

Für die meisten Beamten und Bediensteten des Hofes wirkte der Seneschall vermutlich nur wie ein seltsamer Kauz. Der zwar befremdlich, aber gewissenhaft, vielleicht sogar rechtschaffen war. Die Ratte hatte schon einige Aufträge erfüllt, die ein nicht ganz so vorteilhaftes Licht auf den Seneschall werfen würden. Ganz und gar nicht. Nicht, dass er dies verurteilte: Das Wiesel genoss seinen größten Respekt. Der Seneschall leitete nicht nur alle Abläufe des gesamten Reiches, er betrieb nebenher Unternehmungen, die sich mit denen des offiziellen Verwaltungsapparates nicht überschnitten. Die teilweise entgegengesetzt zu den offiziellen Aufgaben des Seneschalls und seiner Behörden standen. Die Ratte konnte sich kaum ausmalen, was der Seneschall jeden einzelnen Tag aufs Neue bedenken musste. Ein fähiger Mann. Ein gefährlicher Mann.

Das war zum einen einschüchternd, gab zum anderem jedoch ein Gefühl der Sicherheit. Denn dem Seneschall würden keine Fehler unterlaufen, die den Assassinen und seine Bande gefährden würden.

Er kannte den Typus Mann, obwohl der Seneschall doch sehr eigen war. Hochintelligent, aber emotionslos, kalt, fast wie tot im Innern. Es gab zwei Richtungen, die so jemand einschlug: Gewissenloser Geschäftsmann oder verrückter Mörder.

Je nachdem, was die letzten Funken seiner Seele in ihm zum Glühen bringen konnten. Ein waghalsiges Geschäftsfeld, in dem die meisten versagen würden? Wo man stets auf der Hut sein musste, seine nächsten Schritte weit im Voraus plante, mächtige Gegenspieler übertrumpfte , jedoch hohe Gewinne einstrich?

Oder ein Mörder, der geradezu surreale Morde aus der Lust am Töten beging? Ein Verrückter, würden die meisten sagen. Kein lallender Idiot, der im Zorn jemanden mit einem Stein erschlug. Nein, so durchtrieben und verschlagen, dass es Jahre dauern würde, ihm auf die Schliche zu kommen. Manchmal erwischten sie solche gerissenen Monster auch nie.

Der Assassine konnte diese Art Mörder in seinem Sold nicht gebrauchen. Diejenigen, die für ihn arbeiteten, wollten Gold, nicht das Blut, die Angst oder den Schmerz der Opfer.

Würde er über jemanden herausfinden, dass es sich um so einen Verrückten handelte, würde er ihn kurzerhand töten. Nicht aus Mitleid mit den Opfern oder um die Unschuldigen vor diesem Irren zu schützen. Sondern weil solche sinnlosen Gräueltaten die Bürger vorsichtiger machten: Die Wachen wurden zahlreicher und aufmerksamer. Die Schlösser an den Türen ausgeklügelter und stabiler. Die Mauern höher. Kurz: Sie erschwerten *sein* Geschäft.

Aber dem Seneschall verlangte es nicht nach dem Blut von Frauen und Kindern. Seine Aufträge waren zumeist deutlich harmloser. Nicht, dass der Seneschall harmlos war. *Hah!*

Der Assassine hatte seit Jahren seine Klingen nicht mehr für den Seneschall eingesetzt. Dieser Tage besorgte er vornehmlich Informationen für den Seneschall. Bespitzelte Häuser. Schrieb Zeiten und Namen auf. Meldete Vorkommnisse.

Es ging um die moralischen Fehltritte potenzieller politischer Gegner und wirtschaftlicher Schwergewichte wie die Gildenmeister. Die waren dem Seneschall dann deutlich geneigter, wenn er ihnen Vorschläge und neue Ideen unterbreitete. Da diese „Anregungen" zudem selten zu ihrem Schaden waren, nahmen die Erpressten diese auch ohne zu zögern an. So gelang dem Seneschall ein politisches Kunststück nach dem anderen.

Der Assassine sah dem Seneschall in dessen starre Augen. Er könnte das Wiesel vermutlich mit einem einzelnen Angriff töten. Aber irgendetwas an ihm war furchteinflößend. Ja, die Augen waren beunruhigend, selbst für einen Auftragsmörder wie ihn. Aber da war mehr, und das *Dunkel* in ihm spürte es.

Er war sich sicher: Vor ihm stand der gefährlichste Mann im ganzen Reich.

„Ich habe einen Auftrag." Die Stimme des Wiesels war ein leises Flüstern, aber klar und deutlich.

„Ja?" Die Erwiderung der Ratte war mehr ein heiseres Hauchen als ein artikuliert gesprochenes Wort.

„Besorge mir ein Ei."

+

Swampasud. Südlichste Provinz des Reiches. Manche würden auch sagen die Elendigste. Den nördlichen Teil bildeten satte Auen mit dichtem, grünen Grase. Das meiste jedoch waren Moore und Mangrovenwälder.

Swampasud lieferte im Grunde nur Torf. Aber auch einige Edelhölzer, die man mühsam durch das Sumpfland bis zum Grun schaffen musste, um sie von dort zu verschiffen. Keine wirkliche Konkurrenz zu den schier endlosen Holzlieferungen aus dem Norden. Die Bären ließen die unzähligen Baumstämme einfach vom Silberspiegelsee zu der Hauptstadt oder sogar nach Telkar schwimmen.

Der Torf war als kostengünstiges Heizmaterial im ganzen Reich beliebt und der Handel damit ernährte die meisten Bürger der Provinz.

Die Landeshauptstadt, Badersweil, war eigentlich nur ein großes Dorf, das aber immerhin über Wehranlagen aus Stein verfügte. Es lag an den Ausläufern der Auen, nördlich der eigentlichen Sumpflande.

Hier lebten wenige Händler. Die Amtsstuben waren nach Vorschrift errichtet und funktionierten. Zum einen war Swampasud als Grenzmark zum Süden strategisch wichtig, zum anderen durfte der Torfhandel nicht zum Erliegen kommen. Die Gewinnspannen waren gering. So gering, dass sich wenige Gilden damit abgaben. Aber das Heizmittel war für das Reich als Ganzes eine Priorität. Würde kein Torf bis in die nördlichen Provinzen gebracht, wäre man auf das Verheizen von Holz angewiesen gewesen. Dies wiederum würde als Baustoff fehlen und sich infolgedessen zwangsläufig verteuern. Weniger und teureres Holz bedeuteten ein Mehrfaches an Ausgaben für Häuser, Schiffe, Brücken, Docks und Handwerkswaren.

Der billig abgebaute Torf hielt nahezu alle anderen Waren im Reich verfügbar und erschwinglich.

Die Bürger, die hier ansässig waren, setzten sich zum größten Teil aus verschiedenen Stämmen der Ratten, aber auch aus einigen Schafsgemeinden zusammen. Die Ratten lebten in kleinen familiären Kommunen im Sumpf, während die Schafe Bauernhöfe auf den saftigen Auen betrieben.

Es gab dann natürlich auch die Grenzwacht. Ursprünglich als Bollwerk gegen die Echsen geschaffen, zog sich ein Schutzwall von der Azursee bis zu den Felsenklippen im Osten durch Swampasud. Es gab die drei großen Festungen, die strategische Punkte sicherten. Die *Saphierfeste*, eine ausgeklügelte Burganlage an der Küste im Westen. Die mächtige Festung, die man nur *die Zitadelle* nannte, die zentrale Verteidigungsanlage südlich der Landeshauptstadt Badersweil. Und schließlich die *Graue Wacht*, eine Burganlage, die direkt in die steilen Felswände der Graufelshöhen gehauen war. Entlang des über hundert Meilen langen Schutzwalls, der das Reich von den Sümpfen trennte, lagen etliche kleine Garnisonen.

Doch das Reich endete nicht an dem Schutzwall. Dieser musste auf festem Grund errichtet werden, daher bestand ein großer Teil von Swampasud aus dem Morast und den Mangroven südlich der Mauer. Auch lebte ein großer Teil der Bürger jenseits des Walls, weshalb die Grenzwacht an den Rändern zu den tiefen Sümpfen patrouillierte.

Heutzutage waren die meisten Garnisonen nicht mehr besetzt. Selbst die Festungen waren nicht voll bemannt. Seit Jahrhunderten gab es nicht einen einzigen Angriffsversuch seitens der Reptilien. Auch als der Schwarze Tod das Reich fast in die Knie zwang, regten sich die Echsen nicht. Man verkleinerte die Armee und verlagerte einen Großteil der ursprünglichen Truppenstärke in den Norden, hauptsächlich in das Grenzgebiet von Ostkliff.

Die Armee wurde überhaupt nur noch wegen des martialischen Wesens der Greife aufrechterhalten. Im Grunde wäre ein Viertel des stehenden Heeres ausreichend, um alle anderen Völker einzuschüchtern. Zählte die Armee einst über achthunderttausend Mann unter Waffen, so waren es im Jahre 918 n. D. gerade einmal ein Zehntel dieser immensen Anzahl an Soldaten.

Der Assassine vermutete, dass man auch mit zwanzigtausend Hunden die Bären, Wölfe und andere mögliche Bedrohungen einschüchtern konnte. Insbesondere wilde Räuberbanden, die keine Zugriffsmöglichkeiten auf vertrauliche militärische Information hatten, würden die Schlagkraft des Reiches überschätzen. Der Assassine wusste aus Erfahrung, dass Einschüchterung mehr Kämpfe gewann als ein starker Arm. Ein Feind, der aus Angst nicht angreift – das ist ein Sieg, den man ohne Schlacht gewinnt. Und zur Not könnte man immer noch ein Heer aus Hilfstruppen ausheben. Weniger schlagkräftig, aber langfristig kostengünstig.

Der Assassine wartete in dem vereinbarten Haus auf seine beiden Spießgesellen. Für diesen Auftrag brauchte er einen bestimmten Schlag Mann. Verwegen. Ohne Angst. Ein bisschen verrückt.

Er konnte es immer noch kaum fassen, was der Seneschall ihm aufgetragen hatte. Aber die Entlohnung war ebenso unglaublich. Einhundert Goldtaler im Voraus. Weitere Fünfhundert bei Lieferung.

Diese Menge Gold erhob einen Bettler in den Stand eines Fürsten. Wenn die Mission gelänge, dann würden sich die Lebensumstände aller Beteiligten grundlegend ändern. Der Assassine könnte seinem Beruf den Rücken kehren und ein eigenes Handelsimperium aus Gaststätten und Freudenhäusern gründen. Schon jetzt war seine gesamte Gilde in diesen Geschäftsfeldern tätig, jedoch nur in den Armenvierteln und den heruntergekommensten Spelunken der Hauptstadt.

Gilde. In Wahrheit waren sie nur eine Bande aus Bettlern und Kleinkriminellen. Er war einer der wenigen, der mehr beisteuerte als ein paar klägliche Silbermünzen, die nur für das Brot auf dem Tisch reichten. Er hätte für sich selbst ein gutes Leben aufbauen können, aber die Familie kam nun einmal zuerst. Eine der wenigen Tugenden, die ihn sein Vater einst lehrte. Vielleicht die einzige.

Er wurde jetzt ungeduldig. Die beiden hätten schon zu Mittag eintreffen sollen, und die Sonne stand schon lange nicht mehr im Zenit. Vielleicht war seine Wahl doch nicht so weise. Verschwiegenheit und Verlässlichkeit. Wichtiger als Waffenkunst und Kraft.

Der Standort des Hauses, in dem er wartete, war den beiden bekannt. Das geheime Zeichen hatte er selbst am Vormittag mit Kreide auf den Türrahmen gezeichnet. Sie konnten es nicht verfehlen. Er gab ihnen noch bis zum Sonnenuntergang, dann würde er von hier verschwinden.

Nach einer Weile hörte er aber, wie sich zwei Personen der Tür näherten. Große Jungs, die aber lautlos gingen. Der Assassine versteckte sich im toten Winkel der Tür und zog behände zwei lange schmale Klingen aus seiner weiten Robe hervor.

Sicher ist sicher.

Der Riegel wurde zurückgeschoben und durch die Tür traten zwei vierschrötige Ratten. Beide groß und hager. Der Assassine erkannte seine Männer sofort am Gang, noch bevor er ihre Gesichter sah.

Der eine hatte ein vernarbtes Gesicht und seine Schwanzspitze fehlte. Er trug ähnliche Kleidung wie der Assassine: weiter, dunkler, grober Stoff. Man nannte ihn „Schnipper“. Innerhalb der Gilde nutzte man Spitznamen, die man, wenn nötig, wieder ablegen konnte. Ein Halsabschneider, wie er im Buche stand. Draufgängerisch. Wortkarg. Beides nützliche Eigenschaften.

Dem anderen fehlte der kleine Finger der linken Hand. Er trug die Kleidung der lokalen Torfstecher. Eine weite, knielange Tunika aus braunem Leinen. Eine dunkle, knielange Hose. Eine dunkelgraue Haube, die vor Nässe und lästigen Insekten schützte. „Zweier" nannte man ihn. Er konnte gleichzeitig zwei Dolche mit tödlicher Zielsicherheit werfen. Geschickt und obendrein ein schlauer Kerl, der im Voraus dachte.

„Wurde auch Zeit." Die Stimme des Assassinen war ein düsteres, ärgerliches Hauchen.

Die beiden fuhren herum, Klingen in den Händen.

„Das Boot von Dreistädten legte später ab und wir hielten es für klug, nicht auf Eile zu drängen. Wäre nicht so schlau, wenn zwei abgerissene Ratten von wichtigen Terminen in Badersweil sprechen, die unnötig Aufmerksamkeit erregen", antwortete Zweier. Schnipper starrte den Assassinen nur düster an.

„Wenn ich eure Lebensgeschichte hören will, lasse ich euch das wissen. Bis dahin, haltet euch an unsere Absprachen!", knurrte der Assassine.

„Schon gut, Boss. Wir hatten halt keinen Einfluss auf den Fahrplan." Zweier steckte seine Messer weg und hob beschwichtigend die Handflächen nach vorne.

„Aber nun sind wir hier. Also, um was geht es, Grinser?", fragte Zweier den Assassinen. *Grinser.* Sein eigener Spitzname. Er wurde so genannt, weil er nie lächelte.

Schnipper hatte seine Messer auch wieder verschwinden lassen und blickte Grinser ausdruckslos an.

„Habt ihr das Zeichen weggewischt, als ihr eingetreten seid?", fragte Grinser zuerst.

Schnipper nickte.

„Verrückter Auftrag, reichlich Gold.“, sagte Grinser daraufhin. Er holte zwei Säckchen aus den tiefen Taschen seiner Robe hervor. Er warf den beiden jeweils eines zu. Sie waren schwer für ihre Größe. Beide blickten hinein. Ihre Augen weiteten sich vor Erstaunen.

„Zehn Goldstücke für jeden. Und das ist nur die Anzahlung. Fünfzig Weitere nach Lieferung“, erklärte Grinser.

„Was liefern?“, fragte Zweier leise.

„Ein Ei.“

Zweier und Schnipper schauten Grinser ungläubig an.

„Jetzt wird es, wie gesagt, verrückt. Wir sollen ein Drachenei aus einer der Pyramiden im Süden besorgen.“

Der ungläubige Blick der beiden Auftragsmörder verwandelte sich in ein Starren.

„Bevor ihr einen Ton sagt – ich weiß, wie wahnsinnig das klingt. Durch den Sumpf zu einer Echsenpyramide, deren genauen Standort wir nur aus einer gut tausend Jahre alten Karte erahnen können. Tückische Moore, gefährliche Alligatoren und am Ende gibt es dieses Ei gar nicht. Aber: Wenn wir nachweisen können, dass wir in der Pyramide waren, gibt es die Hälfte des Bonus, auch ohne Ei.“

„Wie sollen wir das beweisen, selbst wenn wir lebensmüde genug wären, uns in den Schlund des Abgrunds zu begeben?“, fragte Zweier.

„Wir bringen statt des Eies einen Schlangenkopf zurück“, antwortete Grinser.

„Es ist wie du sagst: verrückt!“, zischte Zweier. „Wir werden in den Sümpfen sterben. Lass uns das Gold behalten und erzähle deinem Auftraggeber, dass wir versagt haben und wir zwei mitsamt dem Gold im Moor versunken sind.“

„Auf gar keinen Fall. Der Auftrag wird erledigt und wenn ihr hierfür zu feige seid, finde ich schon Männer, die das Zeug dazu haben. Aber glaubt bloß nicht, dass ihr das Gold einheimsen oder in der Zukunft mit Aufträgen von mir rechnen könnt. Wenn ihr jetzt geht, seid ihr beide aus allen Geschäften raus." Grinsers Worte waren ein scharfes, heiseres Flüstern. So leise es war, so gefährlich klang es.

„Du hast eine Karte?", fragte nun Schnipper. Seine ersten Worte an diesem Tag.

Grinser holte wortlos ein Pergament hervor. Er schritt zu dem flachen Tisch, der in dem schlichten Holzhaus in der Ecke stand und rollte es aus.

„Wir sind hier", er zeigte auf die Stelle, auf der das Zeichen für eine große Stadt zu sehen war. Darüber stand das Wort *Badersweil*. „Wir müssen an der Zitadelle vorbei." Sein Zeigefinger wanderte auf der Karte nach unten. „Laut Karte liegt eine Pyramide genau südlich davon, vier Tage durch den Sumpf. Es gibt noch weitere Pyramiden, die die Greife einst gesehen hatten. Aber die sind viel zu weit weg. Bis in den Smaragdwald und zurück – drei Wochen, das werden wir nicht schaffen."

Auch Zweier hatte sich dazugesellt und nickte bei Grinsers Worten. Er war also dabei.

„Das ist eine militärische Karte, mit dem Wissen der Greife erstellt", merkte Zweier nun an.

Grinser schaute ihm in die Augen und rollte die Karte dabei schnell zusammen. „Reden bringt Eisen, Schweigen bringt Gold, heißt es!", knurrte er Zweier zu.

Zweier schwieg nun.

Ja, ein schlauer Bursche.

Grinser hatte für jeden eine Torfstecherausrüstung zusammengestellt: den einfachen braunen Wachsmantel der Sumpfbauern, der im Grunde ein wasserabweisender Umhang mit einer Kapuze war. Dann noch einen schlichten Holzspaten, dessen Stechkante durch Eisen verstärkt wurde.

Die weitere Ausrüstung und der Proviant wurden in ein Wachstuch eingerollt und dessen Enden mit einem

Seil verschnürt. Diese Rolle wurde über eine Schulter und quer über den Rücken getragen. Mit einem Ruck an dem Seil konnte diese Rolle fester an den Körper angelegt werden, sodass sie sich nicht mehr frei bewegte. Mehr Kontrolle. Weniger Geräusche. Das war ein großer Vorteil beim Rennen oder Schleichen.

Sie gingen bald schlafen, denn sie wollten so früh wie möglich aufbrechen. Als die Morgendämmerung anbrach, machten sie sich schweigend fertig und zogen ihre Tarnumhänge über. Sie sahen jetzt aus wie hiesige Tagelöhner oder einfache Sumpfbauern. Sie würden unbemerkt durch die Stadt und darüber hinaus in den Süden reisen können. Niemand würde sich an sie erinnern.

Sie verließen Badersweil durch das südliche Stadttor. Die Wache schenkte ihnen keinen zweiten Blick.Dann ging es weiter in Richtung Festung. Die Straße führte geradewegs nach Süden, die Wälder links und rechts des Wegs waren gerodet. Die Zitadelle, das Bollwerk des Südens, war schon von weitem zu sehen. Die Türme ragten hoch über die Wipfel der Bäume. Der zentrale Turm war über dreihundert Fuß hoch.

Auch die Mauern der Wehranlagen waren gewaltig. Der mehrere Meilen lange äußere Ring war vierzig, und der innere Ring um die Kernfestung fast achtzig Fuß hoch. Die innere Burg bestand aus einem gewaltigen zentralen Turm, der Zitadelle. Sie war quadratisch, mit einem Seitenmaß von gut zweihundert Fuß und einer Höhe von fast vierhundert Fuß. Die Festung war direkt in den Schutzwall integriert und ragte, wie die drohend nach Süden gestreckte Faust des Reiches, in das Sumpfland.

Die Straße nach Süden führte durch die Festung. Alle Reisenden mussten zwischen der inneren und der äußeren Festungsmauer entlang. Die Mauern, wie auch die Zitadelle selbst, waren aus großen grauen

Steinblöcken gefertigt. Die beiden Mauern erhoben sich senkrecht links und rechts längs des Weges. Die Verteidigungsanlagen der inneren Mauer lagen in Richtung der Straße.

Unzählige Mordlöcher, aus denen schwere Steine auf Belagerer fallen gelassen werden konnten. Schwenkkräne, mit welchen man heißes Öl auf alle Feinde herabregnen lassen konnte. Wer dadurch nicht mit Verbrühungen zu Tode kam, würde im anschließenden Feuersturm, den man mit einer herabgefallenen Fackel entzünden würde, verbrennen. Der Hauptzweck der Zitadelle war es, im Falle eines Angriffes den Feind zu binden, bis ein Entsatzheer käme. So könnte die belagernde Armee zwischen den beiden Heeren zerrieben werden. Sollte der Feind aber an der Zitadelle vorbeiziehen, ohne sie einzunehmen oder zu streifen, hatte er stets eine feindliche Armee im Rücken.

Grinser blickte zu den Todesmaschinen und Mordlöchern hinauf. Er konnte fast die kopfgroßen Steine sehen, wie sie aus vierzig Fuß Höhe zu tausenden auf all jene herabregnen würden, die es wagten, die Macht des Reiches herauszufordern. Nur ein Narr würde versuchen, die Zitadelle anzugreifen. Diese Festung konnte ein fähiger Kommandeur mit dreihundert entschlossenen Männern für Wochen gegen zehntausend Angreifer halten.

Wenn die Echsen je in das Reich vorstoßen würden, dann über einen Teil der Mauer, der zwischen zwei kleinen Garnisonen lag. Deutlich niedriger, selten höher als zwanzig Fuß. Keine unmittelbare Verteidigung. Wenige Wachen patrouillierten auf den Wehrgängen. Auch waren die Garnisonen entlang der Grenze nur noch dünn besetzt. Einige sollen sogar aufgegeben worden sein.

Aber das sollte ihn nicht kümmern. Die Echsen waren seit tausend Jahren geschlagen und würden sich nie wieder als Streitmacht erheben. Wichtiger waren die Echsen, die in den Sümpfen lauerten. Die waren eine echte Gefahr.

Sie gingen durch das große Tor der südlichen Mauer. Die Toranlage war gewaltig. Es gab ein inneres Fallgatter aus Metall, das in Augenblicken heruntergelassen werden konnte. Dazu schwere Torflügel, die jetzt allerdings offen standen. Die Türme, die die Seilzüge bargen, mit denen das schwere Fallgitter bewegt wurde, waren über einhundertzwanzig Fuß hoch.

Die drei Ratten gingen in aller Stille weiter Richtung Süden und ließen die Zitadelle hinter sich zurück.

Grinser war noch nie so weit im Süden gewesen. Er spürte, dass es die gesamte Zeit leicht bergab ging. Die Straße südlich der Mauer verdiente schon nach einigen Meilen diesen Namen nicht mehr. Sie war wenig mehr als ein befestigter Weg aus gestampfter Erde. Grinser konnte sich nur zu gut vorstellen, dass diese „Straße" nach einem Regenguss zu einem Schlammmeer wurde.

Die Luft wurde wärmer, feuchter, geradezu schwül. Auch die Vegetation veränderte sich. Bäume und Farne, die Grinser nicht kannte, säumten den Weg.

Sie trafen wenige Reisende auf der Straße. Bis auf eine Patrouille Hunde waren alle anderen Bürger, die auf der Straße wanderten, Sumpfratten. Einige waren von der größeren Art. Hellgraues Fell. Die Gesichter fast weiß mit schwarzen Ohren. Die Arme und Beine hatten ebenfalls eine dunklere Farbe. Sie hatten auch nicht die hübschen Nagezähne, wie sie bei Mäusen und Hasen zu finden waren. Diese Sumpfratten hatten ein Gebiss wie die Füchse. Hässliche Gesellen.

Grinser und seine Männer zogen an allen, denen sie begegneten, grußlos vorbei. Grüßen bedeutete, sich anzusehen, sich ins Gesicht zu blicken. Besser, wenn die anderen sie für unhöflich oder gedankenverloren hielten, sich aber nicht an bestimmte Merkmale erinnerten.

Drei Ratten im Sumpf. Eine geradezu wertlose Beschreibung. Es klang fast wie die Einleitung eines Witzes.

Als die Dämmerung einbrach, suchten sie einen sichtgeschützten Ruheplatz. Alles war feucht hier, aber Grinser hatte Vorbereitungen getroffen. Das Wachstuch, in das sie ihre Ausrüstung eingewickelt hatten, war nahezu wasserdicht und diente als Unterlage für die Nacht. Die Mäntel konnten als Regenschutz wie ein Zelt über jedem einzelnen aufgespannt werden. Denn auch wenn es nicht regnete: Die Luft war so feucht, dass der Morgennebel wie ein Nieselregen wirken würde.

So konnten sie vorerst trocken bleiben. In den tiefen Sümpfen bliebe ihnen die Nässe jedoch nicht erspart.

Sie entfachten kein Feuer und aßen ihre Rationen kalt. Keine Aufmerksamkeit erregen. Der beste Schutz waren Deckung und sich unsichtbar zu machen.

Wenn sie erst in den Sümpfen waren, würden sie in den Baumkronen schlafen. Die Wachstücher konnten zu Hängematten gebunden werden. So lag man einigermaßen gemütlich und sicher an einem Ort, und niemand würde über einen stolpern. Eine solche Vorsicht war hier aber noch nicht nötig.

Am nächsten Morgen brachen sie erneut zeitig auf. Die drei sprachen kaum ein Wort. Bei Schnipper war das normal, auch Grinser war ein stiller Typ. Zweier war am gesprächigsten, aber auch in seinem Fall waren es nur wenige Worte. Zumeist Flüche über die schwüle Hitze des Südens.

Am frühen Vormittag kam ihnen eine Karawane von Torfstechern entgegen, die ihre Ausbeuten auf Karren geladen hatten. Gut zwanzig Mann, die fünf Karren zogen und schoben. Harte Arbeit für wenig Silber.

Grinser wusste schon, warum er seinen Pfad gewählt hatte. Als Ratte war man entweder ganz unten oder in den Schatten. Und in den Schatten der Gesellschaft lebte es sich gut, wenn man nur gerissen genug war. Diebstahl, Drogenhandel, Prostitution, Betrug und Mord – hohes Risiko, hoher Gewinn. Und je höher das Risiko, desto besser die Ausbeute. Dieser Auftrag war der Beweis. Ein paar Tage Mühen und Angst, danach ein Leben in Saus und Braus. Schnipper und Zweier hatten es auch verstanden.

Die Karren zogen an ihnen vorüber; die Torfstecher, blickten meist nur müde auf, als das Trio an ihnen vorbeilief. Der Boden war inzwischen deutlich feuchter und die Räder der groben Holzkarren sanken eine Handbreit tief in die sogenannte Straße ein. Kaum einer der sich in der Hitze Vorwärtsquälenden hob die Hand zum Gruß oder sprach eine Grußformel.

Grinser blickte nach oben und sah, wie in den Wipfeln der Bäume Nebel hing, obwohl es so warm war. Die Luftfeuchtigkeit war inzwischen also so hoch, dass man sie mit bloßem Auge sehen konnte. Und sie waren noch nicht einmal in den Dolchzahn-Sümpfen. Diese müssten sie bei Einbruch der Nacht erreichen. Der letzte sichere Schlaf.

Die Straße endete in einem kleinen Weiler, der aus sechs kruden Holzhütten bestand. Zusätzlich gab es eine Art Wachstation, kaum mehr als ein Meldeposten. Zwei Soldaten standen vor dem windschiefen Häuschen und blickten gelangweilt auf die drei Neuankömmlinge.

Ihre Rüstung war dunkel, fast schwarz. Sie hatten Helm und Harnisch mit eingebranntem Leinöl vor der immerwährenden Feuchtigkeit geschützt. Auch die Pikenspitzen waren so behandelt worden. Vermutlich wäre die Ausrüstung ansonsten innerhalb weniger Wochen vom Rost aufgefressen worden. Die

Grenzwacht wurde zuweilen auch das „Schwarze Batallion“ genannt, weil ihre Rüstungen so nachgedunkelt waren. Es war eine Frage der Logistik. Die Mengen Öl, die nötig waren, die Waffen und Rüstungen aller Soldaten rostfrei zu halten, würden immense Summen verschlingen und gegebenenfalls zu Engpässen in der Versorgung führen. Das Einbrennen der Piken und Rüstungen, wie man es auch bei Kochgeschirr tat, war kostengünstig und ersparte auch der Grenzwacht viel logistischen Aufwand. Denn das Leinöl musste nur einmal eingebrannt werden.

Grinser lenkte seine Schritte unauffällig in die Richtung der äußeren Hütte, sodass sie nicht zu dicht an den beiden Soldaten vorbeiliefen. Es war mehr eine Angewohnheit als Sorge. Sie wurden hier nicht gesucht und ihre Mission war gegen die Echsen gerichtet, dem Erbfeind aller Völker des Reiches. Selbst wenn die Soldaten begriffen, dass sie weiter in den Süden wollten, was sollte es sie kümmern? Nur drei Narren, die ihr Leben für etwas Torf oder ein wenig Edelholz aufs Spiel setzten.

„Hey da. Ihr drei. Wohin des Weges?“, rief einer der Hunde. Er war kurz, aber stark gebaut; ein flaches, breites Gesicht. Dunkles Fell. Grinser kannte die Art. Stabil. Zäh. Dumm. Der andere war größer, aber von schlaksiger Statur. Lange Beine, schmale Schultern. Helleres Fell. Er war jung und wirkte desinteressiert. Ihm machte die Hitze zu schaffen. Gut.

„Grüße, Herr Hauptmann, wir gehen nur unserem Tagwerk nach, Torf aus dem Sumpf“, rief Grinser und hob den linken Arm zum Gruß.

Der kleine, breite Hund machte ein abfälliges Geräusch. „Ich bin nur Soldat. Kein Hauptmann würde seine Zeit in so einem Rattennest verschwenden.“

Die Soldaten in der Hauptstadt waren definitiv disziplinierter, da hätte keiner ohne Provokation ein anderes Volk schlecht geredet. Grinser störte es nicht. Soll der Trottel sich ruhig überlegen fühlen. Dann fühlte er sich sicherer, war weniger wachsam.

„Vergebung, Chef. Wie sie selbst sagen, hier gibt‘s nur arme Ratten und Torf."

Das hatte der Soldat zwar nicht gesagt, aber Grinser setzte ihm das Bild gerne in den Kopf.

„Hmja, dann mal viel Vergnügen beim Schlammbuddeln. Kommen eure Karren nach?", fragte der kurze Hund. Er hatte aber seinen Blick schon abgewandt und schien das Interesse verloren zu haben.

„Ja, ja, wir schichten schon mal alles auf. Unsere Jungs kommen übermorgen nach", log Grinser. Die Wachen schien es ohnehin nicht zu interessieren.

Der Weiler war fast leer. Eine junge Rattenmutter wusch Wäsche in einem hölzernen Zuber vor einer der Hütten. Vier kleine Kinder taumelten und krabbelten um sie herum. Sie quäkten und verlangten nach Aufmerksamkeit, die sie vermutlich nie bekommen würden.

Abgesehen von der jungen Rattin und ihren Blagen war niemand zu sehen. Vermutlich waren alle anderen Bewohner im Sumpf, um ihren Lebensunterhalt zu bestreiten.

Grinser war es egal. Sie gingen weiter. Weiter auf die tiefen Sümpfe zu. Als das kleine Dorf hinter ihnen im Grün des dichten Waldes verschwand, wurde ihm bewusst, dass er das Reich hinter sich gelassen hatte.

Vor ihnen lagen die Dolchzahn-Sümpfe. Die wahre Wildnis. Feindesland. Alle Erzählungen hierüber waren Schauergeschichten: Alligatoren, die gefürchteten, bis zu zwanzig Fuß langen Panzerechsen. Ihre Haut war wie Eisenrüstung. Warane, die ebenfalls riesige Reptilien waren, deren Biss das Fleisch zersetzen konnte, bis es von den Knochen fiel. Schlangen, die Gift spucken und ihren Opfern den Verstand rauben konnten, wenn man sich nicht vorsah. Insekten, die einen ausgewachsenen Bullen mit ihrem Gift töten konnten.

Aber auch das Land selbst war eine Gefahr. Der Boden war tückisch und verschlang die Unvorsichtigen. Es gab auch tödliche Krankheiten, die im Wasser lauerten und in den letzten Jahrhunderten vermutlich mehr Opfer gefordert hatten als alle Echsen zusammen. Die Sümpfe waren der Stoff, aus dem Alpträume sind.

Doch Grinser streifte seine Bedenken ab. Er war erfahren genug, um zu wissen, dass der Tod jeden überall ereilen konnte. Und es gab Gold zu gewinnen, mehr als er mit ehrlicher Arbeit in hundert Leben verdienen könnte. Die meisten Gefahren des Sumpfes waren mit Umsicht und einem festen Herzen zu überwinden.

Die Echsen hatten keine organisierten Streitkräfte, sondern waren zu Wilden verkommen. Gewisslich leicht zu täuschen. Außerdem gehörten die drei Ratten, die heute zusammen in den Sumpf zogen, zu den gefährlichsten Gassenkämpfern, die in diesem Zeitalter die Großstädte unsicher machten. Jeder von ihnen war ein erfahrener Kämpfer. Jeder von ihnen hatte schon getötet. Es waren die degenerierten Echsen, die das Fürchten lernen würden, sollte es zu einem Kampf kommen.

Aber Grinser hatte nicht vor, seine Fähigkeiten mit den Messern gegen die Barbaren des Südens zu testen. Verstohlenheit und Schläue würden diesen Auftrag zu Ende führen, nicht Gift und Klinge.

Grinser machte ein Zeichen und sie hielten an. Zeit umzurüsten.

Sie legten ihre Spaten und Arbeitswerkzeuge ab. Sie holten nun andere Kleidung hervor, die sie in Dreistädten für Aufträge in der Kanalisation nutzten. „Schlammhaut“ nannten die Ratten diese Anzüge.

Gefertigt aus reiß- und wasserfestem Stoff. Die Farbe war dunkelgrau, fast schwarz. Der Anzug bestand aus einer Hose, einem lang geschnittenen Oberteil, das weit über die Hüfte reichte, und einer Kapuze. Alles lag eng an und wurde mit Wickeltüchern sorgsam an den Körper gepresst, fast wie eine zweite Haut. Von Kopf bis Fuß in diese schwarzen Bandagen gehüllt, würden die Echsen sie nicht wittern können.

Der Anzug wurde vor jedem Einsatz in einem Öl gewaschen, der den Eigengeruch der Ratten überdeckte und den Stoff undurchlässig für den Schlamm machte. Auch den Geist von Krankheiten konnte dieses spezielle Öl ersticken. Grinser hatte keine genaue Ahnung, wie das funktionierte. Es reichte ihm zu wissen, dass es wirkte.

Alchemie. So nannten die Giftbrauer der Gilde ihre Kunst. Sie konnten aber auch Gegengifte und so manchen anderen nützlichen Trank herstellen. Tränke, die die Sinne trüben konnten, oder sogar den Schlaf brachten, aus dem man für Stunden nicht erwachte. Aber es gab auch Tinkturen, die Beschwerden lindern oder den Liebesakt verlängern konnten. Grinser hatte auch einen speziellen Trank, der die Sinne schärfte und die Muskelkraft erhöhte. Allerdings zahlte man nach ein paar Stunden einen hohen Preis dafür: Man war für Tage geschwächt.

Grinsers Gilde hatte mit diesen Mitteln schon gutes Geld verdient. Anders als der Purpurstaub, den die Süchtigen in den Spelunken des Reiches schnüffelten, waren solche Rauschmittel nicht verboten.

Die meisten seiner Brüder und Schwestern waren in den Gewerben der Nacht zugange, er selbst war einer der wenigen, die den Weg der Klinge gingen. Er hatte daher stets Arbeit.

Aber er verlor sich nun in Gedanken. Der gefährliche Teil des Auftrags hatte begonnen, nun musste er sich konzentrieren. Eine harte Woche lang.

Die drei legten ihre Schlammhäute an und halfen sich gegenseitig mit dem Bandagieren, sodass auch über Stunden nichts verrutschen würde. Nur noch Augen, Mund und Nase sowie die Fingerspitzen blieben unbedeckt. Dies alles geschah in absoluter Stille, nicht ein Wort wurde gesprochen.

Dann die Waffen. Sonst verborgen, trugen sie ihre Waffen nun offen, um sie noch schneller ziehen zu können. Alle drei hatten lange, scharfe Messer mit gehärteten Spitzen gewählt. Die Schneiden waren stark genug, dass sie bei einem Stoß gegen ein gepanzertes Ziel nicht zerbrechen würden. Jeder Wurfdolch und Wurfpfeil im Arsenal wurden frisch vergiftet. Behutsam, denn selbst der geringste Kontakt mit der Haut war gefährlich. Die Gifte waren so potent, dass ein großer Bulle, wenn er nur einen kleinen Schnitt einer vergifteten Klinge erlitt, innerhalb einer Minute bewusstlos zusammenbrach. Noch bevor die zweite Minute verronnen war, befand er sich auf dem Pfad in die Andernwelt.

In die Wachstücher, in denen zuvor die Ausrüstung getragen wurde, packten sie nur noch ihre Wasserschläuche und eine kleine Ration salziges Gebäck, das in kleinen Portionen wasserfest verpackt war. Der Rest blieb zurück. Sie wickelten alles in die zuvor als Tarnung gedachten Wachsmäntel und schoben die Bündel ein Stück vom Pfad entfernt ins Gestrüpp.

Dann zogen sie los, in den tiefen Sumpf. Sie folgten dem direkten Pfad in den Süden, schwammen durch die stillen Gewässer der Mangroven, aber auch durch den Morast. Schnell waren sie vom Schlamm derart bedeckt, dass sie, würden sie regungslos verharren, mit der Umgebung verschmolzen. Sie glitten nahezu lautlos durch die Wälder und über die kleinen Inseln, die inmitten der grünen Seen lagen.

Sie wechselten sich in der Reihenfolge ab, sodass der vorderste als Späher fungierte. Das vorsichtige, aber stetige Vorwärtsschleichen war kraftraubend, schon nach einer halben Stunde ließ die Konzentration nach. Denn ihre Feinde waren selbst Meister der Tarnung.

Grinser hatte vor der Reise so viele Informationen wie nur möglich zusammengetragen. Die gewaltigen Alligatoren konnten stundenlang regungslos im Wasser liegen, nur die Nasenlöcher und die Augen lagen dann oberhalb der Wasserfläche. Die Augenfarbe war von einem sumpfigen Grün. Somit waren diese Bestien geradezu unsichtbar. Da sie die geistige Flexibilität von Idioten hatten, langweilten sie sich nicht. So harrten sie unerkannt aus und spähten nach Beute. Die perfekten Wächter.

Die Warane waren nicht ganz so verschlagen, aber dafür sollten sie bösartiger sein. Man fand sie weiter südlich, im Smaragdwald. Oder sie fanden einen. Es hieß, dass sie ihre Opfer nicht wie die gewaltigen Krokodile einfach töteten und dann verschlangen. Nein, sie fraßen ihre Opfer bei lebendigem Leibe auf, beginnend mit dem Unterkörper. Es sollte Stunden dauern, bis man endlich starb.

Ob die Echsen dies aus Lust am Bösen taten oder einfach, weil es sie nicht kümmerte, wie ihre Opfer litten, war unklar. Angeblich waren sie kalt und fühlten weder Mitleid noch Freude. Grinser wusste nur, dass er sich mit einem seiner eigenen Dolche schneiden würde, sollte er von ihnen erwischt werden.

Zweier wirkte am Anfang etwas nervös, als er das erste Mal die Spitze übernahm, fand sich aber schnell ein. Wenn man gut vorbereitet war, war der Sumpf tatsächlich nicht so furchteinflößend. Im Grunde nur ein nasser Wald. Aber nur nicht überheblich werden, ein Alligator konnte das Nass innerhalb eines Augenblickes rot färben. Diese Wilden kämpften nicht nur mit ihren primitiven Steinwaffen und verhornten Fäusten. Sie schnappten mit ihren starken Kiefern zu und konnten einem ausgewachsenen Mann mit einem Biss die Arme abtrennen. Keine angenehme Vorstellung.

Der Sumpf zog sich schier endlos dahin. Die Luft war erfüllt mit fauligem Gestank, der sehr an die Kanalisation von Dreistädten erinnerte. Eine Mischung aus Kot, Urin und allgemeinem Verfall. Die drei waren das gewohnt. Sie hatten schon oft besondere Schmuggelware vom oder zum Hafen durch die Stadt bewegt. Von Purpurstaub bis zu jungen Mädchen, je nachdem, was verlangt wurde.

Was anders war, war die Hitze. Grinser war fast froh, dass sie durch das Wasser und den Schlamm glitten. Er mochte sich nicht vorstellen, wie es für die Hundesoldaten sein musste, mit Helm und Harnisch, gepolstertem Waffenrock und Pike so tief im Süden zu marschieren. Die Truppen mussten erschöpft sein, bevor sie sich dem Gegner überhaupt stellen würden.

Am späten Nachmittag des dritten Tages, die Dämmerung war nicht mehr fern, war Schnipper an der Spitze. Grinser war in der Mitte und Zweier bildete die Nachhut. Er beobachtete Schnipper und folgte ihm in knapp dreißig Fuß Entfernung.

Schnipper hatte plötzlich seine vorsichtigen Schwimmbewegungen gestoppt und starrte auf das Wasser vor sich. Er war nun von Schlamm und Wasserlinsen bedeckt und kaum zu erkennen, auch wenn man wusste, wo er sich befand.

Grinser konnte zwar nichts Verdächtiges sehen, verließ sich aber auf die Fähigkeiten und Instinkte Schnippers und verharrte ebenfalls. Er blickte aus den Augenwinkeln zurück und sah, dass Zweier ebenfalls bewegungslos zwischen den langen Wurzeln eines nahen Baumes verharrte. Die Wurzeln ragten bis ins Wasser und Zweier hielt sich an einer dieser Stelzwurzeln fest.

Er fügte sich derart gut in seiner Umgebung ein, dass er fast unsichtbar war. Grinser lobpreiste in Gedanken die Schneider der Gilde und ihre Schlammhäute.

Sie warteten nun schon gut zwanzig Minuten lang bewegungslos auf ihren Positionen. Alle drei schauten auf die Stelle im Wasser, die Schnipper mit seinem Blick fixiert hatte.

Grinser wollte schon nach vorne schwimmen, da er der Meinung war, Schnipper sähe Gespenster, doch dann entdeckte er eine kleine Bewegung im Wasser. Eine kleine Welle, die sich von einem Punkt bei den Wasserlinsen vor Schnipper ausbreitete. Dann sah er es. Ein Paar grüne Augen. Sie waren genau wie in den Geschichten. Sumpfwasserfarben. Die Pupillen waren Schlitze, keine Kreise. Die Augen von diesen Wilden saßen irgendwie *auf* dem Schädel. Beunruhigend.

Grinser holte langsam tief Luft und verharrte einen Moment. Dann senkte er seinen Kopf. Deut um Deut. Unter Wasser öffnete er die Augen und versuchte durch das trübe Wasser etwas zu erkennen. Die Sonne stand zwar tief, warf aber noch genug Licht durch den Wasserlinsenteppich. Er sah den treibenden Körper von Schnipper, der einfach im Wasser hing. Sein Blick wanderte weiter, er konnte in der Dunkelheit jenseits von Schnipper nichts erkennen.

Dann durchzuckte es ihn. Diese Dunkelheit jenseits von Schnipper war ein Krokodil. Er hätte nicht gedacht, dass die Alligatoren *so* groß sein würden. Es zu hören war etwas anderes, als es zu sehen. Der Kaiman vor ihnen maß über zwanzig Fuß. Seine langen, muskulösen, schuppengepanzerten Arme hingen schlaff nach unten und berührten den Grund der Mangrovenlagune, in der sie sich gerade befanden. Der Bursche trieb dort vor sich hin und rührte sich nicht. Schnipper hatte ihn bemerkt, aber kam nicht mehr von seiner Position weg. Er war kaum zehn Fuß vom Kopf der Bestie entfernt.

Gegen so einen Koloss mit Dolchen und Wurfpfeilen zu kämpfen, war ein irrsinniger Gedanke. Wenn die Haut nur halb so dick war wie sie wirkte, würden die Wurfmesser und Eisendorne der Wurfpfeile ihr Gift nicht zur Wirkung bringen können. Der Alligator sah aus, als könne er Schnipper mit bloßen Händen in Stücke reißen.

Sie mussten ihm ausweichen. Die einzige Möglichkeit.

Grinser hob seinen Kopf langsam wieder an und atmete durch die Nase aus, sobald sie sich wieder über Wasser befand. Er beschloss, Schnipper hier zurückzulassen. Vielleicht würde er dem Alligator in der Nacht entkommen können, aber Grinser hatte nicht vor, so lange hier im Wasser liegen zu bleiben.

Die Pyramide war nur noch einen halben Tag entfernt. Sie würden genug Zeit aufwenden müssen, um sie ausfindig zu machen. Es gab keine Straßen oder Wegweiser. Um einen Blick über die Wipfel des Sumpfes werfen zu können, würden sie regelmäßig auf Bäume klettern müssen. Alles gefährlich und zeitaufwändig.

Tschüss, Schnipper.

Grinser begann ganz langsam in Richtung des Ufers zu paddeln. Winzige Bewegungen. Da hörte er ein krachendes Geräusch, das tiefer aus dem Dschungel kam. Ein brechender Ast? Was auch immer es war, es erregte auch die Aufmerksamkeit des Krokodils, das sich nun in Bewegung setzte. Es paddelte mit seinem langen Schwanz, der fast die Länge seines Oberkörpers hatte. Anders, als bei den anderen Völkern, wirkte der Schwanz des Alligators wie eine direkte Verlängerung seines Körpers. Unheimliche Wesen. Nun erreichte das Krokodil das Ufer und wuchtete sich aus dem Wasser. Es hatte einen grünlich-gelben Bauch, die Rückenschuppen aber waren von einem sehr dunklen Grün, wie Tannennadeln im Winter. Es hatte einen riesigen Schädel, einen gepanzerten, breiten Rücken und lange, vor Muskeln strotzende Arme. Die Beine waren allerdings absurd kurz. Aufgerichtet maß der Alligator gut acht Fuß und sein Schwanz weitere zehn. Sein großer Schädel war fast drei Fuß lang. Das Gesicht wirkte hart und erbarmungslos. Die kleinen Augen blitzen gefährlich im Halbdunkel des Waldes. Es setzte sich in Bewegung und war für seine Größe erschreckend leise dabei. Seine dunklen Schuppen tarnten ihn gut in der Umgebung. Die Augen wurden zu zwei kleinen grünen Karfunkelsteinen, die nun durch den Wald zu schweben schienen.

Nachdem das Ding außer Sicht war, setzten sich die drei Ratten synchron in Bewegung und paddelten auf das Ufer auf der anderen Seite des kleinen Sees zu.

Als sie sich am Ufer zusammenfanden, bemerkte Grinser, dass sie alle zitterten. Das war eine knappe Sache gewesen, im Wasser hätten sie keine Chance gehabt. Schnipper und Zweier wussten das auch.

„Jetzt nicht aufgeben, es ist nicht mehr weit. Denkt an das Gold“, flüsterte Grinser.

Sie atmeten tief durch und machten sich auf den Weg, bevor der Alligator doch noch zurückkehrte.

Grinser übernahm die Führung und leitete sie weiter nach Süden. Nach einer Weile machte er ein Zeichen, um sie zu sammeln, und sie fanden sich im Schatten eines großen Baumes zusammen.

„Pause“, murmelte Grinser.

Er machte ein Handzeichen für „spähen“ und ahmte dann Kletterbewegungen nach. Die anderen nickten und legten ihre Bündel mit dem Proviant ab.

Grinser nahm einen Schluck Wasser und biss von einem salzigen Keks ab. Dann kletterte er den Baum hinauf. Die Stelzwurzeln machten es leicht, den Stamm zu erklimmen. Die Rinde war mit Flechten überwuchert und die Äste wuchsen dicht. So dauerte es nicht lange, bis Grinser sich in der Baumkrone befand und über das Blätterdach spähen konnte.

Er blickte sich um. In Richtung Norden lag die Zitadelle, doch er konnte das gewaltige Bauwerk nicht entdecken. Dunst lag über dem Wald und zog in dünnen Schwaden allerorts vorbei. Im Nordosten sah Grinser die dunklen Schatten der steilen Felswände, die das Sumpfland von den höher gelegenen Ebenen von Ost-Swampasud abtrennten. Nach Osten wie auch Westen erstreckte sich soweit das Auge reichte, nur ein grünes Blättermeer. Doch im Süden konnte er etwas erkennen. Keine zwei Dutzend Meilen vor ihnen war eine Lichtung. Eine sehr große Lichtung.

Der grüne Teppich des Waldes wurde dort über Meilen unterbrochen. Es wirkte von seinem Baum aus wie eine Stelle auf einer frischen Wiese, wo das grüne Gras ausgestochen worden war und nur noch der dunkle Erdengrund verblieb. In der Mitte dieses Kahlschlags erhob sich ein Gebilde, das auf die Entfernung schwarz wirkte. Die rechten Winkel und die flache Spitze ließen nur einen Schluss zu. Das war ihr Ziel. Die Pyramide. Dort würden sie einer Schlange den Kopf abschlagen oder ein paar uralte Bruchstücke einer Eierschale einpacken.

Grinser betrachtete noch einen Augenblick lang die Pyramide und versuchte zu erspähen, ob er in dem Blätterwald Flussläufe oder prominente Orientierungspunkte erkennen würde.

Er stieg wieder hinab und berichtete kurz angebunden über das Gesehene. Die Nachricht, dass die Pyramide mit bloßem Auge zu sehen war, ermutigte sie. Sie waren schneller vorangekommen als geplant und setzten kurz darauf ihren Weg fort.

Auch in dieser Nacht schliefen sie auf den Bäumen. Sie kletterten in die Wipfel und knoteten sich aus ihren Wachstüchern Hängematten. Sie banden sich sicherheitshalber auch noch fest, sodass sie nicht durch ein Missgeschick herunterfallen konnten. Sie brauchten alle Kraft für den morgigen Tag. Stunden des Spähens und des Lauerns auf den richtigen Moment. Dann überraschend und schnell zuschlagen. Der Feind würde nicht erwarten, dass sie kamen. Sie teilten ihre Wachschichten ein: Zweier übernahm die erste, Schnipper die zweite und Grinser die letzte.

Sie alle hörten in der Nacht den Klang von Trommeln. Ein langsamer, dumpfer Rhythmus in weiter Ferne. Aus Richtung Süden, aus Richtung der Lichtung. Von der Pyramide. Grinser kletterte etwas höher, um einen Blick in diese Richtung zu werfen. Er sah, dass die obere Ebene des Gebäudes erleuchtet war. Feierten die Echsen ein Fest? Oder war dies eine nächtliche Routine?

Die drei schliefen unruhig und wurden regelmäßig aus dem Schlaf gerissen. Ihnen war, als ob noch etwas anderes in diesem dumpfen Dröhnen mitschwang, aber keine der Ratten konnte es richtig erfassen.

Als die Dämmerung anbrach, verstummten die Trommeln. Sobald die ersten Strahlen der Morgensonne durch das Blätterdach des Waldes schienen, brachen die drei ihr Lager in der Baumkrone ab.

Sie prüften am Fuße des Baumes ein letztes Mal ihre Ausrüstung, zogen die Bandagen nach und stärkten sich für den Tag und die kommende Nacht. Zwischen den langen Stelzwurzeln verborgen, nestelten sie ihre Waffengurte noch einmal fest und sahen sich die Gifte an den Klingen an.

Als sie zufrieden waren, zogen sie los. Grinser übernahm die erste Führung. Das Gefühl, bergab zu gehen, hatte sich inzwischen vollständig verflüchtigt. Sie hielten auf die Lichtung zu, in der die Pyramide lag. Sie hatten entgegen allen Erwartungen immer noch keinen Kontakt mit Echsenkriegern gehabt. Grinser vermutete, dass sie schlicht an ihnen vorbeigeschlichen waren, während die Reptilien ihrerseits in aller Stille lauerten.

Die Schlammhäute hatten sich mehr als bezahlt gemacht. Nicht ein Silberstück war fehlinvestiert worden.

Sie kamen gut voran, am späten Nachmittag erreichten sie den Rand der Lichtung. Diese war größer, als Grinser zuerst angenommen hatte. Gewiss fünf Meilen im Durchmesser.

Die Lichtung war künstlich angelegt worden, soviel war klar. Der Wald war gerodet und der Boden geebnet worden. Die Lichtung, die sich vor ihnen ausbreitete, hatte im Gegensatz zu den Sumpfwäldern hinter ihnen ein Wegenetz, das sich wie ein Raster über die Ebene ausbreitete. In der Mitte stand die Pyramide. Zwischen den Wegen befanden sich fremdartig wirkende Bauten, von denen Grinser annahm, dass es sich um Häuser handelte. Die Architektur war symmetrisch, die Gebäude quadratisch. Sie alle waren in perfekten Winkeln zu der Pyramide errichtet. Er sah Brücken und Wasserläufe, die durch einen Fluss, der westlich lag, gespeist wurden. Die Pyramide im Zentrum war gewaltig. Ein Koloss von einem Gebäude, deutlich größer und ausladender als die Zitadelle, jedoch erreichte es nicht deren Höhe. Dennoch war die Pyramide über zweihundert Fuß hoch. Die Seitenlänge der Basis musste mindestens siebenhundert Fuß messen. Es war offensichtlich, dass die Stadt erst nach der Pyramide gebaut wurde, alles schien sich an der Pyramide auszurichten.

Alle Gebäude waren überraschenderweise aus massivem Stein. Die Geschichten, die Grinser über die Echsen gehört hatte, ließen sie wie kulturlose Wilde erscheinen. Seine erste Begegnung mit einem Vertreter der Geschuppten, dem Alligator im Sumpf, schien diese Einschätzung zu bestätigen. Die Stadt, die sich nun vor ihnen ausbreitete, sprach aber eine andere Sprache.
Grinser dachte nach. Er war kein Dummkopf und konnte um Ecken denken, die andere nicht einmal sahen.

Das war einer der Gründe, weshalb der Seneschall ihm wichtige Aufträge anvertraute. Von Architektur verstanden die Reptilien offensichtlich etwas. Grinser war kein Steinmetz oder Baumeister, aber ihm war klar, dass eine solche Stadt Techniken der Steinverarbeitung und ein organisiertes Transportwesen voraussetzte. Werkzeuge. Ausbildung. Wissen. Führung. Ihm war auch klar, dass eine so große Stadt mit Lebensmitteln versorgt werden musste. Und wenn nicht alle Geschichten vollkommen falsch waren, fraßen die Echsen nur eines: Fleisch.

Er konnte nur erahnen, wie viele Echsen in dieser Stadt lebten. Wie viele oder wie wenige sich in die quadratischen Häuser drängten. Es mussten Tausende, wenn nicht gar Zehntausende sein.

Wo bekamen die Echsen so viel Fleisch her? Und was für ein Fleisch? Gab es eine Fischerflotte, die diese Stadt über einen Flussweg mit täglich frischem Fisch belieferte? Nicht unmöglich. Wer so eine Stadt baute, konnte das gewisslich organisieren.

Seine beiden Begleiter hatten sich seitlich von ihm positioniert und beobachteten die Stadt vom Waldrand aus. Grinser warf ihnen einen Blick zu. Zweier schien, wie er selbst, erstaunt zu sein. Man spürte, er hatte das nicht erwartet.

Der pragmatische Schnipper allerdings spähte schon Pfade aus, über die man ungesehen durch die Stadt zur Pyramide käme. Wasserläufe, sichtgeschützte Kanäle, niedrige Mauern, in deren Schatten man schleichen konnte.

Grinser gab den beiden ein Zeichen, dann zogen sie sich ein Stück in den Schatten der Bäume zurück. Zeit für eine Lagebesprechung. Er hatte eine zerfallene Ruine erwartet, in der sich ein paar verelendete Schlangen mit einer Anzahl Untergebenen an dem ehemaligen Glanz der alten Zeit festklammerten. Die alte Eierschalen wie heilige Relikte hüteten. Die sich einen Wiederaufstieg ihres gefallenen Imperiums aus der Asche erträumten, die diese Bruchstücke irgendwann durch Magie ermöglichen sollten.

Ihm wurde klar, dass die Greife nachlässig gewesen waren. Die ersten Generationen der Greife waren mächtig und stellten eine fast unbezwingbare Armee aus Kriegerhelden, die einen Alligatoren mit einem Hieb töten konnten. Aber sie waren wenige geworden und hatten sich selbst durch Hunde ersetzt. Grinser hatte selbst schon einige Hunde getötet. Neugierige Wachen oder Soldaten, die zu aufmerksam waren. Es waren keine Schwächlinge, aber sie waren auch nicht beindruckend. Wenn er jetzt an den Alligator dachte: Dieser Kerl könnte alleine ein Dutzend Hunde erschlagen. Wenn die Echsen eine Armee aus solchen Burschen aushoben …

„Ok, Jungs“, flüsterte Grinser. „Das ist eine neue Situation, aber nicht alles ist zu unserem Nachteil. In so einer geordneten Stadt können wir uns fortbewegen, wie in Dreistädten. Die Echsen haben gestern Nacht nicht geschlafen und das werden wir ausnutzen.“

„Grinser, ich habe ein ganz schlechtes Gefühl“, sagte Zweier. „Das sind keine Wilden, einige der Gebäude sehen aus, als wären sie neu errichtet worden. Die Echsen liegen nicht am Boden, oder nicht so, wie man uns glauben gemacht hatte. So ein Attentat, wie wir es uns vorgestellt hatten, braucht mehr Zeit und Planung.“

„Was denkst du, Schnipper?“, fragte Grinser, ohne auf Zweiers Bedenken einzugehen.

„Zivilisation ist gut, die birgt immer eine Menge Schwächen, die man ausnutzen kann. Ich fühle mich wohler, in geordnete Bahnen einzubrechen, anstatt eine wilde Jagd im Sumpf zu veranstalten.“

„Ich sehe das genauso“, stimmte Grinser Schnipper zu. „Schaut euch mal die Straßen an. Alles ist perfekt angeordnet. Dreistädten ist ein Dschungel dagegen. Wer auch immer das hier leitet, hat auch die Abläufe perfektioniert. Und Abläufe haben Muster. Und Muster kann man ausnutzen."

Grinser schaute Zweier in die Augen. „Bist du dabei?"

Zweier zögerte drei Herzschläge, dann nickte er und flüsterte „Ja." Das Wort klang fast gequält.

„Dann ist ja alles klar. Aufteilen. Spähen. Sammeln in einer Stunde."

Grinser gab ein Zeichen zum Spähen und zeigte auf den höchsten Baum in der unmittelbaren Umgebung. Dann deutete er auf Zweier. Dann auf einen Baum, der ungefähr tausend Fuß im Osten lag und nickte Schnipper zu. Er selbst würde sich nach Westen wenden, um auch einen Blick auf den nahen Fluss zu werfen. Gab es gegebenenfalls einen Pier und Boote?

Er schlich jetzt am Waldrand entlang. Still, langsam, vorsichtig. Eine Stadt hatte den Vorteil, dass die Bewohner sich gegenseitig ablenkten. Überall würde Bewegung sein, Tageswerke würden vollbracht, Unterhaltungen geführt. Schnipper hatte Recht. Im Sumpf hatte so ein Alligator nichts zu tun, als zu Beobachten und zu Lauern.

Grinser sah nun hin und wieder Bewohner der Stadt. Es waren keine Alligatoren, wie er zuerst befürchtet hatte. Die Echsen, die er sah, waren ebenfalls geschuppt und hatten geradezu ausdruckslose Gesichter. Sie waren aber deutlich kleiner als die Bestie aus dem Sumpf. Keine der Echsen trug Kleidung, sie wirken seltsam geschlechtslos. Keine Brüste, kein Penis und keine Scheide waren zu erkennen.

Es schien auch verschiedene Arten zu geben: einige hatten kleine Hörner auf dem Kopf, andere waren nahezu glatt und ein paar hatten einen Hornpanzer, der wie ein Harnisch den gesamten Torso umschloss.

Seltsame Kreaturen. Die meisten wirkten nicht sonderlich aggressiv oder gar furchteinflößend. Er glaubte zu sehen, wie eine der schwer gepanzerten Echsen eine Frucht aß, also doch nicht alles Fleischfresser. Abgesehen von ihrem fremdartigen Aussehen schienen sie auf den ersten Blick fast „normal" zu sein.

Grinser war nun zuversichtlich. Vermutlich waren die Alligatoren Soldaten, so wie im Reich die Hunde. Und es gab eine Anzahl Schafe und Hasen, die die Stadt bevölkerten. Der Alligator im Sumpf war vielleicht so etwas wie ein Spähposten, der schaute, ob sich Bedrohungen aus dem Norden der Stadt näherten, so wie die Grenzwacht des Schwarzen Bataillons die Grenze zum Süden beobachtete. *Hah!*

Grinser erreichte den Ausläufer des Flusses. Dieser war breit genug für die Schifffahrt. Seine Einschätzungen schienen sich nun alle zu bestätigen.

Er kletterte einen hohen Baum hinauf, um sich einen besseren Überblick über die Stadt zu verschaffen.

Tatsächlich gab es so etwas wie eine kleine Hafenanlage im Westen der Stadt. Es lagen einige Boote an einem Steg vertäut im Wasser. Sie ähnelten nur bedingt den Schiffen des Reiches. Die Boote der Echsen hatten keine Masten für Segel, und Grinser konnte auch keine Ruder erkennen. Die Boote selbst waren breit geschnitten, sie lagen vermutlich sehr flach im Wasser. Ein wenig wie die Schiffe der Bären, die er einmal gesehen hatte, aber bei weitem nicht so schnittig. Genau das richtige für die Sümpfe und flachen Gewässer, die dort zu finden waren.

Die Stadt schien nicht sonderlich geschäftig. Grinser sah zwar die Bewegungen von Echsen in den Straßen, aber in Anbetracht der Größe des Ortes war nicht viel los. Er sah damit auch seine Vermutung bestätigt, dass die schuppigen Einwohner vergangene Nacht wach waren. Sie mussten zuschlagen, bevor der Mond aufging.

Er prägte sich die Straßen und Kanäle ein, die er sehen konnte. Zur Pyramide hin und zurück. Im Zweifel heute nur Spähen und es morgen erneut versuchen. Unwissen erzeugte Unsicherheit und Unsicherheit Angst. Je mehr er sah, desto zuversichtlicher wurde er. Inzwischen war er sich sicher, dass die Mission nicht so gefährlich war, wie es zuerst schien.

Mal sehen, was die anderen herausfinden konnten.

Als Grinser den vereinbarten Platz erreichte, waren sie schon dort. Sie teilten ihr Wissen. Auch Zweier schien sich nun deutlich sicherer zu fühlen. Er berichtete von kleinen Echsen, die Gefäße transportierten und sogar von einer Art Stadtreinigung, die die Straßen der Stadt von Blättern und Staub gesäubert hatte. Schnipper hatte einen einzelnen Alligator gesehen, der die Straße in Richtung Pyramide geschlurft sei. Er trug eine Art Wuchtwaffe, in die schwarze Steine getrieben waren. Im Grunde ein zweihändiger Streitkolben. Ansonsten erschienen alle Echsen, die er sehen konnte, vergleichsweise harmlos. Kaum größer, oder sogar kleiner als Ratten. Kurze oder dünne Arme. Nackt, bis auf ein paar Umhängetaschen oder kleine Ketten, die vermutlich Schmuck darstellten. Keine Waffen waren zu sehen gewesen.

Schafe und Hasen. Wer weiß, ob man hier nicht zu einem späteren Zeitpunkt gute Beute herausschlagen konnte. Wenn er sich die Echsen so ansah, kam ihm ein Gedanke: Man könnte bestimmt einige der kleinen Kümmerlinge entführen und als Arbeiter für die Salz- und Kalksteinminen einsetzen. Sklaverei war im Reich verboten, aber wen kümmerten schon die Echsen? Wenn man das vor der Bevölkerung geheim hielte, ließe sich ein schöner Batzen Gold verdienen. Vielleicht würden sich sogar einige Perverse finden, die für eine

Nacht mit einem Echsenmädchen gutes Gold zahlen würden. Verbotene Vergnügen hatten immer wohlhabende Abnehmer. Der Handel mit jungen Mädchen aller Völker war ein gutes Geschäft, aber konnte einen auch an den Galgen bringen. Das Wohl von Echsen würde niemanden scheren – das war ja der Feind. Gegebenenfalls könnte man noch verwegenere Angebote machen als erzwungenen Sex in einem dunklen, stillen Keller und die Arbeitskraft von Zwangsarbeitern. Viel verwegener.

Und er hatte sich schon Sorgen gemacht. Mit dem Gold, das ihm diese Mission bringen würde, könnte er ein neues Geschäftsfeld erschaffen. Etwas, was vor ihm noch nie zuvor jemand gewagt hatte. Sklavenhandel. Und er würde den Markt beherrschen.

Mit dem Gold und dem Einfluss, den er dadurch gewann, würden sich sogar die großen Handelsgilden vor ihm verneigen. Selbst der Seneschall würde ihm für sein ambitioniertes Unterfangen Respekt zollen.

Aber nun nicht übermütig werden. Erst einmal diesen Auftrag zu Ende führen. Einen Hasen nach dem anderen häuten, wie man in der Gilde zu sagen pflegte. Hauptsächlich zur Einschüchterung der Hasen und anderer Schwächlinge. *Hah!*

Grinser legte die Route fest, die sie nehmen würden. Er hatte inzwischen eine relativ gute Übersicht gewonnen und wusste, wie sie ungesehen bis zur Pyramide vorrücken konnten.

Sie glitten aus der Deckung und schlichen zum Rand der Stadt. Es gab keine Patrouillen, offensichtlich fühlten sich die Echsen sicher. Sie konnten auch auf keiner der Straßen etwas Vergleichbares wie eine Stadtwache sehen. Gab es hier etwa keine Verbrechen? Es wurde immer besser.

Sie kletterten behände in einen der Kanäle, die die Stadt durchzogen. Die Wände waren gemauert. Ein graues, hartes Gestein, das in großen, schweren Blöcken gefertigt war. Die Oberflächen waren eben, aber rau. Die Kanten und Flächen der Steine waren sorgfältig gearbeitet. Ähnlich wie die Mauern der Gebäude von Dreistädten. Aber dies waren nur die Kanalmauern. Die Echsen hatten viel Sorgfalt beim Errichten ihrer Stadt aufgewandt.

Nun in Richtung der Pyramide. Grinser hatte den Nordteil der Stadt wie eine Karte im Kopf. Eines seiner vielen Talente. Zweier konnte sich auch die Stadt als Karte vorstellen, allerdings nicht so ausgeprägt wie Grinser. Schnipper hatte diese Fähigkeit nur im eingeschränkten Maße, er würde allein nicht so leicht zur Pyramide finden – oder wieder zurück. Er tat gut daran, den Anschluss nicht zu verlieren.

Die Sorge, entdeckt zu werden, war natürlich allgegenwärtig, hatte aber nicht mehr den gleichen Schrecken wie zuvor im Sumpf. Wenn sie entdeckt würden, wäre es durch einen der kümmerlichen Winzlinge oder durch einen der dünnarmigen Lurche. Die müssten erst einmal Hilfe holen. Vielleicht könnte man sie auch töten, bevor sie Alarm schlagen konnten. Fast alle Bewohner der Stadt schienen keine direkte Gefahr darzustellen. Wenn allerdings ein Krokodil, oder gar mehrere, hinzukämen, wäre der Rückzug die einzige Option. Aber bei einer Flucht durch die Straßen, Kanäle und Gassen rechnete Grinser ihnen mehr als gute Chancen aus. Ihre Leben würden sie auf dieser Mission nicht lassen.

Er spähte hinauf zum Rand des Kanals, der vor ihm lag. Unweit davon lag die Pyramide. Ihr Schatten ruhte schon auf ihnen. Die drei verharrten einen Moment im flachen Wasser. Lauschten. Schnüffelten. War vielleicht etwas in unmittelbarer Nähe?

Dann hinauf. Räuberleiter. Schnipper bildete das Fundament. Er lehnte sich breitbeinig gegen die Mauer und stützte sich mit beiden Händen ab. Zweier stieg auf seine Schultern und lehnte sich ebenfalls mit beiden Händen gegen die Kanalwand. Grinser erklomm die beiden und stellte sich auf Zweiers Schulter. Er konnte nun in der Hocke über die Mauerkante auf die Straße vor sich blicken.

Er verlagerte sein Gewicht etwas nach vorne und stützte sich mit seinen Fingerspitzen gegen den Stein. Er hob dann langsam den Kopf an, sodass seine Augen geradeso oberhalb der Kante waren. Er schaute sich um. Die Pyramide war zweihundert Fuß vor ihnen. Zwischen dem Kanal und dem Fuß der Pyramide war ein großer Platz, so breit wie die Seitenlänge des Pyramidensockels. Gar nicht gut. Aber die Nordseite, auf die er jetzt blickte, war wohl nicht die Vorderseite des Gebäudes, denn die lag wohl in Richtung Osten.

Auf dem nördlichen Platz waren Dutzende Holzgestelle aufgebaut. Grinser konnte nicht erkennen, welchem Zweck sie wohl dienen sollten. Es waren im Grunde nur zwei gekreuzte Balken, die aufgestellt wurden. Sie standen nicht ganz aufrecht, sondern waren etwas geneigt. Damit sie nicht umkippen konnten, war ein zweites, ähnlich gekreuztes Gestell an einer Seite angebracht. Es war kürzer als das erste Kreuz. Das größere Kreuz lehnte sich sozusagen auf das kleinere. Dieses trug die Last des zur Seite geneigten „X“, sodass es stabil stand.

Vermutlich dienten sie irgendeinem fremdartigem Ritual und waren Teil einer Feier. Grinser dachte kurz an die lächerlichen Frühjahrsbäume der Schafe. Dabei liefen junge Schafe mit farbigen Bändern um die Bäume, bis die Stämme bunt umflochten waren. So begrüßten sie das neue Jahr. Kindisch und nur zu passend für die einfältigen Schafe.

Er sah zwar einige Echsen am Ende des Platzes, aber deren Aufmerksamkeit schien auf einen Punkt an der Ostseite der Pyramide gerichtet zu sein.

Grinser wog die Risiken ab. Diese waren natürlich gewaltig, aber momentan schien ein Zeitfenster offen zu sein, um zu handeln. Er zog sich in einer einzigen geschmeidigen Bewegung hoch und legte sich flach auf die Mauer des Kanals. Dann krallte er sich an einem der großen Pflastersteine fest, indem er mit den Fingerspitzen in die Fuge griff. Nicht ideal, aber ausreichend.

Er reichte seinen Arm herunter und Zweier packte fest zu. Schnipper kletterte an Zweier hoch und legte sich neben Grinser auf die Kante, so dass sie Kopf an Kopf auf den Boden lagen. Den Blick hatten sie auf den Platz vor sich gerichtet. Zweier zog sich nun an ihren Armen hoch und kroch an ihnen vorbei. Auch er blieb bäuchlings liegen. Der ganze Vorgang ging fast lautlos vonstatten. Nur ein paar Tropfen, die von Schnippers Füßen zurück in das Wasser des Kanals fielen, waren zu hören gewesen. Sie warteten drei Herzschläge. Kein Laut, kein Ruf, keine schnellen Schritte waren zu hören.

Grinser huschte voraus zu dem nächstgelegenen Holzgestell. Dicht am Boden, leichte, flinke Schritte. Er glitt fast über das Pflaster. Er verharrte im Schatten des Gestells. Er stand breitbeinig und hatte seinen Schwanz um das linke Bein gewickelt. Er passte sich der Form seiner Deckung an. Mit der dunklen Schlammhaut war er fast unsichtbar.

Er blickte sich um, ohne den Kopf zu drehen. Niemand hatte ihn bemerkt. Er huschte zum zweiten Kreuz und Schnipper flitzte zum ersten. Grinser schmiegte sich an das dunkle Holz. Nur keine Hektik. Mit Bedacht vorgehen. Er blickte sich um, entschied, dass es sicher war und rannte zum dritten Holzkreuz. Schnipper zum zweiten und Zweier zum ersten. Gut. Sie waren nun alle aus dem unmittelbaren Sichtbereich verschwunden. Seitdem er sich aus dem Kanal hochgezogen hatte, waren nur zwanzig ruhige Herzschläge vergangen.

Er nahm sich kurz Zeit, das Holzkreuz zu betrachten, an das er sich lehnte. Stabiles Mangrovenholz. Schwere Holzdübel waren durch das Stützkreuz in das Hauptkreuz getrieben worden, um die beiden Teile zu verbinden. Kein Eisen, das rosten könnte. Simple Konstruktion.

Aber nun stieg ihm ein Geruch in die Nase, den er nur zu gut kannte. Es war ihm in der ersten Hektik nicht aufgefallen. Aber die Feststellung, dass kein Eisen für die Fertigung der Holzkonstruktionen genutzt worden war, ließ ihn diesen einen Geruch umso deutlicher wahrnehmen. Altes Eisen. Altes Blut. Das Holz war dunkel von geronnenem, in der Hitze des Tages verkrustetem Blut. Die Kreuze waren zur Pyramide ausgerichtet, sodass sie auf deren Rückseite blickten. Die Vorderseiten waren jedoch blutverkrustet. Er sah an vier Stellen blutverschmierte Seile, die um das große Gestell gewunden waren. Zum Festbinden von Armen und Beinen? Grinser gefror für einen Augenblick. Er begriff, welchem Zweck diese Konstruktionen dienten. Er ahnte, was hier gestern Nacht geschehen war. Was die Geräusche waren, die er zwischen den Trommelschlägen zu hören geglaubt hatte.

Opferungen. Fressgelage. In der letzten Nacht hörten sie Schmerzensschreie. Ja, an diesen Teil der Erzählungen über die Diener der Drachen erinnerte er sich sehr genau. Diese Geschichten gruselten ihn, als er noch ein kleiner Junge war. Sein Onkel, der sich diebisch freute, wenn sich die Kinder vor Angst nicht mehr unter der Bettdecke hervortrauten, hatte sie immer entsetzlich ausgeschmückt.

Plötzlich war ihm nicht mehr wohl zu mute. Vielleicht waren sie gar nicht ausgeschmückt, sondern wahrer, als selbst sein gemeiner Onkel sich ausmalte. Der Gedanke an Sklavenhandel verblasste zu einer fixen Idee.

Jetzt nur keine Panik. Die reale Gefahr hatte sich seit der Erkenntnis, dass die Echsen grausam und blutrünstig waren, nicht verändert. Nur seine Sicht auf die Bewohner dieser Stadt. Dann waren doch nicht alle nur Schafe und Hasen, sondern es gab auch Wölfe unter ihnen.

Er zählte schnell die Kreuze, die er sehen konnte. Es mussten um die einhundert auf dem Platz sein. Die Pyramide hatte vier Seiten. Vierhundert Kreuze. Laut den alten Geschichten fanden die Opferungen auf den Pyramiden statt, vielleicht wurde hier unten nur gefressen.

Er beruhigte sein Herz, das angefangen hatte, schneller zu schlagen. Er atmete ein. Zählte bis vier. Atmete aus. Drei Mal. Seine Gedanken wurden klarer.

Vielleicht fünfhundert Opfer in der vergangenen Nacht. Vielleicht auch nur hundert, die hier auf der Nordseite geschlachtet wurden. Vielleicht gab es hier fünfhundert Krokodile, die jeweils einen Unglücklichen verspeist hatten. Aber vielleicht schlachtete man auch im Akkord und es waren Zigtausende in der vergangenen Nacht gestorben.

Einerlei. Diese Art des Denkens lenkte ihn ab und gefährdete nicht nur die Mission, sondern auch sein Leben. Er blickte sich um und huschte zum nächsten Kreuz. Seine Kameraden folgten ihm.

Sie erreichten den Fuß der Pyramide. Die Steine waren größer, als sie aus der Ferne schienen. Schwere Blöcke, fast vier Fuß hoch und acht Fuß lang. Jeder musste Tonnen wiegen. Das kam Grinsers Plänen entgegen. Zum Glück waren sie an der Nordseite. Die Pyramide war praktisch eine große Treppe und durch den Stand der Sonne hatte jeder von ihnen im

Stufenschatten ein passables Versteck. Wer nicht nach ihnen suchte, würde sie übersehen.

Grinser machte das Gildenzeichen für „Treppe“, dann für „halb“ und zeigte nach oben.

Sie stiegen hinauf. Alle gleichzeitig, dann flach in den Schatten gepresst, warten, schauen, nächste Stufe. Es war anstrengender, als er dachte. Sie hatten schon viel Energie verbraucht und seit dem Morgengrauen nichts gegessen und getrunken. Aber ein zu voller Bauch konnte zur Falle werden. Was, wenn man sich für eine Zeit lang verstecken musste? Wenn man an einer ungünstigen Stelle festsaß und dann urinieren musste? Oder koten? Das konnte zum Todesurteil werden. Besser darben. Im Zweifel hatte er noch seinen Stärketrank, der Körper und Geist zu Hochleistungen treiben konnte. Auch wenn man für die erhöhte Kraft im Anschluss würde bezahlen müssen.

Sie hatten nun die Hälfte der Pyramide erklommen. Grinser gab das Zeichen für „Warten“ und kroch zur Ostseite der Pyramide. Dort angekommen, schaute er sich vorsichtig an der Steinkante der Stufe, auf der er sich befand, um. Er sah den östlichen Platz unter sich. Auch hier waren Kreuze aufgestellt. Auch sie waren alle rot. Zwischen den Kreuzen wimmelte es von kleinen Echsen, die den Boden zu reinigen schienen. Dürre Körper, runde Köpfe mit kleinen kurzen Hörnern. Am Fuße der Pyramide standen acht Alligatoren mit Waffen. Sie standen vor einer Rampe, die in der Mitte der Ostseite der Pyramide bis zur Spitze reichte. Die Echsen stiegen also keine Stufen.

Fast auf der Höhe, wo Grinser sich gerade befand, war eine breite Stufe in der sonst flachen Rampe. Auf Höhe dieser Stufe war ein balkonartiger Vorsprung gemauert worden. War es eine Empore? Waren dort möglicherweise Eingänge in die Pyramide?

Er wollte ursprünglich zur Spitze, um dort nach Artefakten zu suchen. Ihm kam auch der Gedanke, dass sie möglicherweise einer der Schlangen bei dem Altar an der Pyramidenspitze eine Falle stellen könnten. Der Kopf würde immer noch zweihundertfünfzig Goldstücke bringen, wenn sie schon keine Eierschale finden könnten. Was auch immer der Seneschall mit so einem Relikt wollte. Doch er hatte das Gefühl, dass er besser bei den Balkonen nachschauen sollte. Er winkte Zweier und Schnipper. Sie krochen lautlos herbei. Er zeigte in Richtung der Empore.

Die beiden starrten kurz auf die Kreuze und die kleinen Echsen, dann auf die Alligatoren. Sie hatten auch begriffen, behielten aber ihre Nerven. Er hatte bei der Wahl seiner Begleiter keinen Fehler gemacht.

Grinser schmiegte sich an den Stein, immer darauf bedacht, dass seine Waffen keine Quader streiften. Ein Geräusch, nur ein Blick einer Echse im falschen Moment nach oben, und sie würden die Nacht auf diesen Kreuzen verbringen.

Grinser erreichte den Vorbau, der aus der Pyramide hervorragte. Wie er vermutet hatte, diente diese Empore als Zugang zu Eingängen, die sich seitlich der großen Rampe befanden. Er näherte sich dem ihnen nahe gelegenen Torbogen. Er lauschte. Er konnte nichts hören und riskierte einen schnellen Blick. Er sah nichts, nur einen dunklen Gang, der ins Innere führte. Grinser straffte seinen Körper und huschte schnell hinein, bereit einen Angriff auszuführen, falls doch jemand oder etwas hinter der Biegung war. Zweier und Schnipper folgten nur einen Schritt hinter ihm. Sie alle hatten ihre Klingen gezogen, bereit, zu töten. Als sie feststellten, dass tatsächlich nichts im Dunkeln lauerte, schlichen sie den kurzen Gang dicht an den Wänden entlang hinunter. Das Sonnenlicht im Rücken verharrten sie einen Moment, bis sich ihre Augen an die Dunkelheit gewöhnt hatten.

Grinser sah, dass die Wände innerhalb der Pyramide mit kunstvollen Ornamenten verziert waren. Bildnisse von Schlangen und Drachen, von Sonne und Mond.

Unwichtig. Nun tiefer hinein. Die Luft wirkte verbraucht. Ein unangenehmer Geruch lag darin, den Grinser nicht kannte. Vermutlich Echsengestank.

Grinser ging voraus. Das mulmige Gefühl, als er begriff, dass hier nachts blutige Opferungen vollzogen wurden, war einer entschlossenen Anspannung gewichen. Diese Anspannung kannte er. Er war bereit zu kämpfen und wünschte sich fast, sie würden auf einen Feind treffen. Es war nicht Mordlust. Er wusste, er wäre nach einem Kampf wieder entspannt.

Die Gänge waren breit und hoch, daher mussten sie auch mit Gegnern wie Alligatoren rechnen.

Der Gang knickte jäh ab. Alles hier war in rechten Winkeln errichtet. Am Ende des Ganges vor ihnen schien Licht. Eine Kammer. Grinser huschte zur linken Seite des Ganges, Zweier und Schnipper blieben rechts. Zweier hatte zwei Wurfpfeile gezogen. Damit war er meisterhaft. Grinser überlegte einen Moment und tauschte das Messer in seiner rechten Hand gegen einen Wurfdolch.

Wenn sie hier jemanden niedermachten, würde man die Schreie am Fuß der Pyramide nicht hören können.

Grinser hastete zum Torbogen der Kammer und spähte hinein.

Die Kammer war geräumig. Gut fünfzig mal fünfzig Fuß, mit vier massiven Säulen, die das Gewicht der Decke trugen. Die Wände waren mit Ornamenten aus einem glitzernden Metall verziert, das im Feuerschein wie Gold glänzte. Es gab ein Dutzend kleiner Feuer in dem Raum, aus denen gleichmäßige Flammen loderten. Grinser studierte sie kurz und erkannte, dass es kein Holz war, das da brannte, sondern Öl.

Seine Aufmerksamkeit wurde aber von etwas anderem gefesselt: Eine riesige Schlange, die vor einem altarähnlichen Schrein stand. Sie hatte lange, schlanke Arme, aber keine Beine. Ihr Oberkörper ging direkt in ihren Schwanz über. Ihr Unterleib bildete mehr als die Hälfte ihrer Körperlänge. Obwohl ihr unterer Teil zusammengerollt war, maß der aufrechte Teil ihres Körpers trotzdem gute sechs Fuß. Es war im Licht der Öllampen schwer zu erkennen, aber sie schien helle Schuppen zu haben.

Die Schlange war wie die anderen Echsen unbekleidet. Sie trug jedoch ein Diadem auf dem Kopf, aus dem große, gelbe Edelsteine glitzerten. Ihre Augen waren geschlossen. Ihr Gesicht war ebenmäßig, fast schon kindhaft rundlich. Wenn man nur das Gesicht betrachtete, wirkte sie kaum bedrohlich. Die drei Mörder wussten jedoch, dass Schlangen die gefährlichsten Diener der Drachen waren.

Die Schlange hatte sie noch nicht bemerkt. Grinser nutzte die Zeit, um den Feind besser zu studieren. Sie wiegte sich sanft hin und her, wie zu einer Melodie, die nur sie hören konnte. Dann züngelte ihre Zunge hervor. Sie war schwarz und gespalten. Die gespaltenen Enden verharrten kurz in der Luft und fingen dann an zu zucken.

Sie unterbrach jäh ihr in sich versunkenes Wiegen, und öffnete ihre Augen. Sie leuchteten grün im Schein des Feuers.

Sie sah sich nicht um, sondern streckte wieder ihre befremdliche Zunge heraus. Dann zischte sie. Es klang fast wie ein Wort. Eine Frage? Die Schlange wandte sich nun um und blickte zum Gang, in dem die drei Ratten kauerten. Ihr Unterkörper schien sich immer noch an der gleichen Stelle zu winden, aber ihr Oberkörper hatte sich irgendwie genähert. Es wirkte auf Grinser widernatürlich. Er spürte, wie sich seine Nackenhaare aufstellen wollten, aber die enganliegende Schlammhaut verhinderte dies.

Die Schlange schien sie nicht sehen zu können. Sie zischte erneut, diesmal lauter. Es klang immer noch wie eine Frage, aber nun schwang ein verärgerter Ton mit.

Grinser warf ohne Vorwarnung seinen Dolch, Zweiers Waffen folgten nur einen halben Augenblick später. Fast gleichzeitig wurde die Schlange von drei giftigen Geschossen getroffen. Zweiers Wurfpfeile steckten in jeweils einem Auge und Grinsers Dolch war tief in ihre Kehle gefahren.

Die Schlange hatte ihren Mund geöffnet und schien schreien zu wollen. Doch die Ratten hatten nicht gezögert und fielen schon über sie her. Sie umringten die Schlange und stachen blitzschnell aus allen Richtungen gleichzeitig mit ihren Messern zu. Die Schuppenhaut war zwar zäh, aber nicht stark genug, um die Spitzen der gehärteten Messer abzuwehren. Die Klingen drangen durch die Schuppen in das Fleisch und rissen beim Herausziehen klaffende Wunden, aus denen das Blut sprudelte. Schnipper hatte seine Klinge grob gezahnt und die Angewohnheit, sein Messer beim Herausreißen zu drehen. So rissen sie auch Stücke Fleisch aus dem Körper. Wunden, die nie verheilten, selbst wenn man die Attacke aus irgendeinem Grunde überleben sollte. Die Schlange schlug verzweifelt um sich, aber es war schon zu spät. Derart überrascht hatte sie keine Chance gehabt.

Die drei Ratten hatten sie innerhalb von drei Herzschlägen über zwei Dutzend Male gestochen. Sie wichen nun geschlossen von ihrem Opfer zurück und ließen das Gift ihrer Waffen wirken.

Die Schlange hätte den Angriff auch ohne den Einsatz von Gift nicht überlebt. Augenscheinlich füllte sich ihre Lunge mit Blut. Sie wand sich unter Qualen, doch alles blieb still.

Sehr schön.

Nachdem sie sich nicht mehr rührte, warteten sie noch einen Moment. Dann näherte sich Grinser der Schlange und stach ihr, zur Sicherheit, in ihr offenstehendes linkes Auge. Zweiers Wurfpfeil steckte auch noch tief im faustgroßen Augapfel. Das rechte Auge war geschlossen. Der zweite Wurfpfeil hatte das Lid durchschlagen und es festgeheftet.

Grinser und Zweier zogen ihre Waffen aus der Leiche. Grinser nickte Schnipper zu und machte eine Bewegung mit dem Finger über den Hals. *Kopf ab.* Schnipper machte sich sogleich an die Arbeit. Er würde den Kopf in seinem Wachstuch verschnüren.

Zweier begab sich zum Gang und spähte hinunter. Nicht, dass sie jetzt selbst noch überrascht wurden.

Grinser sah sich nun schnell um. Vielleicht gab es ja noch etwas Interessantes, was man zu Gold machen konnte. Das Diadem war vielleicht aus Silber oder Gold, und die Steine daran mochten auch einen Wert haben.

Er untersuchte den Altar, vor dem die Schlange … gebetet hatte? Egal, es war ein seltsamer Block, auf dem Kissen oder etwas in der Art lagen. Der Schrein war mit Symbolen versehen, die an die Sonne erinnerten. Es gab da auch Muster, die aussahen wie Strahlen. Sie liefen von den Steinquadern des Bodens und den Wänden zu dem Steinblock, der den Fuß des Altars bildete. Grinser musste unwillkürlich an Wasserläufe denken.

Die Kissen waren mit Symbolen verziert. Einige erinnerten an Augen, andere konnte Grinser gar nicht zuordnen.

Grinser untersuchte sie. Sie fassten sich feucht und unangenehm an. Fast schleimig. Er warf sie angewidert fort. Dann erstarrte er. Das konnte nicht sein. Verdammter Seneschall. Wie kam er auf den Gedanken, dass es noch unversehrte Dracheneier gab? Wie konnte er es ahnen? *Nein, wissen.*

Er starrte das Ei ungläubig an, wagte nicht, es zu berühren. Schnipper trat an seine Seite, um zu sehen, was Grinser so in seinen Bann zog. Auch er glotzte nun auf das Ei. Auch er konnte es nicht fassen.

Zweier, der die beiden so dastehen sah, gab einen kurzen leisen Pfiff von sich. *Aufwachen.*

Grinser riss sich zusammen und nahm sein Bündel von den Schultern. Er entrollte das Wachstuch und packte das Ei zusammen mit ein paar der ekelhaften Kissen hinein. So widerlich er sie auch fand, sie würden das Ei doch vor Schäden bewahren und sie wogen fast nichts. Das Ei war so groß wie eine Wassermelone, von einer hellen, schillernden Farbe, die Grinser an Perlmutt erinnerte. Das Ei fühlte sich überraschend schwer an. Er hatte erwartet, dass es ausgetrocknet sei. Es war schwerer als eine Melone der gleichen Größe, aber nicht viel. Vielleicht war es nur eine polierte Edelholzskulptur, die die Schlangen angemalt und eingeölt hatten. Ein Sinnbild für die verlorenen Götter der Reptilien. Das musste es sein.

Für einen Moment hatte er tatsächlich gedacht, ein mit Leben erfülltes Ei vor sich zu haben. Verdammt, er hatte zu lange nichts getrunken und die Anspannung begann, seine Sinne zu trüben.

Vielleicht würde der Seneschall ja doch die volle Menge Gold auszahlen. Immerhin hatten sie den gewünschten Schlangenkopf sowie ein großes und mehr als seltsames Ei. Möglicherweise war es auch nur ein Schlangenei und sie hatten jetzt den Kopf der Mutter in Schnippers Wachstuch.

Einerlei, sie hatten Beute und mussten jetzt sofort weg. Es war nicht mehr lange bis zur Dämmerung und Grinser hatte nicht vor herauszufinden, was die Echsen an die Kreuze vor der Pyramide banden.

Er bedeutete Zweier, voraus zu gehen. Er und Schnipper hatten jeweils ein zusätzliches Paket zu tragen, Zweier war unbelastet.

Sie huschten auf demselben Weg zurück auf die Nordseite der Pyramide. Auf dem Platz warfen die Kreuze nun lange Schatten. Die Sonne war gewandert und bald würde sie seitlich auf die Pyramide scheinen. Nun war Eile geboten.

Als sie fast am Fuße der Pyramide waren, hörten sie von der Ostseite Radau. Erst einzelne, fauchende Stimmen. Dann erschollen immer mehr, die sich vermengten. Sie schwollen zu einem einzigen lauten, zischenden Geräusch an.

Grinser gab den Befehl zum Sprint. Wenn diese Wilden feststellten, in welcher Richtung sie zu finden waren, würde es gefährlich werden.

Nun tauchten Echsen aus ihren Gebäuden um sie herum auf. Sie schienen tatsächlich alle geschlafen zu haben, um die Nacht hindurch ihre Gräuel ausüben zu können.

Die Reptilien starrten die rennenden Ratten an, so als könnten sie nicht glauben, was sie sahen.

Zweier hob drohend seine Waffen, was die Echsen allerdings nicht sonderlich zu beeindrucken schien. Dann warf er einen Giftpfeil in das Auge eines der näherstehenden Reptilien. Das Ding kreischte und wälzte sich vor Schmerzen am Boden. Nun wichen die anderen zurück.

Grinser blickte sich wild um. Sie wurden nun von Hunderten wütenden Echsen von jeder Art und Größe verfolgt. Zwischen ihnen sah er die massiven Körper der Alligatoren. Jetzt bloß nicht stolpern.

Die Echsen, die zuerst vor den drei Ratten zurückgewichen waren, schlossen sich nun auch dem Mob an. Das Zischen war ihre Art der Verständigung.

Den Bewohnern der Stadt war klar, dass die drei einen Mord an einer Schlange begangen hatten.

Grinser ging langsam die Puste aus, der Wald war aber nur noch hundert Fuß entfernt.

Aus dem Schatten der letzten Häuser löste sich nun ein Reptil, das größer war als die anderen Stadtbewohner. Grinser hielt es erst für einen kleinen Alligator, sah aber dann, dass es ein Waran sein musste. Er hatte Zeichnungen von diesen Kreaturen in alten Büchern gesehen. Grausame Kerle. Dieser hier maß von Kopf bis Schwanzspitze zehn Fuß. Großer, breiter Schädel. Graugrüne Schuppenhaut, die von dicken Venen durchzogen war. Die kräftigen Arme mit den starken Händen waren wie geschaffen zum Zupacken. Die dicken Finger mündeten in lange scharfe Klauen.

Zweier warf seinen Wurfpfeil, der aber nicht das Auge des Warans traf, sondern seitlich im Schädel stecken blieb. Der Waran wälzte sich auf sie zu. Er war bestimmt doppelt so schwer wie Grinser. Außer Atem zog Grinser seine langen Messer und hieb nach dem Ding. Es wich zurück, setzte ihm aber sogleich nach. Er hatte keine Zeit für einen Kampf. Keine dreihundert Fuß hinter ihnen tobten inzwischen tausende wütende Echsen.

Zweier kam ihm zu Hilfe und bedrängte den Waran mit einer geschickt geführten Finte.

Schnipper war schon im Dickicht verschwunden. Er trug den Schlangenkopf auf dem Rücken, der hunderte Goldtaler bringen würde.

Zweier hatte nichts von solchem Wert bei sich.

Grinser gab ihm einen Tritt in den Rücken, sodass er nach vorne auf den Waran stolperte. Die Echse packte Zweier und zusammen rollten sie über den Boden.

Grinser rannte weiter in den Wald.

Zweiers Schreie, Flehen und Flüche begleiteten ihn, bis die Echsen durch die Bäume brachen. Der Lärm des

Mobs überdeckte Zweiers Schreie, die inzwischen nichts als ein schrilles Kreischen waren.

Grinser griff an seinen Gürtel und holte seinen Stärketrank hervor. Im Laufen nahm er einen tiefen Schluck. Nur wenige Sekunden später spürte er schon, wie die Wirkung einsetzte. Die Müdigkeit fiel von ihm ab. Er war konzentriert und konnte trotz der unübersichtlichen Situation klar denken. Er sah scharf und nahm jedes Detail um sich herum wahr. Was er als unwichtig erachtete, schob er beiseite, vergaß es aber nicht. Die Insekten, die durch die Luft schwirrten, die Maserung eines Blattes, einzelne Wassertropfen, die durch seine Schritte aufgewirbelt wurden. Leichte Abdrücke im Moos. Er erkannte, welche Richtung Schnipper eingeschlagen hatte und holte mühelos zu ihm auf. Er reichte Schnipper wortlos die Flasche, in der noch ein voller Schluck des Trankes enthalten war. Zusammen sprinteten und schwammen sie durch den Sumpf, bis das Tosen hinter ihnen leiser wurde und irgendwann verstummte. Immer Richtung Norden. Nur zur Mauer finden. So viel Distanz wie möglich zurücklegen, bevor die Wirkung des Trankes nachließ. Sie wären für Tage ermattet und somit leichte Beute. Der Weg durch den Sumpf würde in diesem Zustand quälend genug sein. Ein Kampf wäre unmöglich.

Doch Grinser hatte nicht vor, zur Beute zur werden. Er hatte ein Vermögen auf dem Rücken und das würde er verdammt noch mal einlösen.

Koste es, was es wolle.

Ende Buch 1

Fortsetzung folgt in Buch 2:
„Die Letzte Nacht"

Printed in Poland
by Amazon Fulfillment
Poland Sp. z o.o., Wrocław

36715078R00154